POCHES PRATIQUE
ODILE JACOB

L'ENFANT SURDOUÉ

JEANNE SIAUD-FACCHIN

L'ENFANT SURDOUÉ

L'aider à grandir, l'aider à réussir

Odile Jacob
pratique

15, RUE SOUFFLOT, 75005 PARIS

www.odilejacob.fr

ISSN : 1767-2384

ISBN : 978-2-7381-2145-5

Aux Zèbres de tout poil…
À tous ceux qui m'ont appris, aidée, accompagnée et soutenue, ils se reconnaîtront.

Sommaire

4 – L'ENFANT SURDOUÉ ET L'ÉCOLE

5 – L'ENFANT SURDOUÉ AU QUOTIDIEN

6 – QUELS SONT LES SIGNES POUR RECONNAÎTRE UN ENFANT SURDOUÉ ?

7 – Le bilan psychologique

8 – Que doit-on dire ?

9 – Les risques de troubles psychologiques chez l'enfant surdoué

ANNEXES

POUR EN SAVOIR PLUS SUR LE BILAN PSYCHOLOGIQUE

CONSEILS PRATIQUES

Introduction

« Dis Madame, je voudrais m'enlever être surdoué.
— Explique-moi mieux ce que tu veux dire.
— C'est que je veux plus de surdoué, ça m'embête.
— Et qu'est-ce qui t'embête ?
— Je veux être pareil que les autres, je veux pas être différent ! »

LUDOVIC, 7 ans et demi

Être surdoué, c'est penser dans un système différent, c'est disposer d'une forme d'intelligence particulière. C'est aussi grandir avec une hypersensibilité, une affectivité envahissante, qui marquent la personnalité. Ce n'est pas un enfant avec un « plus », malgré la terminologie ambiguë, ni un génie qui aurait tout reçu. Les mythes ont la vie dure.

Aujourd'hui, on parle de plus en plus des surdoués. Pas un mois sans qu'une émission, un article ne s'intéresse à ces enfants atypiques qui fascinent et dérangent.

Pas plus nombreux qu'autrefois, mais mieux repérés, les surdoués représentent 2,1 % de la population, soit près de 450 000 enfants scolarisés en France.

Pourtant, malgré la médiatisation dont ils sont l'objet, malgré la demande des parents, désemparés devant les difficultés scolaires et psychologiques de leur enfant, les surdoués sont mal connus : mal connus des psy, mal connus des enseignants, mal connus des chercheurs. Dans le système scolaire, en dépit des textes de loi qui énoncent le devoir de l'école de s'intéresser à chaque élève dans sa différence, aucune formation spécifique n'est encore dispensée aux enseignants, et l'école avoue son impuissance à gérer et faire réussir cette catégorie d'enfants si différents.

Alors, qui sont ces enfants pas comme les autres ? Que ressentent-ils ? Comment vivent-ils leur différence ? La plupart des surdoués, comme le petit Ludovic qui veut s'« enlever être surdoué », souffrent terriblement de l'agressivité des autres enfants, mais aussi de celle des adultes. La différence dérange et fait peur. Le rejet reste la réaction la plus spontanée. Comment vivre et grandir lorsque c'est son identité même qui n'est pas acceptée, qui est attaquée ? Comment construire une identité stable ? Pourquoi sont-ils si nombreux à vivre avec une grande souffrance narcissique ?

Pourquoi tant d'enfants surdoués échouent-ils à l'école ? Comment expliquer que 45 % des élèves diagnostiqués redoublent et que 20 % n'atteignent pas le bac ? Peut-on accepter ce sabordage de l'intelligence et des compétences ?

L'objectif de ce livre est triple :

• Apporter les connaissances scientifiques et cliniques actuellement disponibles.

• Donner un éclairage le plus complet possible sur les particularités de fonctionnement de cet enfant sur les plans intellectuel et affectif. Donner sens à la différence.

• Aider les parents mais aussi ceux qui sont confrontés à ces enfants (enseignants, psy, médecins...) à mieux les comprendre pour mieux les aider et les accompagner.

Conçu pour être un outil accessible à tous, je souhaite aussi que ce livre soit une occasion d'échanges et de rencontres pour enrichir notre connaissance de ces enfants, partager des expériences et réfléchir sur les moyens les plus pertinents pour leur donner toutes les chances de réussir leur vie.

Un dernier mot pour insister sur l'idée que de nombreux points développés dans cet ouvrage concernent bien sûr tous les enfants. Mais, pour l'enfant surdoué, tout est exacerbé et prend une ampleur souvent considérable.

Chapitre premier

Question de définitions

Qu'est-ce qu'un enfant surdoué ?

Un indice : un QI bien supérieur à la moyenne

Un enfant surdoué est un enfant qui obtient un score de QI supérieur à 130 aux tests d'intelligence validés et standardisés. Le QI n'est pas une « mesure » de l'intelligence, mais une évaluation des capacités intellectuelles qui permet de comparer le fonctionnement intellectuel d'un enfant par rapport à un enfant du même âge.

Obtenir un score élevé de QI au test est une condition indispensable mais non suffisante pour poser le diagnostic. Un QI élevé peut traduire d'autres possibilités que celui de surdoué.

Le QI doit être considéré comme un indicateur qui va guider et orienter le diagnostic mais qui devra être complété par d'autres facteurs ou signes cliniques.

• Un QI supérieur à 130 est un *indice* qui oriente le diagnostic. Le score n'a pas de valeur en soi. Une donnée chiffrée ne suffit pas.

• Un diagnostic d'enfant surdoué ne peut être posé qu'avec l'appui d'autres éléments cliniques et des données d'explorations complémentaires. C'est un diagnostic global.

• L'intelligence n'est qu'une composante de notre personnalité. Nous ne sommes pas définis par notre intelligence mais notre mode de fonctionnement intellectuel s'intègre à l'ensemble de notre personnalité et lui donne une coloration particulière. Réciproquement notre personnalité est marquée par la forme de notre intelligence.

Des particularités sur les plans intellectuel et affectif

Ces particularités doivent être connues et bien comprises de façon à ne pas confondre l'enfant surdoué avec un enfant qui aurait seulement un potentiel intellectuel élevé. L'enfant surdoué doit être considéré dans la globalité de sa personnalité.

• **Sur le plan intellectuel**, un enfant surdoué se distingue par la forme particulière de son intelligence. C'est l'aspect qualitatif qui a de la valeur et non pas la mesure quantitative. Être surdoué ne signifie pas être plus intelligent que les autres mais fonctionner avec un mode de pensée, une structure de raisonnement différente. L'intelligence de l'enfant surdoué est atypique. C'est cette particularité qui rend souvent difficile son adaptation scolaire mais aussi son adaptation sociale.

• **Sur le plan affectif**, l'enfant surdoué est un être d'une sensibilité extrême, muni de multiples capteurs branchés en permanence sur ce qui l'entoure. L'enfant surdoué perçoit et analyse avec une acuité exceptionnelle toutes les informations en provenance de l'environnement et dispose de la capacité étonnante de ressentir avec une grande finesse l'état émotionnel des autres. Véritable éponge, l'enfant surdoué est, depuis toujours, littéralement assailli par des émotions, des sensations, des informations multiples qu'il lui est le plus souvent difficile de vivre, d'intégrer et d'élaborer. L'enfant tente de s'en protéger par une mise à distance de toute la sphère émotionnelle et se « coupe » de ses propres émotions. Ce fonctionnement fragilise le développement affectif de ces enfants et les rend psychologiquement vulnérables.

• C'est la singularité de son mode de pensée et de son fonctionnement affectif qui caractérise l'enfant surdoué. Un enfant surdoué est un enfant différent.

• L'enfant surdoué doit être bien compris dans ce double fonctionnement qui le caractérise afin que ses ressources intellectuelles et psychologiques qui sont potentiellement très riches puissent s'épanouir totalement.

NAÎTRE OU NE PAS NAÎTRE SURDOUÉ ?

Pourquoi est-on surdoué ?

Il s'agit d'une composante génétiquement programmée comme la plupart des caractéristiques qui nous distinguent les uns des autres. L'un a les yeux bleus, l'autre les cheveux frisés, le troisième la voix grave... Mais attention ! Génétique ne veut pas dire programmable ! C'est une question de probabilité puis de loi du hasard, totalement aléatoire. On ne peut jamais prévoir comment les gènes se combineront.

Notre forme d'intelligence est une composante de notre identité mais on peut ou non utiliser notre potentiel initial. Par exemple, si j'ai physiquement des dispositions pour être un excellent sportif, ces dispositions ne s'exprimeront pas si je ne les exploite pas. Et elles deviendront très performantes si je m'entraîne assidûment. Mais au maximum de mon potentiel de base, pas au-delà. Le principe est identique avec l'intelligence. Notre intelligence sera d'autant plus aiguisée et efficace qu'elle sera entraînée à fonctionner. On peut disposer d'une grande intelligence et ne pas l'utiliser. On peut optimiser les performances intellectuelles, mais on ne peut pas fabriquer un surdoué en le « gavant » d'apprentissages. Au mieux, on permettra à l'enfant de disposer d'un bagage élevé de connaissances, au pire, on risque de graves troubles psychologiques. Chaque intelligence a ses limites que l'on ne peut dépasser. Et le type d'intelligence d'un surdoué ne peut jamais s'acquérir par des apports extérieurs. On l'a ou on ne l'a pas, c'est tout.

Rappelons aussi que le fait d'être surdoué n'a rien à voir avec le milieu socioculturel. On trouve des surdoués dans toutes les catégories sociales. Mais, et l'inégalité est là, il est plus facile d'exploiter son potentiel intellectuel dans un milieu où l'intelligence est valorisée.

Pourquoi pose-t-on toujours cette question de l'origine des surdoués ?

Parce que les mythes ont la vie dure et que cette idée de « en plus », de « au-dessus », dérange beaucoup plus que l'idée de « en moins », de déficit. On ne remet jamais en question l'existence d'enfants débiles ou déficients ni la dimension génétique du handicap ! C'est spontanément évident et admissible même si on le déplore. On peut naître déficient mais *sur-efficient*, quelle injustice, quel mystère !

Admettre la différence de l'enfant surdoué et les difficultés qui lui sont spécifiques devrait progressivement permettre de modifier les idées toutes faites à son propos.

Surdoué ou intellectuellement précoce ? Un drôle de zèbre !

Contrairement à l'appellation souvent indifférenciée de surdoué ou d'intellectuellement précoce pour désigner ces enfants, ces deux termes ne recouvrent pas la même réalité et n'ont pas le même sens.

Il faut savoir que le terme d'enfant intellectuellement précoce, que la mode des sigles transforme en EIP, a été adopté parce qu'il est idéologiquement et politiquement plus acceptable. Le terme de surdoué renferme encore beaucoup de croyances erronées et le mythe de génie heurte les consciences collectives.

Pourtant, être « intellectuellement précoce » devrait simplement signifier faire ou avoir fait des acquisitions avant l'âge habituel. Un enfant précoce serait un enfant en avance sur son âge, les autres n'atteignant son niveau ou ses acquis que quelques années plus tard. Ainsi, arrivé à un certain âge de développement ou, de toute façon, à l'âge adulte, tout le monde serait de nouveau au même niveau, les plus en retard ayant rattrapé les plus en avance. On parlerait alors de précocité intellectuelle comme de puberté précoce ou de langage précoce. Or, ce n'est pas le fait d'être en avance sur les autres qui caractérise l'enfant surdoué mais bien ses particularités de fonctionnement intellectuel, son mode de pensée différent. Un enfant surdoué de 10 ans ne pense pas comme un enfant de 14 ans, c'est-à-dire avec 4 ans d'avance sur son âge chronologique mais pense dans un système dans lequel un enfant de 14 ans ne pensera jamais.

Le terme de précocité intellectuelle est un terme nuisible pour la compréhension de ces enfants. Les considérer en avance sur leur âge conduit à leur proposer de faire des acquisitions plus tôt que les autres, sans se préoccuper de leur singularité de fonctionnement et d'une pédagogie adaptée à leur forme d'intelligence et d'apprentissage.

C'est aussi se représenter en terme unique de décalage de maturité leur fonctionnement psychoaffectif. On entend volontiers qu'il est mûr dans sa tête mais que c'est encore un gros bébé ! Le manque de maturité est vite évoqué pour expliquer des difficultés relationnelles ou une grande émotivité. Pourtant, et contrairement à cette simplification rapide, il est surprenant de constater la grande richesse de personnalité de l'enfant surdoué. Parler de maturité induit encore un décalage temporel qui occulte la prise en compte des particularités de la personnalité de ces enfants et masque leur identité réelle.

Plus grave encore, cela nous donne l'illusion de comprendre l'enfant surdoué sans jamais savoir qui il est. Pour lui, que ceux qui l'entourent pensent avoir compris le problème alors qu'ils en sont très loin est un véritable piège. La solitude par incompréhension complète de l'entourage, qui pourtant est convaincu d'avoir décrypté les difficultés, est souvent terriblement douloureuse. Cela peut conduire à des prises de décisions concernant l'enfant qui ne seront jamais celles qui auraient pu lui convenir, à lui.

Il est vrai que le terme de surdoué n'est pas beaucoup plus heureux car sa construction étymologique renferme l'idée de *plus que* les autres et de doué dans le sens de don supérieur à ce qui a été alloué aux autres, de « cadeau » (*gift*). Le terme de surdoué est la traduction du terme anglo-saxon *gifted* ou *supergifted*, attribué aux plus « doués » d'entre eux.

Au Canada, on parle de « douance », et le néologisme « surdouement » apparaît de plus en plus. Certains encore parlent d'enfant à QI élevé, vite siglé EQIE, ou encore d'enfant HP, pour haut potentiel.

Le débat, est, à l'opposé, exactement le même : parler d'enfants « débiles » est parfois mal vécu et heurte certaines susceptibilités, alors on choisit de dire enfant déficitaire, arriéré mental ou intellectuellement retardé. Là encore, cette désignation est fausse car un enfant débile ne rattrapera jamais un retard illusoire qui le ferait parvenir au même niveau que les autres quelques années plus tard. Et si on s'acharne à vouloir lui faire faire les mêmes acquisitions que les autres en employant les mêmes méthodes d'apprentissage, on ne permettra jamais à cet enfant de progresser dans ses propres compétences. Un enfant débile peut progresser dans les apprentissages si on lui propose une pédagogie adaptée à son rythme d'apprentissage. Vouloir intégrer à tout prix ces enfants dans un cursus standard, c'est prendre le risque de bloquer définitivement toute progression. La scolarité doit être adaptée à leur particularité de fonctionnement intellectuel.

C'est exactement la même chose pour les surdoués.

Aurait-on si peur de la différence, qui nous fait de la même façon parler de malentendants, de non-voyants, d'attardés mentaux, d'intellectuellement précoces plutôt que de sourds, d'aveugles, de débiles ou de surdoués ?

POURQUOI JE NE PARLERAI PAS DE NOS DOUÉS CÉLÈBRES ?

— Pour ne pas confondre le talent, le don, qui s'expriment dans un secteur particulier, et la notion de surdoué qui implique une personnalité globalement singulière sur les plans affectif et intellectuel. Mozart était un prodige de la musique mais était-il un enfant surdoué ?

— Pour ne pas superposer les notions de génie et de surdoué : le *génie* a une connotation mythique presque magique, c'est une exception à la norme, un être unique. Einstein était un génie mais peut-il être confondu avec un surdoué ? D'autant que, comble du paradoxe, il était intellectuellement en retard pour un certain nombre d'apprentissages comme le langage !

— Pour éviter les stéréotypes et ouvrir un espace de compréhension propre à ces enfants différents dont l'image ne doit pas être galvaudée par des mythes aussi fascinants que réducteurs.

Alors, quelle solution ? Peut-être la plus simple, qui consiste à accepter les différences quelles qu'elles soient et à nommer avec le plus de clarté possible ce que recouvre cette différence. Un mot a pour vocation première la communication avec autrui et si chacun comprend bien ce que renferme une notion, on peut dépasser sans état d'âme les réticences idéologiques.

Et si, comme nous le faisons aujourd'hui pour un certain nombre d'entre nous, nous décidions de les appeler des ZÈBRES !

Dans les classes nous avons déjà les « bêtes comme un âne », les « têtus comme une mule », les « malins comme un singe » ou encore les « bavards comme une pie », les « muets comme une carpe » et les « chevaux de course », premiers de la classe ! Alors, pourquoi pas « doué comme un zèbre » ?

Le zèbre n'est-il pas le seul animal sauvage que l'homme n'a pu domestiquer ? Son pelage rayé n'est-il pas destiné à jouer avec les ombres et la lumière pour mieux se dissimuler mais soudain apparaître dans toute sa splendeur en se détachant, par ses rayures, de tous les autres animaux de la savane ? Et n'a-t-on pas l'habitude de parler d'un *drôle de zèbre* pour désigner un individu original, peu banal ?

Être un zèbre, avoir un enfant zèbre, avoir des zèbres dans sa classe...

Un zèbre n'est-il pas une désignation à la fois chaleureuse et imagée de ces enfants différents tout comme le zèbre de la steppe se distingue des autres animaux mais vit néanmoins en harmonie avec la plupart d'entre eux ?

À suivre...

> • Être intellectuellement précoce signifie être en avance sur les autres pour certains apprentissages.

• Être surdoué signifie avoir un fonctionnement intellectuel différent et une personnalité singulière.
• Un enfant surdoué est souvent précoce dans certains apprentissages (langage, marche, lecture) mais pas toujours et c'est la particularité de son fonctionnement et non sa précocité qui est pertinente pour l'aider et l'accompagner dans son développement.
• L'enfant surdoué : *un drôle de Zèbre* !

Chapitre 2

La personnalité de l'enfant surdoué

Les enfants surdoués ont incontestablement des caractéristiques communes sur un plan psychoaffectif. Bien sûr, il ne s'agit pas de les penser comme des enfants tous identiques. Loin s'en faut ! Mais, de même qu'ils disposent d'une forme d'intelligence différente, ces enfants ont des particularités affectives bien repérables.

Il faut bien comprendre qu'il s'agit de dispositions initiales, c'est-à-dire d'une organisation de la sphère émotionnelle sur laquelle va se construire l'enfant.

Des caractéristiques affectives

Des traits de caractère… à l'éducation

Nous avons tous, à la naissance, des dispositions affectives qui vont constituer le fondement de notre personnalité future, des différences héréditaires. On dira volontiers de tel enfant qu'il a toujours été expansif, ou encore émotif ou sensible. Chacun se construit ensuite selon le milieu familial dans lequel il grandit, l'environnement socioculturel auquel il appartient, les personnes qu'il rencontre, etc. Mais, les expériences de vie prennent un sens différent suivant notre organisation psychologique de base.

Selon sa personnalité, une situation sera vécue, comprise, ressentie différemment par chacun d'entre nous et nous n'y réagirons pas de la même façon. L'incidence de l'événement vécu n'aura pas le même poids, la même portée selon chacun.

Dans une famille, il est courant de constater à quel point deux enfants, pourtant élevés par les mêmes parents avec des normes socioéducatives identiques, auront des personnalités très différentes. La réalité, c'est aussi que les parents ne sont pas les mêmes avec chacun de leur enfant, un ajustement se met en place entre eux : on ne réprimande pas de la même façon un enfant qui se rétracte instantanément et un enfant qui s'oppose, on ne prodigue pas la même tendresse à celui qui cherche le contact physique et à celui qui fuit toute tentative d'approche, on ne pousse pas un enfant casse-cou mais on encourage par contre un enfant timide et réservé, bref… l'enfant crée le parent et réciproquement. Il est illusoire de croire que l'on est le même avec chacun de nos enfants ! Et on aime chacun différemment !

De son côté, l'enfant met en place un fonctionnement affectif en rapport avec ce qu'il ressent lui-même dans une situation et non pas simplement en rapport avec la charge affective réelle de la situation considérée. Par exemple, deux sœurs n'auront pas le même souvenir du même événement, elles ne l'auront pas perçu ni vécu de la même manière.

Tout ce que nous vivons est une alchimie subtile entre notre perception éminemment personnelle de la situation et l'objectivité des faits. Il n'y a pas une réalité incontestable, mais une mosaïque de réalités subjectives et profondément personnelles.

Il en est de même pour l'enfant surdoué : les particularités affectives avec lesquelles il naît vont colorer tout son développement psychologique ultérieur.

La caractéristique principale de l'organisation psychoaffective de l'enfant surdoué est la force et la puissance du soubassement émotionnel sur lequel va s'édifier sa personnalité. La sphère émotionnelle est envahissante et infiltre toutes les facettes de son fonctionnement. Contrairement à l'image stéréotypée que l'on a parfois de « l'intellectuel », l'enfant surdoué est un enfant d'une émotivité telle qu'il est amené à mettre en place des stratégies et des mécanismes de défense pour s'en protéger. Et c'est dans cette nécessité de mise à distance d'une affectivité débordante que l'enfant construit son identité. Il peut en résulter une personnalité qui semble désaffectivée alors même que c'est en raison de cette ingérence affective incessante, pour se préserver de cet afflux émotionnel continu, que l'enfant a organisé sa personnalité.

L'hypersensibilité

L'hypersensibilité s'observe chez tous les enfants surdoués. Elle est plus ou moins perceptible selon les aménagements effectués par l'enfant, c'est-à-dire selon ses capacités à gérer, équilibrer, doser cette sensibilité.

L'hypersensibilité est à la fois un atout, par la finesse perceptive de l'environnement qu'elle permet, mais aussi une source de souffrances et de blessures affectives. L'enfant surdoué, branché en permanence sur son environnement affectif, sur le monde émotionnel, est constamment bombardé d'informations sensorielles, assailli de messages affectifs.

➤ Une perception sensorielle exacerbée

La sensibilité extrême à l'environnement provient d'une perception sensorielle exacerbée. L'enfant surdoué ressent le monde tous sens en éveil. Il dispose de capacités des organes des sens très supérieures et très performantes.

La vue

L'enfant surdoué voit mille et un détails avec une précision étonnante. Il est capable de distinguer un nombre impressionnant des éléments qui composent une scène. Il peut aussi repérer les détails d'une physionomie ou des détails vestimentaires qu'il intègre dans son analyse de la personne ainsi détaillée.

D'une façon générale, ce sont des enfants au regard perçant et scrutateur. Regard qui parfois dérange ou même inquiète. C'est inquiétant pour les autres de constater la quantité d'informations et de données que l'enfant surdoué retire de son exploration minutieuse et rapide. La plupart du temps, ces informations nous ont échappé et nous avons du mal à comprendre pourquoi l'enfant fait tel ou tel commentaire, adopte tel ou tel comportement... alors que nous n'avons, nous, aucun indice qui puisse l'expliquer.

Léo, 5 ans, est avec ses parents et un ami de son père sur les rochers. S'adressant à ce dernier, il dit : « Tu devrais mettre des sandales de mer ! » « Pourquoi ? » demande cet ami étonné, car tout le monde est pieds nus. Léo s'explique : « Tu risques de te faire mal comme la dernière fois. » Effectivement, au même endroit, trois ans plus tôt, cet homme s'était arraché un ongle sur un rocher. Léo n'avait alors que 2 ans mais il était le seul à s'en souvenir et à s'en inquiéter !

L'ouïe

L'enfant surdoué entend des sons sur des fréquences très larges et peut écouter plusieurs sources sonores simultanément. Il est capable de récolter en même temps des informations diverses en provenance de sources multiples.

Un enfant surdoué est capable d'écouter la télé et de s'interroger en même temps sur la raison pour laquelle une ambulance passe dans la rue, d'épier la conversation téléphonique d'un membre de la famille tout en suivant avec beaucoup d'attention les propos échangés entre ses parents. Bien sûr, dans le même temps, il percevra le bruit inhabituel que fait de façon pourtant bien ténue le voisin du dessus et se dira qu'il faudrait aller éteindre la radio restée allumée dans sa chambre à l'autre bout de la maison. Et, contre toute attente, si vous interrogez cet enfant sur le contenu de l'une ou l'autre de ces informations sonores superposées, il saura vous l'exprimer sans omettre la moindre donnée.

L'odorat

La capacité olfactive de l'enfant surdoué lui permet de distinguer un grand nombre d'odeurs. L'olfaction est le sens le moins exploité chez l'homme dans sa compréhension et son analyse de l'environnement. Sens considéré comme primaire et instinctif, il a été supplanté par les organes considérés comme plus nobles et plus fiables que sont la vue et l'ouïe.

L'enfant surdoué, lui, semble avoir conservé cette capacité olfactive de perception de l'environnement. Il est non seulement capable de repérer la présence d'une odeur alors qu'*a priori* cette odeur n'est quasiment pas perceptible, mais de lui donner sens. Or, l'une des grandes particularités du sens olfactif concerne la difficulté importante que nous avons tous à nommer une odeur. Nous savons que nous connaissons cette odeur mais la reconnaître et la nommer s'avèrent des tâches très difficiles.

Hugo, 2 ans, joue dans son bain. À l'autre bout de l'appartement sa maman prépare une salade de concombres. Le concombre n'est pas réputé pour son odeur particulière. Pourtant, lorsque sa mère revient dans la salle de bains, Hugo s'exclame : « Ah ! maman, tu as fait une salade de concombres pour le déjeuner, génial ! »

Juliette, 2 ans et demi, joue sur le tapis. Elle a devant elle quelques petits pots de différentes couleurs et joue à la marchande. La couleur des pots serait l'indice habituel avec lequel n'importe quel enfant distinguerait les aliments imaginaires. Juliette, elle, sent chaque pot, et sans tenir compte de la couleur, joue à sentir et à deviner de quel produit il s'agit !

Marc, 4 ans, emprunte l'ascenseur et demande si son parrain est à la maison. Devant le regard interrogateur et étonné de son papa, il justifie sa remarque : « C'est l'odeur de son parfum dans l'ascenseur ! »

Le goût

Un enfant surdoué peut différencier – et apprécier – des saveurs très proches. Les deux sens étant étroitement liés, ses capacités gustatives sont identiques à ses capacités olfactives. Ce sont souvent des enfants gastronomes, capables d'apprécier des mets rarement goûtés par les enfants. Un enfant surdoué peut également se régaler de saveurs relevées au goût prononcé. Bien sûr, tous les enfants surdoués ne sont pas gastronomes, mais ils en ont la plupart du temps les dispositions, si on les ouvre aux goûts divers dès leur plus jeune âge.

Le toucher

Enfin, la réactivité tactile de l'enfant surdoué est très élevée. Il aime et il recherche le contact physique qui est, pour lui, une source non verbale importante de communication avec les autres. Toucher les autres, toucher les objets est aussi une source de renseignements qui complètent sa compréhension du monde. Son besoin de contact physique est souvent très élevé et indispensable à son équilibre affectif.

➤ Tout ressentir et tout le temps

Cette exacerbation des sens, que l'on nomme *hyperesthésie*, élargit considérablement la perception qu'a l'enfant surdoué du monde et exalte sa sensibilité. Il ressent, en qualité et en quantité, une multitude de choses imperceptibles à la plupart d'entre nous.

PETITES EXPÉRIENCES EN FAMILLE

On peut vérifier cette perception exceptionnelle de l'ensemble des sens d'un enfant surdoué par de petites expériences faciles à mettre en place dans la vie courante :

- *Les images* : montrez à votre enfant une photo très chargée en détails. Proposez-lui de l'observer pendant une minute puis de la reposer. Demandez-lui alors de vous citer le plus d'objets et d'éléments possibles de la photo.
- *Les sons* : essayez, ensemble, de fermer les yeux pendant deux ou trois minutes et de vous concentrer sur les bruits autour de vous. Demandez ensuite à votre enfant ce qu'il a entendu et comparez avec votre propre perception.
- *Les odeurs* : les yeux fermés, tentez de distinguer des odeurs de la vie courante : aliments, plantes, objets… et comparez les performances !
- *Le toucher :* une expérience amusante consiste à essayer de reconnaître les yeux fermés un objet familier ou même inconnu. L'enfant surdoué a habituellement besoin de moins de palpations pour en découvrir la nature.

De plus, l'information sensorielle est traitée avec une très grande rapidité. Les informations parviennent au cerveau de l'enfant surdoué beaucoup plus vite. Un plus grand nombre de données sensorielles sont traitées dans un temps significativement plus court.

Ses émotions en deviennent elles aussi exacerbées. L'enfant surdoué réagit à la moindre variation de son environnement et avec une intensité qui peut parfois paraître excessive. Ses capacités à voir d'infimes détails, à entendre le moindre murmure, à sentir l'odeur la plus fugace, à percevoir la plus petite variation de température… favorisent le déclenchement émotionnel bien plus tôt que chez les autres ou souvent sans que personne n'éprouve la plus petite sensation.

Il peut s'inquiéter alors que personne ne perçoit le moindre danger ou, à l'inverse, être enthousiaste dans une situation qui n'émeut personne. Mais il peut aussi avoir simplement un peu plus peur que les autres ou être un peu plus excité, toujours en raison de son hyperesthésie. Et l'entourage trouve souvent exagéré et peu justifié cet emballement émotionnel, qui est parfois rejeté, critiqué voire réprimandé. On lui reprochera facilement sa sensiblerie !

Olivier, 5 ans, se met à pleurer un soir de manière inexpliquée. Questionné par sa mère, il répond : « Je pense à Papy Paul. » C'était le jour du premier anniversaire de la mort de son grand-père ! Personne dans la famille n'en avait pourtant parlé.

Ses sentiments sont absolus et d'une intensité peu commune. Quand il aime, c'est de façon totale, absolue, indestructible. Son être entier est engagé dans cet amour. Il est prêt à tout, à tout entreprendre, à tout oser, pour défendre l'être investi.

Mais sa haine sera tout aussi farouche pour celui ou celle qui l'aura déçu, ou pire qui l'aura blessé. Pour l'enfant surdoué, la blessure reste ouverte très longtemps et ce d'autant plus qu'il cherche à comprendre la raison de l'agressivité ou de la méchanceté de l'autre. Le plus souvent, cela lui apparaîtra si stupide qu'il en ressentira lui-même de l'agressivité en retour. Agressivité qu'il peut avoir du mal à maîtriser et qui peut être à l'origine de comportements violents qui nous paraîtront excessifs et inexplicables.

La force, la violence de son ressenti affectif donnent à ses relations aux autres une coloration très singulière.

Il en résulte une susceptibilité extrême, douloureuse pour lui, difficile à vivre pour ceux qui l'entourent. Tout le touche et souvent le blesse. Attention à l'impact que peut avoir la moindre remarque, aussi anodine soit elle ! Elle peut déclencher un cataclysme émotionnel plus ou moins bien contenu par l'enfant et que vous aurez du mal à comprendre… et à calmer.

Les réactions impulsives peuvent être violentes et spectaculaires. Les colères bruyantes et ingérables.

Mais comment ne pas comprendre cette susceptibilité quand on a intégré à quel point cet enfant ressent tout avec une telle intensité ?

Une mère raconte en consultation combien les colères de sa fille de 8 ans sont soudaines et, pour elle, inexplicables. « Maintenant j'ai toujours peur qu'une colère se déclenche. Je ne sais jamais pourquoi elle arrive. J'en arrive à éviter de parler avec ma fille de peur qu'elle explose. On ne se parle presque plus. C'est vraiment difficile car nous souffrons toutes les deux. »

➤ Le sens de la justice

L'enfant surdoué est aussi particulièrement sensible à l'injustice. La perception aiguisée de son environnement l'amène à saisir des situations, souvent imperceptibles par les autres, dont l'analyse le conduit à en percevoir la moindre injustice. La recherche de la *vérité* devient une nécessité absolue.

Marie, 7 ans, intervient auprès de la maîtresse : « Ce n'est pas Alex qui a parlé mais Julien ! » La maîtresse demande à l'enfant de ne pas se mêler de ce qui ne la regarde pas. « Mais je comprends que vous vous soyez trompé, insiste l'enfant, ils ont presque la même voix. » La maîtresse convoquera les parents pour se plaindre de l'insolence de leur fille.

Le sens de la justice conduit souvent l'enfant surdoué dans des situations difficiles dont il n'est pas toujours à l'origine.

La vérité est pour l'enfant surdoué un paramètre indissociable de sa capacité de penser et de son fonctionnement affectif.

➤ Les peurs, celles du dehors et celles du dedans

L'enfant surdoué est fréquemment un enfant qui a peur. La réceptivité et l'activité émotionnelle permanentes avec lesquelles il vit engendrent des peurs diverses et souvent intenses. Ces peurs peuvent être des perceptions de danger externe ou interne.

• *Ses peurs externes* sont liées à ses sens toujours à l'affût, véritables radars qui captent le plus petit signal inquiétant. L'enfant surdoué est toujours dans un état d'hypervigilance par rapport à tout ce qui se passe autour de lui. Rarement serein, puisque le monde comporte toujours un risque potentiel, il épuise une grande part de son énergie à être en permanence aux aguets. Il se laisse rarement aller et ne fait, le plus souvent, confiance qu'à lui-même.

• *Ses peurs internes* sont plus profondes, plus archaïques, plus inquiétantes aussi. Elles proviennent de toutes les expériences sensorielles vécues depuis sa naissance. Inscrites dans son être le plus intime, elles ont l'intensité, la puissance ou encore la violence que son extrême sensibilité leur a données. Elles peuvent être de simples traces émotionnelles dont le contenu a été perdu mais aussi des morceaux de vie qui ont conservé toute leur limpidité et leur vivacité.

Les souvenirs de la petite enfance remontent toujours très loin chez l'enfant surdoué. Il peut se rappeler des épisodes de sa vie de bébé et de tout petit enfant, ce qui est très rare. Il en a le plus souvent un souvenir précis et surtout, en garde la charge émotionnelle, le poids affectif.

Le monde interne de l'enfant surdoué est ainsi peuplé d'une mosaïque disparate de perceptions, de sensations, d'émotions qui s'entrecroisent, se superposent. Chaque nouvelle expérience émotionnelle est vécue, appréciée, ressentie en résonance avec ce bouillonnement émotionnel interne. Plus notre monde émotionnel est riche, plus intenses, plus vives, plus fréquentes sont nos émotions.

L'enfant surdoué vit ainsi avec la peur de l'émergence de ces angoisses profondes qui pourraient venir perturber son adaptation au monde. La force de cette vie émotionnelle interne l'inquiète car il sait que, selon ce qu'il va être amené à vivre, une brusque résurgence d'une de ses peurs intimes peut venir l'inquiéter.

➤ J'ai peur du loup !

De façon étonnante, l'enfant surdoué peut avoir des peurs qui nous paraissent complètement irrationnelles. Il est difficile d'imaginer qu'un enfant qui a étudié avec une insatiable curiosité le fonctionnement du monde, qui est d'une logique implacable dans ses raisonnements puisse avoir peur du loup ou des sorcières et demander à garder une lumière allumée pour dormir ! Pourtant, la peur du noir et des « monstres » enfantins s'observe fréquemment chez les enfants surdoués. De plus, ces peurs perdurent souvent à un âge où la plupart des autres enfants ont dépassé les peurs infantiles. On voit bien combien les capacités d'analyse et de compréhension intellectuelles ne sont d'aucun secours pour apaiser les peurs irrationnelles et combien l'intelligence n'est pas une arme d'une toute-puissance absolue.

> *« Quand j'étais petite », se souvient cette adolescente surdouée (qui avoue continuer à dormir avec une lumière), « je n'osais plus me relever le soir parce que j'étais persuadée que des crocodiles étaient tapis sous mon lit prêts à gober mes pieds si je les posais par terre. Bien sûr je savais que ce n'était pas possible mais je n'arrivais pas à me débarrasser de cette peur ! Je passais beaucoup de temps à rechercher des informations sur la vie des crocodiles pour tenter de ridiculiser la peur que j'avais, mais rien à faire ! Certains soirs, cette peur était horrible… et je n'osais pas en parler à mes parents. Je me disais qu'ils trouveraient ça tellement comique et ridicule de ma part. »*

Récapitulons

• Le fonctionnement émotionnel de l'enfant surdoué est d'une intensité et d'une richesse très élevées. Le bouillonnement émotionnel est constant et envahit l'ensemble de la personnalité.

• Chez l'enfant surdoué, l'affectif est présent partout et tout le temps. L'ingérence affective est également repérable dans le fonctionnement intellectuel. L'hypersensibilité et l'hyperesthésie de l'enfant surdoué, c'est-à-dire le développement exacerbé de l'ensemble de ses sens, expliquent en partie cette surcharge émotionnelle.

• L'enfant surdoué est une véritable éponge émotionnelle.

• C'est un enfant aux réactions épidermiques, avec une sensibilité à fleur de peau.

• L'enfant surdoué est un écorché vif : sans protection émotionnelle, il perçoit et réagit à la moindre émergence émotionnelle.

• L'enfant surdoué vit en état d'alerte permanent.

➤ Quelles sont les conséquences sur le développement affectif de l'enfant surdoué ?

Une vulnérabilité sur le plan émotionnel

Une sensibilité extrême conduit à ressentir avec une grande finesse et une acuité exemplaire tout ce qui se passe autour de soi. Et cette hyperesthésie rend plus vulnérable.

Un sentiment fréquent de grande solitude émotionnelle

Comment comprendre que les autres n'aient pas vu, pas entendu des choses subtiles qui nous ont procuré un plaisir intense ? Comment comprendre que la joie ou la peur que nous ressentons face à un événement ne soit pas partagée et partageable avec les autres ?

Comment penser alors, quand tous les autres semblent n'avoir rien ressenti que l'on n'est pas bizarre ou fou ? Le doute sur soi accompagne l'enfant surdoué dans ses expériences de vie.

Un enfant fragile

L'intensité, la force et la richesse du monde émotionnel exacerbent la réceptivité affective. L'enfant surdoué est un enfant fragile.

L'empathie, un sixième sens

Ce terme, très employé par les psy, définit la capacité à ressentir l'état émotionnel de l'autre, c'est-à-dire à avoir une réelle possibilité de le comprendre, de partager ce qu'il ressent.

L'empathie permet de s'ajuster à l'autre, de communiquer de façon sincère. L'empathie se distingue de la sympathie qui est le sentiment positif que l'on éprouve à l'égard de quelqu'un d'autre.

L'enfant surdoué dispose de cette capacité d'empathie. Il ressent avec une grande finesse l'état émotionnel de l'autre et y réagit spontanément. La moindre émotion vécue par l'autre est perçue. Il arrive même que l'enfant capte une émotion pas encore réellement consciente chez la personne concernée ou que cette personne repousse ou ne veut pas ressentir.

Sa perception émotionnelle de l'autre est instinctive. Elle pourrait être comparée à la perception animale. Un chien, en effet, perçoit la peur des humains et peut devenir agressif en réaction à cette peur. Un autre animal peut manifester des comportements qui indiquent qu'un orage approche. De même, l'enfant surdoué sait, avant que la moindre dispute éclate, qu'un conflit entre deux personnes se prépare. Il lui arrive alors de réagir à ce qu'il anticipe sans que personne ne comprenne le sens de sa réaction.

À l'école, Manon reste calme ce matin. Elle a senti que la maîtresse était triste. Pour les autres élèves ce jour est identique à tous les autres.

Le père de François rentre à la maison et embrasse tout le monde. Le repas se déroule comme d'habitude avec son lot d'anecdotes quotidiennes. Pourtant, François est inquiet. Il a compris que la journée de son père a été difficile et qu'il y a un problème sérieux. Même si son papa n'en parle pas, François, lui, sait et souffre en silence pour son père. Il sera seul à vivre ces émotions, ni sa maman, ni ses frères et sœurs n'auront perçu le moindre signe.

➤ L'empathie est-elle toujours une alliée ?

L'empathie, très caractéristique des enfants surdoués, est une qualité extraordinaire qui permet une compréhension et une communication intimes avec les autres. Mais l'empathie comporte également des effets pervers nombreux et parfois difficiles à vivre au quotidien.

L'enfant surdoué, en état constant d'hypervigilance émotionnelle, absorbe la plus infime variation émotionnelle chez l'autre. L'insouciance dans la relation affective avec les autres est une sensation inconnue pour lui. Et pourtant, c'est tellement plus reposant de ne pas tout comprendre des émotions de l'autre et de rester centré sur les siennes. Une petite dose d'égoïsme est nécessaire pour marquer son territoire et ne pas être « branché » sans relâche sur ce que ressentent les gens autour de soi.

Une des conséquences les plus lourdes pour l'organisation psychologique de l'enfant est l'*anticipation anxieuse*, c'est-à-dire l'anxiété avant une situation.

« Je n'en peux plus ! Je peux plus les supporter ! » Depuis deux ans les conflits des parents de Mathieu se sont intensifiés. Régulièrement le ton monte entre eux ou, pire, des petites allusions agressives s'infiltrent dans leurs conversations.
Mathieu est physiquement et psychologiquement épuisé. Car, en leur présence, il pressent l'arrivée du conflit, il sent les hostilités se profiler et ce bien avant qu'elles éclatent. Alors il tente toutes les stratégies possibles : attirer sur lui l'attention de l'un ou de l'autre de ses parents, lancer une conversation qui fera diversion, faire une bêtise pour se faire gronder et ainsi permettre à l'agressivité de s'exprimer différemment… Mais Mathieu ne peut passer un moment serein avec ses parents. Il est toujours méfiant, sur ses gardes et intervient dès qu'il ressent une tension. Aujourd'hui, on repère chez Mathieu des éléments dépressifs alors que son plus grand frère, à qui il a parlé du problème de ses parents, semble ne pas s'être douté de la gravité de la situation ni en être affecté.

L'anticipation anxieuse fragilise émotionnellement l'enfant surdoué dont le niveau émotionnel est toujours élevé et les sens toujours en éveil.

Il est possible que ces capacités d'empathie aient un lien avec la capacité des surdoués à percevoir les phéromones. Les phéromones sont ces sécrétions hormonales odorantes que nous dégageons et qui contiennent des informations sur notre état physique, émotionnel. Nous ne sommes pas conscients de ces perceptions et nous ne les percevons pas tous avec la même acuité. La capacité olfactive très développée des enfants surdoués est probablement une hypothèse sur *leurs compétences perceptives inhabituelles des émotions des autres**.

La lucidité

Avec des sens aiguisés à l'extrême et toujours à l'affût, doté de capacités intellectuelles hautement performantes, doué d'une compréhension élevée du fonctionnement des choses et des personnes, l'enfant surdoué porte sur le monde un regard d'une lucidité implacable.

• La lucidité portée à son maximum est à l'origine d'une anxiété diffuse constante qui fragilise considérablement l'organisation psychologique de ces enfants.

• La lucidité empêche toute forme de « lâcher prise ». L'enfant ne peut arriver à se dégager de l'emprise émotionnelle de l'environnement et de son besoin d'y donner sens. Il est toujours en état d'alerte. L'hypervigilance émotionnelle, associée à une analyse constante des choses, est un processus épuisant pour les ressources psychiques.

• La lucidité sur les êtres qui nous entourent est source d'inquiétude. L'enfant surdoué perçoit la fragilité des autres, ressent leur souffrance, leurs faiblesses. Quand on est enfant, on a besoin, au contraire, de sentir que les adultes sont solides, qu'ils peuvent nous protéger, nous réconforter de nos propres inquiétudes, nous soulager de nos propres blessures. Comment

---

* Jeanne Siaud-Facchin, *Place de l'olfaction dans l'économie psychique*. Mémoire de DEA, Université Paris-X, 1994.

POUR RÉSUMER

L'enfant surdoué présente des caractéristiques affectives qui vont colorer tout son développement et à partir desquelles il construira son identité. Ce sont les données de base.

• **L'hypersensibilité émotionnelle**

Tous les sens de l'enfant sont exacerbés (hyperesthésie) et il perçoit avec une acuité exceptionnelle tout ce qui se passe autour de lui. L'enfant est constamment « bombardé » d'informations sensorielles en provenance de l'environnement.

— Éponge émotionnelle,
— fragilité émotionnelle,
— susceptibilité importante.

• **L'empathie**

L'enfant ressent avec une grande finesse l'état émotionnel des autres. Il perçoit des émotions imperceptibles par les autres et parfois avant même que la personne concernée en ait pris conscience elle-même.

— Capacité fine de compréhension et de communication avec autrui,
— anticipation anxieuse.

• **La lucidité**

L'association de l'hyperréceptivité émotionnelle et de la perspicacité intellectuelle donne à l'enfant surdoué une lucidité perçante sur son environnement.

— Compréhension aiguisée et approfondie du monde,
— hypervigilance émotionnelle,
— tension constante, impossibilité de « lâcher prise ».

Les particularités du fonctionnement affectif de l'enfant surdoué sont à la fois une force et une fragilité de son développement psychologique. Ces caractéristiques sont communes à l'ensemble des enfants surdoués et constituent des éléments de diagnostic. Les singularités affectives pèsent de façon aussi importante dans la personnalité de l'enfant surdoué que ses singularités intellectuelles.

grandir sereinement lorsque ces adultes censés être psychologiquement forts sont perçus par l'enfant comme des personnes souvent plus fragiles qu'ils ne le sont eux-mêmes ? Comment se sentir rassuré par des adultes dont on ressent la propre peur ? Comment s'appuyer sur celui dont on a compris la fragilité ?

Par contre, l'enfant surdoué aura un amour, une passion sans borne pour un adulte dont il ressentira la solidité et la capacité à surmonter ses faiblesses. Pour lui, cet adulte-là devient un véritable héros.

Comment l'enfant surdoué construit son identité

Construire son identité, son soi, est l'un des processus psychologiques fondamentaux, socle sur lequel vont s'édifier l'ensemble de notre personnalité et peut-être aussi l'ensemble de notre vie.

Chacun d'entre nous a un bagage initial, des dispositions affectives présentes depuis la naissance et, dans la rencontre avec son environnement, réagit, fonctionne différemment. Ce sont les processus psychodynamiques, ingrédients actifs de notre développement psychologique, mécanismes fondateurs par lesquels se constitue notre identité. Les processus mis en place ne seront pas les mêmes selon les situations ou les rencontres que nous serons amenés à faire. Ils contiennent des aspects positifs indispensables à notre développement mais peuvent, dans certaines conditions, devenir négatifs et même pathologiques.

Mais, que ce soit dans leurs aspects positifs ou négatifs, les processus psychodynamiques se mettent en place différemment selon notre personnalité affective initiale.

Chez l'enfant surdoué, les caractéristiques affectives singulières constituent donc la base sur laquelle vont s'exercer les processus psychodynamiques. Sa vulnérabilité émotionnelle va imprégner le développement de son identité, l'intensité de ses émotions jalonner son parcours.

La construction de l'image de soi

Le Soi, l'image de soi, la représentation de soi, l'estime de soi font partie des grands concepts de la psychologie dont on entend aujourd'hui beaucoup parler. L'enjeu d'être soi, de devenir soi-même, de s'accepter est la préoccupation présentée comme essentielle.

Deviens ce que tu es, selon la proposition de Nietzche.

➤ Le Soi, c'est quoi ?

Ce soi dont on parle tant, qui est si fondamental pour nous, comment peut-on le définir ?

Le Soi, c'est quelque chose qui s'expérimente, qui se vit. Il ne s'agit pas d'une donnée abstraite, d'une construction théorique. Le Soi représente le noyau concret de notre identité, la base de ce que nous sommes.

Notre identité se construit en trois grandes étapes :

- L'émergence du Soi, la sensation de soi.
- La construction de l'image de soi.
- Le développement de l'estime de soi.

Et l'identité, qu'est-ce que c'est ? C'est cette possibilité d'être à la fois toujours le même, d'avoir un noyau identitaire stable, et en même temps d'être différent, c'est-à-dire de pouvoir évoluer et s'adapter aux différents événements de la vie mais aussi traverser les différentes étapes maturatives qui jalonnent le développement.

> L'identité c'est être toujours pareil tout en étant différent.

➤ L'émergence de la conscience de soi

Au départ un nourrisson, un bébé, n'a pas une conscience entière de soi. Il éprouve des sensations de parties, de morceaux de soi, isolées les unes des autres suivant les différentes expériences sensorielles. Par exemple, quand il tète, le bébé ressent une sensation tactile, olfactive et gustative localisée autour de la bouche et, pour lui, le sein ou le biberon qui lui procure le plaisir est une prolongation de sa bouche. L'objet est englobé dans la sensation corporelle. Le bébé ne fait pas non plus la différence entre son propre corps et le corps de la mère avec lequel il est en contact. Tous les deux ne font qu'un.

Et puis, petit à petit, ces différentes parties se rassemblent et on assiste alors à une première émergence d'une conscience de soi. Le bébé commence à percevoir les limites entre « ce qui est moi » et « ce qui n'est pas moi ». C'est la première émergence de la conscience d'un soi global, unifié.

En même temps, toute l'émergence de soi se crée dans le regard de la mère qui interagit émotionnellement avec le bébé. Le Soi se reflète dans les yeux de la mère, dans ses mimiques, dans ses expressions faciales, dans le son de sa voix, dans les messages émotionnels qu'elle renvoie au bébé et qui lui donnent progressivement conscience d'exister. La mère est le premier miroir du bébé.

Voilà pour les grandes phases de l'émergence du Soi où l'on est parti d'une sensation confuse du Soi à l'appropriation d'une conscience d'exister, séparé des autres.

➤ La construction de l'image et de la représentation de soi

Avoir une image de soi, cela signifie que l'on est capable de se représenter, de se constituer une image de ce que l'on est, de ce que l'on ressent être.

L'image de soi est la résultante de la confrontation entre le sentiment de soi, les attentes du monde extérieur et les idéaux du moi : que me renvoie l'extérieur sur ce que je ressens de moi ? Est-ce que cela correspond à l'image que j'ai de moi-même ? Mais aussi à ce que je souhaite, à l'idéal que j'ai de moi-même ?

L'image de soi se construit aussi dans la confrontation avec les autres : qu'est-ce qui fait que je me sens comme les autres et qu'est-ce qui représente ma différence par rapport aux autres ?

Enfin, une dimension fondamentale de la constitution de l'image de soi concerne le regard que les autres portent sur moi et les messages identitaires qui me sont adressés, d'abord dans un cercle familial proche puis dans l'environnement social et en particulier scolaire.

ATTENTION AUX MESSAGES QUE NOUS ENVOYONS À NOS ENFANTS : ILS CONSTRUISENT LEUR IDENTITÉ !

Nous recevons des messages identitaires tout au long de notre vie. Dans la petite enfance, la nature de ces messages est déterminante pour la constitution de l'image de soi.

• Il faut être extrêmement vigilant à ce que nous disons à un enfant : en tant qu'adulte, nous ne nous rendons pas toujours compte de la portée et du poids des messages que nous envoyons. Dans notre tête d'adulte, nous savons que nos messages ne s'adressent pas à la totalité de ce qu'est l'enfant. Par exemple, un parent qui dit : « tu es méchant » à un enfant exprime son mécontentement par rapport à une situation ou à un comportement précis de l'enfant. Mais l'enfant, lui, l'entend comme un message identitaire global qui le définit, c'est-à-dire qu'il comprend que c'est lui, dans sa totalité, qui est méchant. Il engrange cette information comme une réalité sur lui-même, comme une image de lui-même bien négative.

• À l'inverse, il est indispensable d'adresser le plus souvent possible des messages positifs aux enfants. Dans la vie courante, nous avons souvent tendance à relever, à réprimander, à punir les comportements qui ne conviennent pas. Mais combien d'attitudes, de comportements positifs, agréables sont-ils remarqués et valorisés ? Curieusement, ceux-là sont considérés comme normaux ! Rien à dire ! Et pourtant ce sont ceux-là qui doivent être soulignés et renvoyés à l'enfant comme autant de messages positifs sur lui-même ! Par exemple, on gronde facilement un enfant qui ne vient pas immédiatement à table mais on pense rarement à le féliciter lorsqu'il arrive dès qu'on l'appelle. Ou encore, on s'énerve quand un enfant insiste pour obtenir quelque chose mais on ne le remercie pas lorsqu'il n'insiste pas… Les exemples sont très nombreux.

Il est étonnant de constater combien cette illusion, tout à fait infondée, que l'enfant va « prendre la grosse tête » si on lui fait des compliments, hante encore l'éducation.
Au contraire, plus un enfant recevra de messages valorisants, plus l'image qu'il se construira de lui-même sera stable et solide et plus il sera à même d'affronter le monde avec une force tranquille et sereine. Et dans la plus grande humilité car il n'aura pas besoin de lutter contre les autres pour se sentir exister !

➤ L'estime de soi : la forme la plus aboutie du Soi

• L'estime de soi est la conséquence, positive ou négative, du jugement que nous portons sur nous-même. J'ai conscience que j'existe, j'ai une image de moi-même constituée et maintenant qu'est-ce que je pense de cette image ? Quelle est la valeur que je donne à cette image ?

• L'estime de soi est une évaluation de soi-même qui ne se confond pas avec la réalité de ce que l'on est. C'est en quelque sorte une forme d'échelle personnelle de valeur constituée par rapport à l'idéal du moi. Par exemple, on peut se trouver beau même si l'on n'a pas de caractéristiques physiques exceptionnelles ou encore se considérer « nul » alors que nous disposons de réelles compétences, etc.

• L'estime de soi est une donnée totalement subjective, peu affectée par le jugement des autres. Même si on me prouve que je suis quelqu'un de bien, si j'ai de moi-même une image de nul, c'est cette image qui l'emportera.

• Pour que notre estime de soi soit une donnée constructive pour notre identité, il est important que le décalage ne soit pas trop grand entre la réalité de ce que je suis et le jugement de valeur que je porte à cette image. Mais aussi entre l'idéal que j'ai de moi (aspirations personnelles) et mes réalisations. C'est-à-dire que les succès soient supérieurs aux échecs.

• Une bonne estime de soi est un facteur essentiel d'équilibre psychologique et un moteur de réussite dans la vie.

• L'estime de soi comporte une dimension essentielle : la croyance dans la possibilité d'être aimé.

L'image de soi chez l'enfant surdoué, une construction difficile

Construire son identité, c'est se sentir soi, singulier, unique, comme la rose du Petit Prince, mais c'est aussi se sentir partie intégrante d'un groupe, pareil aux autres. Le sentiment d'appartenance est un paramètre indispensable.

L'enjeu identitaire se situe dans cette dialectique. Et c'est autour de la différence que les repères identitaires seront les plus délicats à structurer chez l'enfant surdoué.

La construction de l'image de soi sera différente si l'enfant a été dépisté ou non et selon l'âge auquel il aura été identifié comme un enfant surdoué.

Néanmoins, quel que soit le cas de figure, le surdoué doit franchir un certain nombre de passages délicats dans son aventure identitaire.

> À toutes les étapes, le risque majeur est la construction d'un *faux-self*, c'est-à-dire d'un faux soi construit en fonction des autres et non

pas en accord avec ce que l'on est réellement. La mise en place d'un faux self crée un conflit interne permanent autour de l'image de soi : être ce que je ressens que je suis ou être ce que les autres attendent de moi ?

➤ L'enfant surdoué dans sa relation précoce à la mère

Précocement, c'est dans son rapport à la mère que les premières bases du Soi vont pouvoir ou non acquérir des repères sécurisants.

En particulier, l'enfant surdoué a souvent une façon de regarder, une façon d'être au monde, un regard très scrutateur qui peut déstabiliser la mère, la déranger et lui paraître étrange et peut ainsi conduire celle-ci à renvoyer à son enfant un sentiment d'étrangeté. Il en résulte des difficultés dans la régulation de l'accordage affectif. La mère a du mal à comprendre les attentes et les besoins de son enfant et à y répondre de façon satisfaisante. Elle se sent atteinte dans son sentiment de compétence, perd sa confiance dans sa capacité à être une bonne mère. Une spirale de déception réciproque peut se mettre en place : l'enfant se sent mal compris, mal aimé et la mère est frustrée par cet enfant peu gratifiant, loin de l'image qu'elle avait d'un bébé idéalisé, qui la comblerait d'amour et de gratification.

Pour l'enfant, les expériences de frustration l'emportent alors sur les expériences de satisfaction et créent un sentiment de discontinuité du Soi. L'enfant se retrouve dans l'impossibilité de conserver des traces durables de l'expérience vécue car elles sont essentiellement marquées par l'insatisfaction.

C'est ce premier achoppement dans la construction du Soi qui va faire le lit de l'intolérance à la frustration, fréquente chez l'enfant surdoué.

> **Attention !**
>
> On a l'habitude en psychologie de l'enfant d'appeler *la mère* toute personne en charge affectivement et matériellement du bébé. Ainsi *la mère* peut être *le père* ou toute personne s'occupant du bébé !

➤ L'enfant surdoué dans son environnement affectif

L'insatiable curiosité de l'enfant, son besoin impérieux de tout comprendre du monde et des autres le conduisent à poser des questions incessantes, à mettre en place des stratégies d'exploration diverses, à interroger ses parents sur les registres les plus intimes, à ne jamais pouvoir se contenter des explications habituelles. Cela peut conduire son entourage à des réactions de rejet par incompréhension de ce mode de fonctionnement et par… épuisement : « Arrête avec tes questions ! », « pourquoi tu me demandes ça ? qu'est-ce que ça peut te faire ? », « laisse-moi deux minutes de tranquillité ».

➤ Le risque des décalages identitaires

Le surdoué en décalage dans son milieu familial

Un décalage peut se creuser dans le milieu familial : les messages identitaires que les parents renvoient à l'enfant viennent se heurter à l'image naissante du Soi. L'incompréhension entre les parents et l'enfant conduit à des interactions qui situent l'enfant

LES PREMIERS RISQUES DE LA CONSTRUCTION EN FAUX-SELF

La difficulté de la mère à ressentir les besoins de son enfant, difficulté générée par la singularité de l'enfant qui n'a pas pu rendre la mère compétente, peut conduire à la mise en place d'un faux-self. C'est-à-dire que l'enfant va progressivement étouffer, inhiber ses besoins et ses désirs propres et donc l'émergence de son vrai soi, de son soi profond pour être conforme au désir et au besoin de la mère. C'est ici le premier danger dans la conquête de soi qui guette l'enfant surdoué.

dans une identité qui n'est pas la sienne et dans laquelle il ne se retrouve pas.

Le surdoué en décalage dans son environnement social

L'entrée à l'école est le grand révélateur du décalage dans l'environnement social. L'enfant va vivre des déséquilibres constants et incompréhensibles entre ce qu'il est et l'image que les autres ont de lui.

Le mode de pensée de l'enfant, si différent des autres et surtout si éloigné du système de pensée scolaire, peut très vite le conduire à des difficultés voire à un échec scolaire. Les attaques sur ses compétences, sur sa façon de penser vont jalonner son parcours scolaire. Attaques auxquelles il peut finir par adhérer en développant un doute sur ses compétences intellectuelles, des métacognitions négatives (conviction d'être nul), voire un sentiment de honte ou de culpabilité sur sa propre intelligence.

L'enfant perd ici tous ses repères identitaires sur l'image qu'il avait de lui-même qui semblent ne pas correspondre à ce qu'on attend de lui et qui surtout l'entraînent dans des difficultés et dans un échec incompréhensible. La perte de confiance en lui-même qu'il pouvait initialement avoir et la nécessité d'étouffer l'image qu'il avait de lui précipitent l'enfant dans une rupture inquiétante dans la construction de son identité.

Mais, le plus souvent, une lueur de lucidité persiste sur la richesse et l'intérêt de sa propre pensée. L'enjeu devient alors : *faut-il garder mon système de pensée ou adopter celui des autres qui semble mieux convenir mais qui pourtant me semble moins intéressant ?* Un conflit interne émerge et fragilise le développement identitaire.

Colère, agressivité, opposition ou encore retrait, isolement peuvent en être les conséquences extérieures alors qu'une tempête intérieure gronde et fait redoutablement souffrir cet enfant.

> Les nombreux décalages entre perception de soi et messages renvoyés par les autres contribuent à la constitution d'un faux-self.

Les processus d'identification

Tous les enfants se construisent en s'identifiant à des modèles. Ils en ont besoin pour se projeter dans l'avenir et avoir conscience d'exister.

On appelle processus d'identification la mise en place de cette dynamique identificatoire vers des modèles de référence.

Les processus identificatoires structurent l'identité, ils permettent d'ajuster ce que l'on est en se comparant aux autres : soit en cherchant à leur ressembler soit au contraire en cultivant la différence.

➤ L'identification aux parents

Les parents sont naturellement les premiers modèles. Ils représentent des idéaux du moi auxquels on cherche à ressembler et que l'on considère comme les figures d'adultes idéales. Ils vont servir d'appui structurant pour permettre aux enfants de projeter sur eux leur propre image. L'enfant cherche à s'attribuer les caractéristiques de son père, pour les garçons, de sa mère, pour les filles.

Pour l'enfant surdoué, la difficulté provient de sa perception aiguë de l'environnement et en particulier de sa capacité étonnante à percevoir qui est l'autre et comment il fonctionne. Ces mécanismes produisent un effet loupe sur le fonctionnement de ses parents et sur ce qu'ils sont réellement. L'enfant perçoit alors à un stade bien trop précoce les limites voire les failles des adultes qui l'entourent et en premier lieu de ses parents.

Justine se rend à une fête de famille avec ses parents, son oncle et sa tante. Son père (dont c'est la belle-famille) discute avec tout le monde. En particulier, il écoute avec grand intérêt ce que dit la tante de Justine, il lui fait des courbettes, il est tout sourire. Pourtant Justine perçoit le caractère faux de cette attitude. Elle sent que son père joue la comédie et que sa façon d'agir avec sa tante ne correspond pas à ce qu'il pense. Justine a repéré de manière extrêmement aiguë et dérangeante la faille dans le comportement de son père.

Les parents, habituellement vécus comme idéalisés et tout-puissants, ne peuvent plus assurer leur rôle protecteur et rassurant ni servir de modèle. Le jeu des identifications est sérieusement perturbé et la construction identitaire se fait alors sur des repères personnels. L'enfant va s'appuyer sur des processus d'autorégulation, c'est-à-dire qu'il va chercher en lui-même les ressources nécessaires pour grandir. En quelque sorte, il se fait tout seul. Ce mécanisme peut donner lieu à des constructions identitaires atypiques et être à la source de nombreuses angoisses ou manifestations d'anxiété.

D'une certaine façon, l'enfant surdoué se retrouve prématurément dans une problématique adolescente, c'est-à-dire dans cette phase de développement au cours de laquelle les parents sont remis en question, critiqués, jugés. Mais si, pour l'adolescent, cette phase est indispensable à l'affirmation de sa marque identitaire personnelle, pour le petit enfant, c'est difficile à vivre. Malgré sa lucidité et ses capacités d'analyse, l'enfant dispose de moyens d'élaboration psychique qui restent conformes à son âge et il se retrouve donc confronté à une situation complexe impossible à élaborer.

Cécile, 10 ans, fait un commentaire à propos de ses parents qui se disputent : « Ils font une crise d'adolescence ! J'en ai assez d'avoir des parents immatures ! »

> La complexité dans la mise en œuvre de processus identificatoires aux parents est une source d'angoisse importante pour l'enfant surdoué et fragilise sa construction identitaire.

➤ L'identification aux pairs

Pour se construire, l'identification aux autres, au groupe d'amis est une étape indispensable. L'enfant choisit aussi ses modèles parmi ses amis, a envie de ressembler à l'un ou à l'autre. Parmi eux, il y a toujours celui qu'on admire, auquel on veut ressembler à tout prix, à qui on attribue toutes les qualités possibles ; et celui qu'on déteste, auquel on ne veut surtout pas être identifié.

C'est également dans le phénomène de groupe que se jouent les identifications. Le groupe devient un modèle en soi, non plus comme une assemblée de personnes distinctes mais comme une entité qui contient ses propres normes. Il en va ainsi des phénomènes de groupe dans lesquels tous sont habillés de la même façon, écoutent la même musique, s'amusent des mêmes choses. Il est rassurant pour un enfant de se sentir appartenir à un groupe de référence, dans lequel il se reconnaît comme identique aux autres et dans lequel il est reconnu et accepté. La reconnaissance par les autres est un paramètre indispensable à l'équilibre psychologique et à l'adaptation sociale de l'enfant.

À l'adolescence, les processus d'identification au groupe prennent une valeur encore supérieure. À cet âge, la rupture avec les modèles parentaux devient nécessaire et l'adolescent doit trouver de nouveaux modèles identificatoires parmi ses amis. L'identification aux pairs est un signe de développement normal. Un adolescent isolé, sans ami, sans groupe de référence est un adolescent en souffrance et en danger pour sa construction identitaire. Les adolescents doivent absolument, pendant cette période, se différencier de leurs parents pour affirmer leur identité. Empêcher l'adolescent de se réfugier dans un groupe, l'enfermer dans un modèle parental, c'est entraver sa liberté et lui refuser d'exister à part entière.

Pour l'enfant surdoué, l'identification au groupe est beaucoup plus difficile. L'enfant se sent différent des autres. Il a du mal à partager ses centres d'intérêt et s'étonne que ce qui l'intéresse laisse tout le monde indifférent. D'ailleurs, ses sujets de prédilection conduisent parfois les autres à se moquer de lui car ils trouvent étrange de s'intéresser à ce type de sujets. À l'inverse, ce qui passionne les autres, leurs occupations principales, leurs sujets favoris de discussion laissent l'enfant surdoué perplexe. Il n'arrive pas à y trouver de l'intérêt et ne comprend pas comment cela semble convenir à tout le monde. Un fossé se creuse ainsi entre lui et les autres alors que l'enfant aimerait tellement se sentir accepté. En effet, l'enfant surdoué souffre le plus souvent d'être seul et de ne pas avoir de véritable ami. Et pourtant, il en cherche et tente de nombreuses stratégies pour se faire apprécier des autres.

De nombreux enfants surdoués décrivent combien ils ressentent l'impression d'être à l'extérieur de leur groupe d'amis même lorsqu'ils se trouvent avec eux. Un peu comme si un voile persistait qui recouvre une partie du vécu dans le groupe et les empêche d'être vraiment présent à ce qui s'y déroule. Ils se sentent à la fois dans le groupe et spectateurs du groupe.

Estelle, 14 ans, raconte ses efforts désespérés pour s'intéresser aux marques à la mode, sujet de conversation qui monopolise l'intérêt des filles de son âge.

Estelle, qui ne trouve aucun intérêt à la mode et encore moins aux enjeux de séduction qu'elle véhicule, se force néanmoins, dans un vrai numéro de comédienne, à faire semblant de se passionner pour le dernier vêtement dont on parle. Le problème est qu'elle aura du mal à jouer cette comédie sur la longueur et que ses sujets réels de préoccupation ressortiront à un moment ou un autre et… la trahiront aux yeux des autres.

Antoine, 16 ans, exprime qu'il ressent une boule d'angoisse en permanence quand il se trouve avec ses copains. Il décrit cette angoisse comme une boule de feu qui le consume de l'intérieur et il comprend que c'est son sentiment de différence par rapport aux autres, son désarroi de ne pas arriver à se sentir totalement intégré au groupe qui créent ce profond et douloureux malaise ressenti physiquement.

• L'enfant surdoué qui se sent différent ne trouve pas de régulation possible par l'absence de reconnaissance de soi dans le regard des autres. Il en ressent un sentiment d'étrangeté. Cette impression peut même le conduire à un véritable sentiment de folie, car l'enfant ne parvient pas à donner un sens à cette différence. Comment en effet comprendre que tous aient des préoccupations communes et un fonctionnement similaire alors que soi-même on est si peu semblable ? Comment penser que ce sont les autres qui sont étranges et qui dysfonctionnent alors qu'ils semblent tous identiques et que l'on est seul à réagir différemment ?

• L'impossibilité pour l'enfant surdoué non dépisté de donner sens à cette différence est à l'origine d'une angoisse diffuse, confuse et envahissante.

Lorsque les choses prennent soudain sens, lorsqu'elles sont nommées et identifiées, alors on peut comprendre ce qui se passe et mettre en place des stratégies d'adaptation.

• De plus, les autres renvoient constamment à l'enfant surdoué des confirmations de cette différence. Ce sont souvent des enfants maltraités psychologiquement et même malheureusement physiquement, car la différence est toujours mal vécue et suscite de fortes réactions d'attaques. On se défend souvent contre quelque chose que l'on ne comprend pas car on a peur de ce qui nous échappe, de ce qui est inconnu.

• La conséquence est l'isolement, le retrait social et de profondes et douloureuses attaques de l'image de soi. Un cercle vicieux s'installe car cette représentation dévalorisée de lui-même, ce sentiment tenace que personne ne peut l'aimer empêche l'enfant surdoué d'aller vers les autres. Toute rencontre est anticipée comme négative et vient renforcer l'isolement par rapport au groupe.

L'enjeu qui se joue entre

— être conformiste pour se faire accepter,

— rester ce que l'on est

devient un conflit majeur qui fragilise la construction de l'image de soi.

L'ENFANT SURDOUÉ : LE VILAIN PETIT CANARD

Souvenons-nous du rejet et des attaques subis par ce pauvre volatile si différent de ces ravissants petits canetons, ses frères et sœurs ! Que de mépris et de difficultés pour ce vilain petit canard de grandir ainsi exclu par sa propre mère, par toute la couvée mais aussi par tous les autres canards qui le trouvent si laid, si différent des autres ! Il est obligé de partir, de quitter sa famille et la basse-cour dans laquelle il vivait parmi les autres pour se retrouver seul et affronter mille et un dangers. Personne ne le reconnaît comme l'un des siens, il doit se cacher pour survivre alors qu'il ne rêve que d'être accepté parmi d'autres et partager leur existence !

Jusqu'au jour où, soudain, en regardant son reflet dans une flaque il comprend qu'il appartient à la famille des cygnes, ces oiseaux qu'il trouve si majestueux. Les cygnes eux aussi le reconnaissent enfin des leurs et le Vilain Petit Canard, enfin admis dans un groupe, devient un cygne magnifique et admiré de tous !

Évitons de faire subir à l'enfant surdoué cette souffrance et ces humiliations.

Reconnaissons-le pour ce qu'il est et donnons-lui la possibilité d'être reconnu à la fois dans sa différence mais aussi dans sa ressemblance. Donnons-lui la possibilité de se développer avec un sentiment de sécurité identitaire qui lui permette de devenir un adulte épanoui et confiant dans ce qu'il est.

Les mécanismes de défense de l'enfant surdoué

Nous avons tous besoin, quels que soient notre personnalité et l'environnement dans lequel nous évoluons, de nous protéger émotionnellement des autres mais aussi de nos angoisses intérieures. Pour cela, nous avons recours à des mécanismes de défense contre l'agression, réelle ou imaginaire, que ces émotions nous font ressentir.

Les mécanismes de défense peuvent prendre des formes diverses. Ils peuvent être adaptés à la réalité de ce que nous vivons et remplir pleinement leur fonction protectrice ou être excessifs et devenir pathologiques.

Un mécanisme de défense devient pathologique lorsqu'il perturbe ou entrave notre vie quotidienne ou qu'il atteint l'intégrité du moi.

L'enfant surdoué est exposé de par ses particularités de fonctionnement affectif et intellectuel à des tumultes émotionnels violents qu'il lui est parfois bien difficile à élaborer. Nous avons vu à quel point cet enfant est littéralement agressé par l'intensité de ses perceptions émotionnelles. Il est en permanence assailli par des informations sensorielles. Toujours « branché » sur le monde avec ses innombrables antennes, l'enfant doit mettre en place des mécanismes de défense efficaces pour tenter de filtrer cet afflux émotionnel.

Ce fonctionnement sensoriel qui fait loupe en continu sur l'environnement peut devenir une source d'inquiétude pour l'enfant surdoué. Il est difficile et parfois douloureux de ressentir avec une telle finesse et une telle intensité le monde dans lequel nous vivons. N'oublions pas, de plus, que ces enfants disposent d'une intelligence singulière et performante, qui, dans le même temps, leur donne la possibilité d'une analyse complète de la situation ou de l'événement. L'enfant consacre donc une énergie importante à contrôler ses émotions pour ne pas se laisser envahir.

Il faut rappeler que les perceptions émotionnelles ne sont pas exclusivement des données en provenance de l'extérieur mais qu'elles concernent également le vécu émotionnel intérieur. L'enfant surdoué est en prise constante avec son monde interne bouillonnant.

Pour se protéger de cette « agression » émotionnelle, l'enfant met en place des mécanismes de défense qui visent à maîtriser et à contrôler cet afflux émotionnel.

> Maîtrise et contrôle sont des mécanismes protecteurs. Ils sont les mécanismes de défense privilégiés des enfants surdoués et on en repère trois grandes variétés :
> — la défense par la cognition,
> — l'humour,
> — le développement d'un monde interne hermétique aux autres.

La manipulation intellectuelle des émotions

L'enfant surdoué, habitué à tout comprendre, habitué à sa capacité d'analyse, habitué à donner un sens logique à tout ce qui l'entoure, ne parvient pourtant pas à réguler avec son fonctionnement intellectuel le « bombardement émotionnel » qui l'assaille. Tout ce qui émane de la vie affective, de la sphère émotionnelle, de l'univers des fantasmes ne se laisse pas prendre dans son système de compréhension logique qui s'applique avec succès aux éléments de connaissances extérieurs et désaffectivés.

Pour contrôler toute émergence émotionnelle, pour neutraliser la force de l'affectif, il met en place un mécanisme de défense spécifique que j'appelle : défense par la cognition. Cela signifie que l'enfant va faire passer par l'intellectuel, par la logique, par le raisonnement, par l'explication rationnelle toute donnée émotionnelle. La défense par la cognition est un mécanisme proche du mécanisme classique d'intellectualisation mais qui s'en distingue par la transformation et la manipulation cognitive systématique de toute perception émotionnelle.

L'énergie consacrée à ce mécanisme est considérable car les « attaques » du monde émotionnel sont constantes et se renouvellent sans cesse. L'enfant n'a pas de répit. La crainte de l'émergence émotionnelle soudaine et brutale qui pourrait venir désorganiser tout son fonctionnement et tout balayer sur son passage crée une tension psychique parfois insoutenable.

➤ Une digue contre le surplus émotionnel

L'énergie que consacre l'enfant dans sa défense contre les émotions est comparable à l'édification d'une digue pour contenir un océan déchaîné. La force des vagues vient régulièrement produire des brèches dans cet édifice. Et il faut sans relâche réparer, consolider pour lutter contre les forces de la nature. Avec, constante, cette peur que soudain tout s'effondre et d'être emporté par les flots. Quel travail de titan et quelle dépense d'énergie qui ne sera plus disponible pour toute autre tâche !

La défense par la cognition est un mécanisme efficace car il permet de soustraire toute marque affective à une situation, de désactiver la charge émotionnelle, de mettre à distance les angoisses. Mais, son risque majeur est un appauvrissement et une rigidification de la vie psychique. Tout ce qui relève de la pulsion, des affects, de l'émotion est abrasé, dénié. Cela peut alors conduire à un repli sur soi, à la construction d'une personnalité désaffectivée, qui peut apparaître froide et distante, incapable de gérer autrement les situations de vie que sur un mode intellectuel. Une bonne dose de cynisme complète généralement le tableau.

➤ Les risques de la défense par la cognition

• Elle peut conduire, dans ses modalités les plus extrêmes, au développement d'une personnalité clivée : seule la sphère intellectuelle peut s'exprimer au détriment de la sphère émotionnelle, littéralement emmurée.

• Elle fragilise considérablement la construction identitaire : elle dénie la source profonde de l'identité, coupe du Soi véritable et « fabrique » une identité de surface. Le moi est prisonnier du système défensif.

• Elle présente des modalités protectrices rassurantes quand elle permet une certaine neutralisation affective. C'est-à-dire quand elle protège l'enfant d'un surplus émotionnel qui pourrait nuire à son adaptation. Ce mécanisme de défense montre également son intérêt lorsqu'une analyse rationnelle de la situation permet de débloquer une situation embrouillée par les éléments affectifs. Mais la défense par la cognition devient pathologique quand elle entrave le processus identitaire et contribue à une fragilité narcissique grandissante.

Une des conséquences observables de la défense par la cognition pathologique concerne le surinvestissement intellectuel de certains enfants surdoués qui fuient par là toute sollicitation émotionnelle. Ils se réfugient dans la sphère intellectuelle pour, surtout, ne plus rien ressentir.

> *Émilien, 10 ans, fait un bout d'essai pour un rôle dans un film. Une première fois sélectionné, il sort du deuxième rendez-vous plutôt content ; il a très envie d'obtenir le rôle. Pourtant quelques jours plus tard, on lui annonce qu'il n'a pas été choisi. Sa maman le sait extrêmement déçu et malheureux, pourtant il n'a pas l'air de réagir. Au lieu de cela il analyse les contraintes de la réalisation d'un film, l'organisation complexe d'un casting, les coûts que cela représente et l'incidence de ces coûts sur le budget global du film. Il évalue la démultiplication des coûts en fonction du nombre de rôles et du nombre de castings nécessaires, etc. Émilien empêche ainsi la déception, la tristesse, de l'atteindre, de le blesser.*

L'humour

L'humour est un compromis entre la maîtrise affective par des outils cognitifs et l'aménagement affectif. L'humour permet d'élaborer les émotions sous une forme tolérable. L'humour nuance les affects sans les supprimer. Grâce à l'humour, le monde affectif reste actif mais est tenu à distance.

Mais l'humour suppose aussi des compétences intellectuelles complexes car il est une alchimie subtile entre :

— la transformation d'une situation par une opération intellectuelle,

— la manipulation judicieuse du poids émotionnel de la situation,

— la créativité.

Seul le cocktail bien dosé de ces trois ingrédients donne à l'humour sa dimension comique et lui permet de fonctionner comme mécanisme de défense.

> L'enfant surdoué est champion en humour car l'humour est pour lui la voie royale dans l'aménagement pulsionnel. Il en détient toutes les clefs et perçoit suffisamment finement la réalité émotionnelle ambiante pour utiliser l'humour à bon escient.

La maman de Rosalie, 8 ans, fait une chute spectaculaire dans l'escalier. Seule avec elle, la petite fille se précipite affolée. Voyant sa mère qui a l'air de souffrir mais qui est consciente elle lui dit : « Tu ne devrais pas essayer de me copier maman, tu vois bien que tu n'es pas très douée pour les cascades ! »

> Attention, la réciproque n'est pas vraie :
> Si l'enfant surdoué manie fréquemment l'humour et sait le plus souvent l'utiliser avec tact, il supporte mal le moindre trait d'humour à son égard. Le plus curieux, dans ce cas, c'est qu'il n'en comprend plus les nuances et ne perçoit pas le sens comique. Il prend mot pour mot comme une attaque personnelle ce qu'il ressent comme une raillerie et une moquerie désagréable !

La création d'un monde interne protecteur

La création d'un monde interne qu'il construit à son image est un mécanisme de défense fréquemment observé chez l'enfant surdoué. Dans ce monde, tout fonctionne selon son idéal. Et son idéal est complexe. Ce monde lui appartient et il en maîtrise les moindres recoins. Pays où il est roi, où les autres réagissent selon son bon vouloir. Pays où il se sent bien et où il vient régulièrement se ressourcer.

Le monde interne créé par l'enfant surdoué n'est pas peuplé de choses ou d'êtres de l'univers du fantastique qui viendraient se substituer à la réalité. Il est construit sur les bases de la réalité mais avec des lois, des règles, des rapports humains qui sont ceux auxquels l'enfant aspire de toutes ses forces.

Pierre, aujourd'hui adulte, se souvient comment, en classe, il s'échappait de l'ennui en se réfugiant et en s'enfermant dans son monde intérieur. « Je m'amusais à reconstruire la création du monde. Je réfléchissais aux différentes théories de la naissance de l'univers. Je comparais les hypothèses et j'en créais de nouvelles. Chaque nouvelle idée me demandait des heures de réflexion. Je voulais que ce soit plausible, réaliste, scientifique. Quand j'étais obligé d'interrompre ma théorie, je la reprenais au stade où je m'étais arrêté dès que je pouvais de nouveau m'évader. Et je poursuivais mon élaboration. J'étais tellement bien, c'était un vrai plaisir ! »

Tous les enfants se créent un monde imaginaire qui leur permet de rêver une partie de leur vie. Habituellement, ce monde vient pallier les frustrations ou les manques que l'enfant éprouve dans la réalité par les « pouvoirs magiques » qu'il recèle. Il est un support affectif pour accepter les moments désagréables de la vie mais l'enfant ne l'utilise pas comme mécanisme de défense pour protéger son identité.

• L'enfant surdoué a souvent besoin de son monde interne pour protéger son moi d'attaques identitaires dangereuses pour sa personnalité.

• La création d'un monde interne idéalisé est un refuge protecteur. Ce monde permet à l'enfant surdoué de se sentir moins agressé par le fonctionnement des autres, différent du sien, et que souvent il ne comprend même pas. La fuite dans son monde lui épargne certaines émotions trop sensibles ou trop douloureuses. Dans son univers intérieur, il compose avec les émotions qui, dans la réalité, le débordent. Dans son monde, il sait, il peut les élaborer et les rendre plus acceptables, plus vivables. Elles peuvent alors être intégrées au reste de sa personnalité.

• Cette fuite fréquente et spontanée dès que l'enfant se sent en insécurité affective, « agace » beaucoup les autres qui peuvent l'interpréter comme de l'opposition ou de l'insolence. Le repli intérieur instinctif de l'enfant surdoué peut être à l'origine de conflits avec l'entourage. Dans ce cas, l'enfant devient complètement hermétique à toute parole et la communication avec lui est totalement coupée. Rien ne saura le faire revenir dans la discussion ou même dans la réalité.

CONSEILS AUX PARENTS

• Respectez le monde de votre enfant, il en a besoin pour vivre.

Parfois vous pouvez en discuter avec lui (lorsqu'il est disposé à le faire) et partager certains éléments de son univers. Ne le brusquez pas et surtout ne jugez jamais. C'est *son* monde.

• Essayez de faire des ponts, des passages entre son monde et le nôtre. Aidez-le à apprivoiser la réalité pour qu'il en ait moins peur.

• Aidez-le à faire cohabiter les deux mondes pour qu'il les alimente l'un et l'autre de leurs richesses et de leurs atouts respectifs. Sa personnalité s'en trouvera grandie.

Chapitre 3

Le mode de pensée de l'enfant surdoué

La singularité du mode de pensée de l'enfant surdoué est la pierre angulaire sur laquelle est construite toute la différence de cet enfant. Comprendre les particularités de sa pensée, apprécier la spécificité de son fonctionnement est indispensable pour la compréhension de l'enfant surdoué et pour lui permettre une intégration réussie et un développement harmonieux de l'ensemble de sa personnalité.

Les différences de procédures de raisonnement, de système de compréhension, de méthode de mémorisation, de construction et d'élaboration des connaissances… sont aujourd'hui de mieux en mieux comprises grâce à l'apport de la neuropsychologie, des neurosciences et de la neurobiologie du cerveau.

Pourtant, *penser autrement* et non pas disposer de capacités supérieures de penser est l'idée la plus difficile à accepter et à intégrer lorsque l'on évoque l'enfant surdoué. Et ce tout simplement parce qu'il nous est à tous difficile de se représenter un système que l'on ne connaît pas et que, le plus souvent l'on ne comprend pas.

Et nous voilà pourtant confrontés avec l'enfant surdoué à un système de pensée dont les points communs avec le nôtre, *normo-pensant*, sont rares et qu'il nous est donc bien difficile d'imaginer.

L'enfant surdoué pense autrement

L'illusion de la pensée commune

Nous avons tous l'illusion que l'autre pense comme nous. Cette illusion crée dans notre vie quotidienne de nombreuses incompréhensions dans nos relations avec les autres.

Penser que les autres partagent la même pensée ou, pire encore, que les autres peuvent deviner voire anticiper ce à quoi nous pensons, entraîne des problèmes de communication parfois insurmontables entre des personnes même très proches. Et, le plus étonnant, c'est que l'idée que l'autre n'a pas compris simplement parce que sa façon de penser est différente nous traverse rarement l'esprit. Voilà la source de bien des conflits, chacun étant persuadé de la mauvaise foi de l'autre, de sa mauvaise volonté dans le désir de nous comprendre, chacun percevant cette incompréhension comme un sentiment de persécution :

« *Tu le fais exprès* », « *tu sais très bien ce que je veux dire* », « *ne fais pas semblant de ne pas comprendre* ».

Les exemples sont nombreux ! Et pourtant, nos relations aux autres seraient tellement plus faciles si nous acceptions cette donnée de base : *nous avons notre propre pensée et, le plus souvent, elle est différente de la pensée de l'autre.*

Ce qui est implicite pour les autres ne l'est pas forcément pour le surdoué

➤ Un « implicite » commun à un groupe

Il est vrai néanmoins, et heureusement, que, selon le groupe culturel, social, familial auquel on appartient, il existe des « codes » communs qui nous permettent de comprendre la même chose dans des situations données. C'est ce que l'on appelle le *contenant culturel de la pensée.* Le contenant culturel organise des *implicites communs* dans un cadre de référence.

Par exemple, notre société fonctionne sur des interdits fondamentaux comme l'interdit de l'inceste. Notre pensée exclut d'emblée l'hypothèse d'être amoureux de son père ou de son frère. Cette hypothèse n'appartient pas à la construction de notre pensée autour du lien amoureux.

Dans la communication, il existe des implicites qui simplifient et codifient la communication.

À l'école, les implicites sont nombreux et permettent à l'élève de comprendre et d'anticiper le sens des consignes proposées par l'enseignant et d'y répondre de façon adaptée : l'élève *sait* que lorsque l'enseignant pose une question sur un sujet de cours, il *doit* y répondre en restituant les connaissances supposées acquises grâce au cours du professeur.

➤ L'enfant surdoué ne perçoit pas les implicites

Mais, et voilà l'un des premiers écueils, l'enfant surdoué ne partage pas les mêmes implicites. Son mode de pensée, sa compréhension du monde, son analyse de l'environnement diffèrent de l'élève classique. Nous allons alors assister à des erreurs ou à une totale incompréhension de la consigne. Conformément à ses propres codes, l'enseignant sera, de son côté, immédiatement convaincu que cet élève est insolent, qu'il le fait exprès, que c'est de la provocation. La mise en place d'une relation persécuteur/persécuté s'installe rapidement, chacun étant persuadé que l'autre agit pour le blesser, le ridiculiser, le dévaloriser, l'agresser… toutes les illusions sont possibles.

Pour un enseignant, comment comprendre en effet que cet élève, brillant à l'oral, disposant de connaissances diversifiées, à l'aise dans l'expression de son savoir, puisse ne pas avoir compris ou ait pu interpréter différemment l'énoncé d'une question ou d'un problème à résoudre ?

Pour un parent, comment supporter que cet enfant vif, rapide dans sa compréhension, habile dans ses interprétations, perspicace dans ses analyses de l'environnement… fasse répéter plusieurs fois la même consigne, la même question et qu'il ne comprenne pas le sens de ce que l'on vient de dire ou de ce que l'on vient de lui demander de faire ? « Arrête de faire l'imbécile ! », « Tu te fiches de moi », « Ne me prends pas pour un débile, tu es idiot ou quoi ? » ponctuent la discussion et alimentent la polémique. Et l'enfant, imperturbable, semble tenir tête, reprenant inlassablement et froidement qu'il n'a pas compris, qu'il ne sait pas ce qu'il doit faire ou encore qu'il a fait ce que vous lui demandiez, alors que, bien entendu, il a fait exactement le contraire.

➤ Que s'est-il passé ?

Une chose finalement bien simple : ses codes étant différents, l'enfant a interprété avec les siens et non avec les vôtres le sens de ce qui a été dit ou demandé. De plus, avec son système de compréhension, la réponse attendue peut parfois lui apparaître comme une *non-réponse*. Il ne peut l'envisager comme une réponse possible et cherche dans son propre répertoire une réponse qui lui semble plus adaptée.

> *À la question : « Qu'est-ce qui fait que le fer rouille ? », dans un test d'intelligence, une adolescente surdouée de 13 ans répond, perplexe : « Je ne sais pas. » Pourtant après investigation complémentaire : « Qu'est-ce que c'est que tu ne sais pas ? », elle répond sereinement : « Je ne connais pas le processus chimique qui permet d'expliquer l'oxydation ! »*
> *La réponse « oxydation » était pour elle une non-réponse, c'est-à-dire que ce ne pouvait être la réponse attendue tellement il s'agissait pour elle d'une évidence partagée de tous.*

Si vous demandez à quelqu'un de votre entourage de quelle couleur est le *citron*, il pense instantanément que vous ne lui demandez pas de répondre *jaune*, puisque c'est l'évidence pour tout le monde, mais soit qu'il s'agit d'une blague, soit que vous attendez de lui une réponse complexe sur le processus biologique qui produit cette couleur jaune dans la nature ou toute autre réponse compliquée.

Contrôle d'histoire en CM2 : « Que penses-tu de l'évolution de l'homme ? », et deux réponses d'élèves surdoués :
— « Je pense que c'est bien pour l'homme »,
— « Je trouve qu'il a bien évolué ».

Bien sûr il était *implicite* pour tous les élèves de la classe, et pour l'enseignant, qu'il était demandé de réciter le cours sur l'évolution de l'homme et non d'exprimer une position personnelle, ce qui correspondait pourtant *stricto sensu* à la formulation de la question.

Voilà une réponse notée zéro et accompagnée d'un commentaire désagréable pour l'enfant et d'un mot aux parents : *enfant insolent envers ses professeurs, manque de respect.* Toutes les explications ou tentatives de justifications apportées par l'enfant seront interprétées comme la preuve d'une provocation de sa part : « *Et en plus, il continue ! c'est vraiment une tête dure* ! » Les parents, confiants dans l'interprétation du professeur et convaincus à leur tour que leur enfant a voulu *faire l'intéressant*, le punissent de leur côté. L'enfant, lui, se sent non seulement incompris mais ne comprend pas ce qui s'est passé et vit cet événement comme une injustice profonde à son égard.

Plus grave encore pour la poursuite des apprentissages : il perd confiance dans son professeur et aura tendance à minimiser ses compétences. Pour lui encore, si ses parents prennent spontanément le parti des professeurs, c'est qu'ils n'ont pas confiance en lui et cette blessure restera présente et sera ravivée à chaque nouvel incident, même minime, du même type. Le sentiment de solitude et d'étrangeté de l'enfant en sera renforcé.

Récapitulons

• L'illusion que les autres pensent comme nous peut nous conduire à un problème fondamental de communication.
• L'enfant surdoué ne dispose pas des mêmes implicites que tout le monde. Cela peut l'amener à ne pas comprendre ce qu'on lui demande, à donner une réponse « à côté », ou encore à dire « je ne sais pas ». Ce n'est ni de l'insolence ni de la provocation mais seulement une incapacité à comprendre la même chose que vous.
• Ne pas disposer des mêmes implicites entraîne un défaut d'anticipation. L'enfant surdoué ne sait pas ce que vous attendez de lui et ne peut pas s'y préparer.

L'enfant surdoué prend les mots au pied de la lettre

L'interprétation littérale du sens des mots chez les surdoués est extrêmement fréquente. Pour lui, le sens est essentiel et le mot doit être employé dans son acception la plus précise. Ce « collage » au sens littéral du « mot pour le mot » peut sembler paradoxal chez des enfants qui par ailleurs fonctionnent dans des systèmes d'inférences analogiques et de symbolisation d'une grande richesse, qui manipulent les concepts verbaux et la pensée abstraite avec une aisance exceptionnelle ou encore qui jouent en permanence avec les mots, employant constamment l'humour dans leur fonctionnement mental.

Pourtant, comme on le rencontre dans certaines populations pathologiques, comme les autistes par exemple, le besoin absolu de sens et de maîtrise du surdoué le conduit à cette nécessité impérieuse de considérer le mot comme un « objet » aux contours définis qui ne suppose ni doute ni incertitude. Ce processus est à l'origine de nombreux malentendus entre adultes (enseignants, parents…) et enfants surdoués. Et conduit à bon nombre d'échecs scolaires paradoxaux et à des conflits familiaux inextricables.

« Dépêche-toi, nous sommes en retard, il est déjà 8 heures et demie.
— Non, il est 8 heures 28.
— C'est pareil, viens vite !
— Non, c'est pas pareil, ça me laisse encore deux minutes pour regarder la télé ! »

Autre exemple de réponse littérale à un devoir de géométrie de CM2 : « Faites les figures géométriques suivantes : un triangle isocèle de telle dimension, un carré de tant de côté, un losange… »
L'élève rend à l'institutrice un ensemble de formes géométriques découpées, reliées par un trombone, en ayant pris soin de bien reporter les dimensions demandées. L'élève avait « fait », au sens de « fabriquer » des figures géométriques. Il n'avait pas anticipé le sens, implicite pour tous, qui consistait à « dessiner » les figures sur une feuille. De plus, à la remarque excédée de la maîtresse, considérant comme un signe d'opposition manifeste le comportement de cet enfant, qui s'insurge : « Et comment je fais moi

pour savoir quel est le triangle et le losange ? », la réponse fuse, naïvement : « Alors, toi tu me demandes de faire ces figures et tu ne sais pas les reconnaître ? »

Cette nécessité de la précision du sens du mot se retrouve aussi dans des réflexions plus abstraites du jeune surdoué qui cherche à comprendre le monde et, inlassablement, se pose des questions existentielles sur le sens de la vie… et de la mort.

Julien, 2 ans, presque endormi, appelle soudain sa mère comme si un problème sérieux le tracassait subitement :
« Dis maman, quand on sera mort, on dit qu'on verra Dieu mais on pourra pas le voir !
— Qu'est-ce que tu veux dire ?
— Eh bien, c'est pas possible puisqu'on n'aura plus d'yeux ! »
Pour Julien, il n'était pas approprié d'utiliser le verbe voir qui suppose la perception sensorielle de la vue qui n'existe plus après la mort. Pour lui cette trouvaille supposait la recherche d'une nouvelle explication qui soit sensée.

Pour l'enfant surdoué, le sens précis du mot a une valeur en soi. Lorsque votre enfant vous dit qu'il n'a pas compris, s'il semble faire quelque chose qui a peu à voir avec ce que vous lui avez demandé, posez-vous la question suivante : qu'est-ce que j'ai dit *exactement* ? Vous serez surpris de constater que, le plus souvent, votre enfant a appliqué *à la lettre* ce que vous avez énoncé.

> En classe, les réponses à côté, hors sujet, les réponses *étranges* procèdent également très souvent du même processus.
> Il est indispensable de chercher à comprendre si votre enfant n'a pas interprété *mot à mot* ce qui lui a été demandé avant de vous énerver ou d'appliquer des sanctions.

L'enfant surdoué a besoin de tout comprendre

« Pourquoi ? », « à quoi ça sert ? », « oui, d'accord, mais pourquoi comme ça ? ».

Les questions s'enchaînent les unes aux autres… sans fin. Une réponse appelle toujours une autre question. Inlassablement, l'enfant rebondit sur la réponse et cherche à aller plus loin encore dans son besoin de sens.

Pour l'enfant surdoué, la quête de sens est au centre de son activité intellectuelle et le moteur de sa pensée. Tout, vraiment tout, doit avoir un sens. Un sens logique, acceptable. L'enfant surdoué ne peut jamais se contenter d'une réponse floue, vague, imprécise ou incomplète.

« Vous comprenez, j'en peux plus, il m'épuise ! Comment voulez-vous que je réponde à toutes ces questions ! »

Les parents sont épuisés et se sentent souvent impuissants face aux questions de plus en plus complexes.

➤ Pourquoi ce besoin de sens ?

La nécessité de la précision absolue est une condition indispensable au fonctionnement de leur forme de pensée. La plus petite incertitude introduit une variable, un grain de sable, qui perturbe les rouages de leur logique interne.

Pour cet enfant, le besoin de maîtrise et de contrôle sur les choses, sur le monde, est absolu. L'enfant surdoué ne peut gérer l'incertitude qui l'inquiète et le déstabilise. Pour lui, le tâtonnement de la pensée doit être évité à tout prix.

« Il ne lâche jamais, il veut toujours avoir le dernier mot ! », « tout ce que je dis, il le remet en question », « il ne veut jamais accepter de faire les choses spontanément, il discute tout ! », « il veut toujours avoir raison ! »

C'est vrai, mais cela ne doit pas être interprété comme de l'opposition systématique, un mauvais caractère ou une quelconque revendication à votre égard.

C'est son mode de pensée qui lui impose ce fonctionnement. Il ne le fait pas exprès pour s'opposer ou vous énerver. Il ne peut faire autrement que de chercher à aller jusqu'au bout du sens des choses. Il souffre lui-même de ce fonctionnement qui ne laisse jamais la place au doute et au « lâcher prise ». Il est souvent plus confortable de « laisser tomber » et de ne pas « se prendre la tête » avec certaines choses mais cet enfant, lui, éprouve une nécessité vitale de sens précis.

Ce mode de fonctionnement entrave parfois sa capacité à se remettre en question ou à se critiquer. Il faut qu'il ait raison, il faut que ça soit vrai car il *faut* pour l'organisation et la gestion de sa pensée qu'il garde le contrôle sur les choses qui doivent avoir un contour parfaitement défini et ne peuvent être remises en cause. Remettre en question signifie qu'un doute persiste, qu'il y a peut-être une autre voie, une autre hypothèse, et l'incertitude crée chez l'enfant surdoué une insécurité fondamentale.

➤ Comment arriver à gérer le besoin de sens ?

• Bien comprendre et accepter que la quête de sens – et toutes les questions qu'elle entraîne – n'est pas une volonté de vous tenir tête ou d'avoir le dernier mot. La quête de sens constitue l'essence de la pensée de l'enfant surdoué.

• Cherchez à aider votre enfant, à trouver un sens qui convienne à tous les deux, c'est-à-dire qui ait du sens pour vous *et* pour lui.

• Essayez de suivre le fil de *sa* pensée. Cheminez avec lui dans ses interrogations, vous découvrirez peut-être des idées, des façons de penser, une compréhension… inconnues de vous.

• Aidez-le à gérer l'incertitude. Montrez-lui que de se tromper, de ne pas tout savoir, d'avoir tort, ne met pas en péril son équilibre interne. Il n'est pas *dangereux* de ne pas avoir toujours raison et qu'au contraire ça permet aussi de découvrir d'autres possibilités, d'autres ouvertures.

Un raisonnement logico-mathématique très inhabituel

➤ L'enfant surdoué joue avec le calcul

Il est extrêmement fréquent que les enfants surdoués soient brillants et particulièrement à l'aise en mathématiques. Leur rapidité de calcul, leur facilité à produire instantanément le résultat, leur capacité étonnante à manipuler mentalement les nombres montrent précocement les compétences logico-mathématiques singulières de ces enfants.

Très tôt, ils comprennent la symbolique des nombres et l'intérêt de leur utilisation, le système numérique et sa logique, apprennent le système monétaire et savent interpréter le prix des choses.

Une des particularités les plus inattendues et quasi générale chez ces enfants consiste à *jouer* à doubler les nombres jusqu'à des sommes vertigineuses. Dès deux ans ils exercent leur talent : 2 + 2 = 4, 4 + 4 = 8, 8 + 8 = 16, 16 + 16 = 32…, 4 096 + 4 096 = 8 192…, 262 144 + 262 144 = 524 288…

Leur jubilation est intense quand les nombres deviennent de plus en plus longs, puis commencent à adopter des intonations magiques : millions, milliards… et l'excitation est à son comble lorsqu'approche le billiard, si loin de ce que l'on peut concrètement se représenter.

Cette compétence en calcul et en manipulation de nombres sera, pour l'enfant, un atout indéniable dans les petites classes. L'addition, la soustraction sont des mécanismes opératoires qui n'ont aucun secret pour lui et qu'il manipule avec une aisance et une vitesse déconcertantes. L'étape de la multiplication ou, plus exactement, de l'apprentissage *par cœur* des tables de multiplication est le premier obstacle sérieux. Pour une raison qui paraît bien étonnante, l'enfant *n'arrive pas* à apprendre ses tables, ne les retient pas, refuse de les mémoriser… en tout cas c'est comme ça que les adultes, parents ou professeurs, interprètent l'attitude de l'enfant.

Pourtant, il ne s'agit pas de refus ou de réticence face aux tables de multiplication mais d'inutilité pour l'enfant surdoué de les apprendre. Et tout simplement parce que ses stratégies de calcul mental qui procèdent de mécanismes différents sont beaucoup plus performantes et beaucoup plus rapides que le *détour* par les tables de multiplication. Effectivement, si vous posez à l'enfant la question : 7×9 ? il répondra bien 63 mais non pas par connaissance automatisée de la table de 7 ou de 9 mais par un calcul mental hyper-rapide qui utilise l'addition et la soustraction comme structure de calcul de base.

➤ Il ne sait pas comment il arrive au bon résultat

Les modalités de raisonnement utilisées par l'enfant surdoué échappent totalement à la logique mathématique habituelle à laquelle nous sommes familiers. Le plus souvent, sa façon de raisonner nous semble *magique* tellement sa rapidité et l'évidence avec laquelle il produit le résultat d'un calcul ou la solution d'un problème nous paraissent impossibles.

Mais, si vous demandez à cet enfant quelle a été sa méthodologie ou sa stratégie de résolution, il se montre incapable de l'expliquer. Les modalités de raisonnement ou de calcul qu'il utilise restent inaccessibles pour les autres mais aussi pour lui-même. Il ne sait pas comment il a fait et peut encore moins vous l'expliquer.

Cette singularité de ses procédures logico-mathématiques peut passer inaperçue au primaire car le résultat étant correct, la distinction des procédures utilisées n'est pas toujours évidente. On observe effectivement que l'enfant n'a pas *posé* son addition selon le modèle académique expliqué par l'enseignant, on pénalise aussi la méconnaissance des tables de multiplication et on peut trouver étonnant que l'enfant ait pu résoudre un problème complexe sans utiliser les raisonnements proposés. Mais, à ce stade de la scolarité, le résultat juste sauve les apparences et permet à l'élève de franchir les niveaux de classe sans grande difficulté. Chacun ignore, et surtout lui, qu'il ne fait pas tout à fait comme les autres et qu'il n'a pas appris le principe de calcul ou de raisonnement tel qu'il est enseigné à l'école.

Au collège, autour de la classe de quatrième les ennuis sévères commencent. Alors que les maths lui sont toujours apparues comme une matière facile, ne lui demandant aucun effort, dans laquelle il réussissait brillamment, voilà qu'on lui demande de développer son raisonnement et de justifier ses résultats. Or il ne sait pas le faire et n'a aucune idée de ce qu'on lui demande. Cet enfant ne s'est jamais demandé comment il faisait et ce d'autant plus qu'il n'avait même pas idée qu'il fallait ou que l'on pouvait se poser ce type de question. Pour lui, *il sait*, c'est tout, c'est une évidence qui ne peut s'expliquer.

L'élève surdoué ne sait pas comment et pourquoi il connaît le résultat. Il ne peut ainsi ni le justifier ni l'argumenter et encore moins développer un raisonnement dont il ignore tout.

Il ne s'agit ni de mauvaise volonté, ni de fainéantise, ni de manque de travail, ni de provocation mais d'un gouffre qui sépare les modalités de pensée de l'élève surdoué de celles standardisées du système scolaire. Nous assistons ici à un dialogue de sourd, à une conversation entre deux individus s'exprimant dans une langue étrangère l'une à l'autre. Ils n'ont pas le *décodeur* nécessaire pour accéder au mode de pensée de l'autre. Aucune sanction ne pourra améliorer le problème : seule la compréhension de l'existence de cette différence pourra laisser entrevoir un échange possible et une amélioration progressive.

Chez les plus jeunes enfants (entre 7 et 9 ans), l'exploration encore accessible des procédures utilisées pour résoudre un des problèmes du WISC III (un des tests du bilan) illustre l'étonnante forme de raisonnement de ces enfants. Il s'agit du problème arithmétique qui s'énonce ainsi : un commerçant avait 25 bouteilles d'eau, il en a vendu 14, combien lui en reste-t-il ? Spontanément, l'enfant répond 11, sans effort apparent. Pourtant, à la question du « comment le sais-tu ? », on découvre alors que la soustraction attendue n'est jamais présente. À la place, se trouve la forme de calcul suivant :

$$14 + 14 = 28$$
$$28 - 14 = 14$$
$$14 - 3 = 11$$

Un tel mode de raisonnement ne nous apparaît pas comme simple et efficace et pourtant c'est pour eux le mécanisme opératoire pertinent.

D'abord, il double le chiffre à soustraire. Doubler les chiffres, nous l'avons dit, est une procédure classique pour l'enfant surdoué et qu'il utilise très fréquemment. Ensuite, l'enfant compare mentalement le chiffre doublé (28) au nombre de départ (25 bouteilles). Le chiffre 3 s'affiche sur son écran mental et reste actif pendant toute la durée du calcul. Dans la deuxième ligne, il enlève le nombre de bouteilles vendues au nombre doublé (28 – 14), puis enfin, en opération finale, le chiffre 3, toujours « scintillant » se combine au résultat intermédiaire, 14, pour faire émerger le résultat : 11 bouteilles. Facile, non ?

Et si je vous donne un nouveau problème et que je vous demande de le résoudre en adoptant cette forme de calcul et absolument pas celle qui est pour vous facile et spontanée, c'est-à-dire la soustraction ! Pensez-vous pouvoir y arriver ? Pourrez-vous accepter que ce mode de calcul est plus simple que votre banale soustraction ?

Le fonctionnement logico-mathématique de l'enfant surdoué peut être qualifié d'*intuitif*. C'est ce que les Américains appellent le *subitizing,* l'intuition mathématique. Les résultats « apparaissent » sur l'écran mental de l'enfant surdoué sans qu'il ait pu prendre conscience du cheminement qui l'a conduit à obtenir cette réponse. C'est une fonction *émergente* de son système de pensée : des associations et des activations de données se sont produites en deçà du seuil de conscience. Le résultat est le produit de ce travail ultrarapide et inaccessible à la représentation. De plus, le résultat étant juste, l'enfant ne peut ressentir la nécessité de reprendre le processus qui a pu conduire au résultat : *c'est évident !*

Les données scientifiques récentes proposent une hypothèse à ce fonctionnement particulier : habituellement le calcul se fait en utilisant les ressources actives en mémoire à court terme. Il semble que chez certains surdoués ce sont des zones de mémoire à long terme qui sont sollicitées. Tout se passe comme s'il y avait récupération en mémoire à long terme de calculs similaires ou proches effectués précédemment et dont les résultats auraient été stockés. Le résultat *revient* de la mémoire à long terme. L'enfant va seulement le *récupérer* et le réutiliser.

> **Récapitulons**
>
> • L'enfant surdoué utilise des modes de calcul et de raisonnement différents.
> • Ces modalités sont inaccessibles pour les autres mais aussi à lui-même.
> • L'enfant surdoué ne peut expliquer comment il raisonne et ne sait pas justifier ses résultats.
> • Il ne s'agit pas de mauvaise volonté ni de provocation mais d'impossibilité à accéder à ses propres stratégies.

Une pensée en arborescence

➤ De multiples réseaux d'idées activés simultanément

« *Dans ma tête, j'ai un arbre généalogique de mes problèmes.* » Cette jolie expression d'un enfant de 9 ans permet une représentation très imagée et très précise du foisonnement de la pensée de l'enfant surdoué ; pensée qui s'organise en arborescence, chaque idée, chaque concept, chaque donnée se divisant et se subdivisant en de nouvelles idées, associations d'idées, analogies, etc.

On entend souvent l'enfant surdoué se plaindre de maux de tête ou encore exprimer de façon plus explicite qu'il n'en peut plus avec tout ce qu'il a dans la tête, qu'il ne sait plus où il en est, qu'il en a marre de penser.

Chez ces enfants, la pensée est toujours en marche, à une vitesse parfois vertigineuse et dans un enchaînement effréné et infini d'associations d'idées.

La puissance de leur pensée, cette activation incessante de réseaux associatifs, les entraîne sans cesse dans une pensée « sans limites ».

Or, pour s'organiser, pour se structurer, pour s'exprimer, la pensée a besoin d'un cadre. Cette absence de cadre organisateur est une difficulté importante pour l'enfant surdoué qui ne peut ni ne sait comment rassembler ses idées, comment les articuler entre elles de façon logique, comment les ordonner pour qu'elles prennent sens et pour qu'elles puissent être communicables.

La pensée en réseaux est à la fois une force et une faiblesse. Elle diffère dans le fond et dans la forme de la pensée linéaire qui permet une structure logique de la pensée.

Habituellement, on peut considérer que notre pensée s'organise sur une ligne progressive qui part du point zéro (donnée initiale) pour aboutir, étape après étape, au résultat ou à la conclusion de notre élaboration cognitive. C'est la pensée logique, pas à pas.

On peut ainsi se représenter la pensée selon ce type de schéma :

Input (entrée des données dans le système) => intégration => traitement du sens global => construction de la pensée étape par étape, chaque nouvelle étape s'intégrant à l'élaboration de l'étape précédente => **Output** (production du résultat).

Chez l'enfant surdoué la pensée est construite en *réseaux*. Chaque idée génère une ramification de nouvelles idées qui à leur tour et pour chacune d'entre elles vont produire de nouvelles associations et ainsi de suite.

Mais, ce qui rend le système encore plus complexe, c'est la possibilité pour l'enfant surdoué d'activer *simultanément* plusieurs *arbres* : plusieurs réseaux fonctionnent en parallèle.

L'enfant se retrouve ainsi devant un champ élargi d'informations et de données qui se déploient sans interruption et en même temps. De multiples liens sont activés et disponibles simultanément et s'associent avec des acquisitions et des connaissances antérieures qui se trouvent elles aussi disponibles dans le même espace-temps.

➤ L'émergence d'idées géniales

Cette particularité du fonctionnement de la pensée ouvre la voie à la créativité, aux idées « géniales » qui émergent de ces connexions multiples. Avoir cette possibilité de maintenir actifs une multitude de liens associatifs développés sur plusieurs axes permet de mettre en rapport des idées, des connaissances, des élaborations qui, en se connectant vont aboutir à une *découverte,* à une *invention,* à une connaissance ou à une théorie nouvelle. Il est probable que toutes les grandes inventions ont surgi de ce type de fonctionnement.

Un fonctionnement linéaire de la pensée, en réduisant à l'information pertinente chaque étape de la pensée est moins propice à la créativité mais beaucoup plus efficace dans un cadre scolaire.

L'enfant surdoué ne sait pas sélectionner l'information pertinente

La capacité de sélectionner l'information pertinente, c'est-à-dire, parmi toutes les données possibles, de repérer et utiliser celle qui va permettre de répondre correctement à la question posée, est la compétence essentielle requise pour un fonctionnement intellectuel efficace. La complexité de la pensée de l'enfant surdoué rend cette opération beaucoup plus difficile.

Confronté à ces *arbres de pensée* qui scintillent simultanément et qui ne cessent de se démultiplier, l'enfant ne parvient pas à stopper cette activation et à déterminer la donnée, la connaissance, qui sera la plus utile voire celle qui est indispensable à la production d'une réponse adaptée.

En classe, l'exemple de la rédaction de français permet de comprendre le décalage existant entre la richesse de la pensée et des connaissances de l'enfant et la pauvreté fréquente des devoirs de français.

À l'énoncé traditionnel du « racontez vos dernières vacances », l'élève standard :
— sélectionne l'événement le plus intéressant à raconter (sélection de l'information pertinente) et
— celui qui conviendra le mieux à l'enseignant pour obtenir une bonne note (pensée implicite),
— développe son sujet sur un mode linéaire en déterminant à chaque étape le fait le plus marquant,

— parvient progressivement (pas à pas) à une conclusion qui synthétise l'ensemble des faits.

L'élève surdoué, lui, subit déjà un premier effet de « halo » au niveau de l'input, c'est-à-dire que l'énoncé même du sujet, qui constitue l'information principale, est instantanément chargé de données complémentaires qui vont être intégrées dans l'activation du réseau. D'emblée, le traitement est plus complexe.
D'autre part, la difficulté à privilégier le traitement linéaire entraîne l'élève dans une pensée infinie et surchargée, y compris par des données infimes et subtiles, dans laquelle cet élève ne peut parvenir à se déterminer.
Cette suractivation des réseaux associatifs rend souvent l'élève impuissant à produire un devoir structuré. Finalement, dans le dernier temps imparti au devoir, il produit un véritable brouillon, mal rédigé, mal structuré, souvent incompréhensible, dans un style bâclé et souvent illisible.
Et pourtant, une pensée riche et puissante avait été activée à la lecture du sujet !

• Ce mode de fonctionnement, qui comporte des ressources extraordinaires pour la créativité et la compréhension élargie du monde mais des pièges terribles pour l'efficacité cognitive dans un contexte donné, est au cœur de la difficulté de l'enfant surdoué face aux exigences scolaires.

• Ce mode de fonctionnement est à l'origine de la perception par les enseignants d'être confrontés à un enfant rêveur, dans la lune.

• Ce mode de fonctionnement peut être interprété comme un déficit de l'attention dans ses modalités classiques alors qu'il s'agit d'une attention sollicitée simultanément dans une multitude de directions différentes.

• Ce mode de fonctionnement est le principal responsable du manque de structure et d'organisation de la production écrite et de l'éparpillement de la restitution des connaissances à l'écrit comme à l'oral.

L'organisation cognitive de la pensée

Cerveau gauche, cerveau droit

Le modèle de la latéralisation hémisphérique et les connaissances actuelles sur l'organisation cérébrale fournissent des explications neurophysiologiques sur le fonctionnement cognitif.

Notre cerveau, on le sait, est principalement constitué de deux hémisphères : l'hémisphère gauche et l'hémisphère droit. Chacun des hémisphères comporte des zones spécifiques qui interviennent différemment dans l'activité cognitive. Dès que nous pensons, dès que nous réfléchissons, dès que nous agissons, les zones correspondantes sont activées. Certaines tâches sollicitent préférentiellement le cerveau gauche, d'autres sont orchestrées par le cerveau droit.

Lorsque nous *traitons* une information, c'est-à-dire que nous donnons du sens à une perception ou à un stimulus extérieur, le cerveau droit et le cerveau gauche n'ont pas la même fonction.

RÉPARTITION TRÈS SCHÉMATIQUE DES SPÉCIFICITÉS HÉMISPHÉRIQUES

CERVEAU GAUCHE	CERVEAU DROIT
Traitement séquentiel : traitement élément par élément	Traitement simultané : traitement global
Traitement auditif, en mots	Traitement visuel, en images
Fonctionnement analytique	Fonctionnement analogique
Raisonnement, justification	Intuition
Rationalisation, pensée argumentée	Créativité, pensée divergente
CERVEAU LOGIQUE, RATIONNEL	*CERVEAU ÉMOTIONNEL*

La prédominance du cerveau gauche

Dans nos sociétés occidentales, l'hémisphère gauche est le plus sollicité avec la nécessité de rationalisation et de logique que celui-ci impose. L'école est le terrain privilégié des compétences hémisphériques gauches : les fonctions du langage, les raisonnements et développements logico-mathématiques, les capacités d'expression écrites... supposent une bonne exploitation et gestion des fonctions analytiques et séquentielles. Une intervention préférentielle de l'hémisphère droit (et en particulier du traitement simultané) dans des tâches habituellement saturées en processus séquentiels constitue un handicap sérieux pour l'efficacité scolaire.

La prédominance du cerveau droit chez l'enfant surdoué

> Les caractéristiques cognitives du fonctionnement intellectuel de l'enfant surdoué plaident en faveur d'une dominance hémisphérique à droite et, dans tous les cas, d'une hémisphéricité beaucoup moins marquée à gauche.

➤ Traitement séquentiel et traitement global de l'information

Le traitement séquentiel et analytique, *via* l'hémisphère gauche

L'hémisphère gauche est celui de la logique, du traitement analytique des données. Avec le cerveau gauche, on traite les informations de façon séquentielle, l'une après l'autre, dans un ordre logique. Cela suppose le traitement de chaque donnée indépendamment de la suivante, tout en l'y associant. Pour comprendre, pour faire cheminer l'élaboration de la pensée, il est nécessaire d'associer toutes les données les unes aux autres dans une chaîne dont l'association progressive des maillons donnera le résultat ou la compréhension finale.

Le traitement en image et en simultané, *via* l'hémisphère droit

L'hémisphère droit est sollicité dans les tâches non verbales : il traite les données sur un mode visuo-spatial. C'est la partie du cerveau en images.

Dans l'hémisphère droit, ce sont les processus simultanés qui interviennent dans le traitement de

LE CERVEAU GAUCHE GOUVERNE LE LANGAGE

Par exemple, lorsque l'on parle, c'est le traitement séquentiel et l'hémisphère gauche qui entrent en action : chaque syllabe est prononcée à la suite de la précédente, l'association des syllabes forme l'image sonore du mot qui en s'associant aux autres mots dans une syntaxe précise va permettre de comprendre le sens de ce qui est dit.

Lorsque l'on s'exprime avec des mots, à l'oral comme à l'écrit, c'est toujours les compétences séquentielles qui sont sollicitées :

Lire suppose de déchiffrer une à une les lettres, puis les associations de lettres, puis les mots.

Écrire oblige à retranscrire le langage en signes graphiques dont l'ordonnancement et l'agencement rendront compréhensible l'écriture.

Le langage écrit est un code dont il faut maîtriser l'ordre séquentiel pour une expression langagière correcte et cohérente.

l'information : l'ensemble des données, des propriétés d'un stimulus sont appréhendées dans leur globalité. Toutes les informations sont traitées simultanément et c'est l'approche globale qui donne le sens.

Le cerveau droit s'intéresse prioritairement au *sens*. À l'inverse du traitement séquentiel, le découpage de l'information en unités distinctes empêcherait la compréhension de l'information : tout doit être intégré globalement et simultanément pour créer le sens.

> Les processus simultanés repèrent l'image globale du mot et privilégient le sens.
> Êtes-vous capable de *lire* ce dessin ?

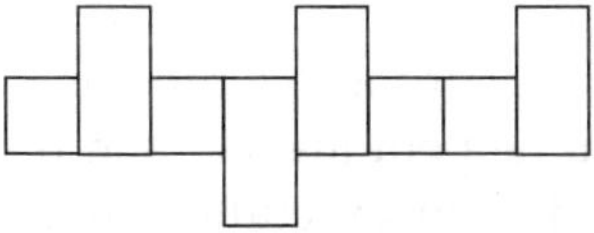

> Probablement pas ! Mais si votre cerveau droit intervient activement, alors peut-être le dessin évoquera-t-il pour vous le mot *éléphant* ! Votre cerveau droit aura décodé l'image du mot, sa forme, sa *gestalt* (« forme » en allemand) et son sens vous *apparaîtront.*

Intuition, créativité, émotivité : quand le cerveau droit gouverne

➤ L'intuition

Le cerveau droit est le siège de l'intuition. Quand le cerveau droit est activé de façon dominante, nous pouvons avoir des intuitions fulgurantes. L'intuition est une source de compréhension du monde et de connaissances d'une richesse extraordinaire. Mais, le plus souvent, nous sommes incapables d'expliciter la démarche qui nous a conduits à cette compréhension, à cette solution, à cette idée.

Le cerveau droit n'a pas les compétences pour fournir des preuves ou une démonstration tangible, pour expliquer les étapes du raisonnement. De ce fait, l'information peut perdre de sa crédibilité par rapport aux autres et il nous est difficile de l'imposer sur la seule justification : « *C'est vrai parce que j'en suis sûr !* »

Le traitement des données mathématiques de l'enfant surdoué est une démonstration spectaculaire d'un fonctionnement intuitif. Le résultat d'un calcul *apparaît* à l'enfant surdoué comme une évidence indiscutable. Mais il ne peut justifier son résultat ni apporter la preuve de son exactitude. Il peut simplement mais fermement affirmer *je sais que c'est ça*. Le traitement par le cerveau gauche permet la communication avec les autres car il permet d'argumenter et de valider : *je peux t'expliquer comment je sais que c'est juste et nous pouvons partager le raisonnement employé.* L'enfant surdoué est lourdement pénalisé par cette incapacité à partager ses procédures auxquelles lui-même n'a pas accès. Il ne sait pas comment il le sait ni comment il a fait. Ce processus rend l'enfant surdoué bien vulnérable car ses capacités ne peuvent s'exprimer sous une forme acceptable et valorisée.

« *Il pressent les choses avec une certitude absolue* » caractérise le mode de pensée de l'enfant surdoué et participe à sa difficulté de communication avec les autres. Comment affirmer que l'on a raison, que l'on sait, sans pouvoir apporter de preuves ! Que l'on est sûr de soi et de ce que l'on fait ! Des discussions et des conflits sans fin peuvent alors s'engager : l'enfant affirme son point de vue et n'acceptera pas d'en démordre alors que les autres acceptent mal cet entêtement irrationnel.

L'intuition est aussi une façon d'être au monde qui rend chaque chose plus présente car, au-delà des apparences, l'enfant comprend, ressent et anticipe d'autres situations.

➤ La créativité

Le cerveau droit est celui de la créativité, de l'imagination. C'est le cerveau des artistes ! De ceux que le cerveau gauche ne cadenasse pas, n'emprisonne pas dans une logique et une raison implacable. Le cerveau droit est déraisonnable !

Le cerveau droit produit *la pensée divergente,* c'est-à-dire celle qui sort du cadre établi, qui s'échappe des rails de l'ordre logique. Par essence, la pensée divergente est créative, originale, inattendue et rarement conforme à ce qui est attendu, à ce qui a été spécifiquement demandé. La pensée divergente ouvre des voies, introduit de nouvelles idées, crée de la pensée différente.

Dans le cadre scolaire, la pensée divergente de l'enfant surdoué le conduit fréquemment à des réponses hors sujet ou à des digressions importantes par rapport à la consigne ou à l'énoncé. L'enfant *part* sur un autre chemin et *oublie* ce qui lui a été demandé. Sa pensée créative l'entraîne malgré lui dans une production foisonnante et riche mais non conforme à la demande scolaire… et non notable !

Cette pensée créative prend souvent tout son poids dans certaines activités ludiques : l'enfant crée, imagine, invente, ou encore élabore un monde dont il est souvent difficile de l'extraire.

La possibilité d'utiliser sa pensée divergente est indispensable à l'équilibre de cet enfant dont la pensée ne peut être constamment verrouillée par l'impérialisme du cerveau gauche. Brimer cette spécificité de son fonctionnement cognitif peut rétrécir considérablement son espace de pensée et sa possibilité d'expression intellectuelle.

➤ L'émotivité

Le cerveau droit est gouverné par l'émotion. Dans le cerveau droit tout est teinté d'émotionnel, d'affectif. Le cerveau droit *ne sait pas* penser sans ingérence affective. Dans les tâches pour lesquelles le cerveau droit est prioritairement sollicité, les aspects émotionnels ne peuvent être mis à distance et participent activement à l'élaboration de la pensée et à son expression, soit sous forme d'idée soit sous forme d'acte.

La dimension émotionnelle est une dimension essentielle dans le fonctionnement intellectuel des enfants surdoués. L'affectif est associé à tous les actes de la vie et peut parfois envahir le champ de la pensée, invalidant toute possibilité d'analyse logique, rationnelle de la situation ou du problème.

À l'école, il est frappant de constater combien ces enfants demeurent, y compris à l'adolescence, dans une relation de dépendance affective avec leurs professeurs. D'une façon qui semble souvent incompréhensible, ils peuvent se montrer brillants en biologie une année et avoir des résultats pitoyables l'année suivante. Ces résultats ne sont pas corrélés aux compétences mais aux liens affectifs. Avec un professeur qu'ils apprécient, leur implication et leur motivation sont totales alors qu'ils se montrent incapables de travailler avec un professeur pour lequel ils n'éprouvent aucune forme d'estime.

Cette ingérence constante de la sphère émotionnelle dans tous les actes cognitifs et d'apprentissage est une spécificité majeure à prendre en compte dans la compréhension du fonctionnement intellectuel et scolaire de l'enfant surdoué.

PETIT QUESTIONNAIRE-JEU :
CERVEAU GAUCHE OU CERVEAU DROIT ?
OU AVEZ-VOUS BIEN COMPRIS LE CHAPITRE ?

Pouvez-vous déterminer pour chaque fonction suivante si elle dépend du cerveau gauche ou si elle sollicite l'intervention du cerveau droit ?

Quand j'écris (cerveau gauche) ☐ (cerveau droit) ☐
L'acte d'écrire et le geste graphique supposent de calligraphier lettre après lettre, mot après mot, phrase après phrase : c'est donc l'analytique et le séquentiel qui priment. Mais lorsqu'on doit créer un texte, imaginer une histoire, l'imagination, la créativité du cerveau droit sont activées.

Quand je parle ☐ ☐
Les mots sortent les uns après les autres, en tout cas, pour que ce soit compréhensible, c'est préférable, donc, bien sûr, seul le séquentiel géré par le cerveau gauche permet une élocution correcte et fluide.

Quand je regarde une œuvre d'art ☐ ☐
C'est le cerveau droit qui est à l'œuvre, car il s'agit d'une appréhension globale des éléments qui composent l'œuvre d'art.

Quand j'écoute quelqu'un parler ☐ ☐
Les deux hémisphères sont sollicités, le gauche pour traiter les informations auditives énoncées les unes à la suite des autres, le droit pour donner sens et/ou se représenter visuellement ce qui est en train d'être dit.

Quand je suis au cinéma ☐ ☐
Contrairement à ce que l'on pourrait spontanément penser, le séquentiel est la base du cinéma (cerveau gauche), chaque séquence s'enchaîne à la suivante et nous donne le sens de l'histoire.

Quand je résous un problème mathématique ☐ ☐
Habituellement, le développement du raisonnement devrait emprunter les voies du raisonnement pas à pas (cerveau gauche) pour satisfaire les exigences du prof et obtenir une bonne note. Mais chez le surdoué, c'est le plus souvent l'intuition mathématique qui dicte le résultat et aboutit… à une mauvaise note malgré un résultat juste.

Quand je joue au piano ☐ ☐
À partir d'une partition plus proche du déchiffrement, c'est le gauche qui est à l'œuvre. En improvisant, c'est plutôt le cerveau créatif donc le cerveau droit.

Quand je lis ☐ ☐
Le déchiffrement fait appel au séquentiel (gauche), la compréhension se construit avec les compétences de plusieurs zones cérébrales. Un surdoué lit habituellement en global : il « saute » d'un mot à l'autre sans se préoccuper des liens syntaxiques, il « lit » des mots qui n'existent pas, remplace un mot par un autre, car le sens prime sur la construction précise de la phrase.

Quand je joue ☐ ☐
Tout dépend à quoi l'on joue. Certains jeux comme les échecs sollicitent préférentiellement les compétences du cerveau droit comme les jeux de rôles avec des figurines par exemple, alors que les jeux vidéo ou les jeux de société qui sollicitent les connaissances s'appuient sur les fonctions analytiques et séquentielles du cerveau gauche.

Les particularités de la mémoire

Nous savons aujourd'hui qu'il n'existe pas une mais plusieurs mémoires. Chacune d'elles a une fonction particulière et des mécanismes précis.

Globalement on distingue deux grands types de mémoire.

➤ La mémoire à long terme

Le « stock » de nos connaissances

Il existe plusieurs formes de mémoire à long terme : la mémoire épisodique qui est celle de nos souvenirs personnels, la mémoire sémantique qui organise nos connaissances et la mémoire procédurale qui est la mémoire de nos savoir-faire (comme faire du vélo).

En mémoire à long terme, les souvenirs sont structurés et organisés de façon à ce que nous puissions avoir accès aux savoirs dont nous avons besoin. Bien sûr, les souvenirs personnels, toujours teintés d'émotionnel, obéissent à d'autres lois et certains épisodes de notre vie sont « oubliés ».

Une mémoire exceptionnelle chez l'enfant surdoué

« *Il a une mémoire d'éléphant.* » Les parents sont unanimes, l'enfant surdoué est capable de retenir une quantité d'informations impressionnante.

Les données qu'il peut mémoriser peuvent appartenir à n'importe quel type de registre : données de l'observation du monde, connaissances diverses, moments de la vie, détails infimes, éléments concernant d'autres personnes et ne présentant aucun intérêt pour lui…

C'est aussi un enfant qui étonne par les souvenirs précis qu'il garde de sa toute petite enfance.

De plus, sa mémoire est très structurée et fourmille de liens multiples qui démultiplient encore les capacités de rétention en mémoire à long terme.

Une excellente mémoire à long terme permet de mobiliser, de *rappeler* rapidement des informations stockées pour créer une connaissance ou un savoir nouveau. Par exemple, l'enfant peut utiliser des connaissances anciennes pour résoudre des problèmes nouveaux.

La possibilité de mobiliser la mémoire à long terme dans certaines tâches enrichit considérablement les compétences cognitives et l'élaboration de la pensée.

➤ La mémoire à court terme ou mémoire de travail (*working memory*)

La mémoire active

C'est la *mémoire active* qui nous permet de garder à l'esprit pendant quelques secondes les informations qui doivent être traitées. Les informations nous parviennent et la mémoire de travail leur donne sens avant de les envoyer en mémoire à long terme si l'information doit être intégrée. C'est par exemple cette forme de mémoire qui nous permet de « traiter » le sens d'une phrase et de comprendre ce qu'on vient de nous dire. C'est aussi celle qui nous permet de comprendre la phrase que nous venons de lire car les mots sont restés activés en mémoire quelques secondes, le temps que nous comprenions ce que nous lisons.

La durée de cette mémoire est courte, à peine une vingtaine de secondes. Le nombre d'éléments qui peuvent être maintenus en mémoire pendant cette phase de traitement est seulement de 7 (+ ou – 2).

Cela signifie que l'on ne peut retenir beaucoup plus de 7 éléments en mémoire de travail et que pour en augmenter la capacité, il faut regrouper des éléments entre eux.

Par exemple, si vous devez retenir une série de chiffres, vous arriverez vite à saturation : au-delà de 7, c'est vraiment dur ! Voilà pourquoi les numéros de téléphone sont présentés en « blocs », sinon nous ne pourrions jamais les mémoriser !

À l'école, la mémoire de travail est sollicitée en permanence. En classe, elle permet de comprendre le cours au fur et à mesure, de comprendre les consignes, de donner sens aux connaissances pour les intégrer en mémoire à long terme.

Plus notre mémoire à court terme est performante, plus grande sera la quantité de données que nous pourrons enregistrer et meilleure sera notre compréhension.

Enfin, la grande capacité de traitement de l'information en mémoire à court terme facilite l'intégration en mémoire à long terme.

Une mémoire à court terme plus importante chez l'enfant surdoué

La mémoire de travail de l'enfant surdoué est considérablement plus importante. Les expériences montrent que le nombre de données pouvant être retenues en mémoire active augmente avec le QI. Le temps de fixation des données est également beaucoup plus long.

Les capacités de stockage en mémoire à court terme doublent entre un QI de 100 et un QI de 140.

Simon, 10 ans, passe une échelle d'intelligence. À une des questions arithmétiques qui suppose d'effectuer une soustraction, Simon fixe l'espace derrière moi, dès l'énoncé du problème. Il me donne une réponse, juste, le regard toujours fixe. Je l'interroge : que faisais-tu ?

Pour effectuer sa soustraction, Simon avait visualisé et fixé en mémoire active des objets disposés dans mon bureau. Puis, mentalement, il avait soustrait la quantité à enlever, en « comptant » les objets restants. En fait, il avait utilisé un mécanisme identique à celui utilisé quand on compte sur ses doigts, mais en mémorisant visuellement une série d'objets !

Les grandes capacités de mémoire active de l'enfant surdoué lui permettent de garder en mémoire un nombre important de données qu'il pourra traiter simultanément. Ce mécanisme élargit ainsi considérablement les associations et les combinaisons possibles.

➤ La mémoire se fabrique aussi en dormant

Pendant notre sommeil, les phases de rêves, que les scientifiques appellent *sommeil paradoxal*, sont des phases essentielles pour notre mémoire. Pendant le rêve, les événements vécus dans la journée, les connaissances apprises se combinent et s'associent aux données déjà stockées en mémoire. Les informations se *fixent* ainsi et s'intègrent dans notre mémoire.

Les études sur le sommeil montrent que les enfants surdoués ont des phases de sommeil paradoxal plus longues que celles habituellement observées. Ceci explique donc cela, plus on rêve, plus on mémorise !

➤ Les pièges de la mémoire

Les grandes capacités de mémoire de l'enfant surdoué sont aussi un piège pour l'élaboration des connaissances. Cet enfant a effectivement une mémoire photographique prodigieuse. Il lui suffit de lire voire de parcourir un texte pour le retenir. Sa façon, par exemple, d'apprendre une poésie est particulièrement spectaculaire et déroutante.

Mais, si cette forme de mémoire lui permet de restituer avec facilité une connaissance récemment apprise, il n'a fait aucun travail d'élaboration sur le contenu et la structure de la connaissance à intégrer. Ce qui signifie qu'il en a une connaissance superficielle et qu'il n'a pas mis en place les mécanismes cognitifs nécessaires pour *s'approprier* la connaissance.

Cela conduit aux difficultés classiques de l'enfant surdoué qui n'a pas appris à apprendre car ce mécanisme a longtemps été pour lui totalement inutile. Il ne savait même pas qu'il ne faisait pas comme les autres et qu'il y avait un *travail* à faire pour intégrer et s'approprier le savoir.

> *« Vraiment je ne comprends pas ! » déplore cette maman excédée. « Il reste des heures devant son livre ouvert sans savoir quoi faire ! »*
> *C'est vrai ! L'enfant surdoué est dérouté quand on lui demande d'apprendre. Il n'a pas les mécanismes habituels pour ce type de tâche. Pour lui, le fait d'avoir mémorisé, « flashé » sa leçon est tout à fait suffisant.*

La vitesse de transmission et de traitement des données

La capacité de l'enfant surdoué à traiter très rapidement une information est établie par l'étude des potentiels évoqués. On appelle potentiel évoqué l'ensemble d'ondes recueillies au niveau du cortex cérébral et qui constituent les témoins de l'arrivée d'une information sous forme d'influx nerveux.

Par unité de temps, l'enfant surdoué transmet au cortex un plus grand nombre d'informations. La vitesse de transmission est très élevée et permet à l'enfant surdoué d'enregistrer un nombre beaucoup plus important d'informations qu'un autre enfant. Ce qui signifie que l'enfant surdoué, sur un temps donné, traite des informations qui ont totalement échappé aux autres.

La métacognition ou : « qu'est-ce que je sais de ce que je sais ? »

La métacognition, terme un peu complexe, signifie simplement ce que l'on sait de ses propres connaissances et de son fonctionnement cognitif.

Est-ce que je pense que je connais la géographie de la France ?

Est-ce que je pense être capable de lire ce texte en anglais, c'est-à-dire est-ce que j'ai les compétences pour le faire ?

Est-ce que je peux résoudre ce problème mathématique ? Est-ce que je dispose des mécanismes opératoires indispensables pour y arriver ?

Le plus souvent, le mécanisme métacognitif est inconscient, c'est-à-dire que l'on fait les choses sans se poser la question de savoir si l'on est ou non capable de les faire et si l'on détient ou non les compétences pour les faire.

Nous découvrons l'existence de ces mécanismes lors de la confrontation à des tâches plus complexes. On se demande soudain : tiens, est-ce que je sais ça ? Est-ce que je suis capable de le faire ?

Par exemple, lorsque vous feuilletez un magazine, vous lisez spontanément sans vous demander si vous êtes capable de lire l'article sur votre star préférée et si vous pourrez bien comprendre les péripéties de sa vie amoureuse.

Par contre, si on vous demande de lire un article technique ou un article économique un peu ardu, vous allez soudain vous interroger sur votre capacité à lire cet article et si vous avez les connaissances nécessaires pour le comprendre.

➤ La métacognition procède selon trois grandes étapes

• Reconnaissance de l'existence d'un problème (*Input*). Est-ce qu'il y a un problème ? Ne pas reconnaître l'existence du problème bloque d'emblée les possibilités de le résoudre.

• Anticipation des stratégies à activer et régulation des stratégies (*élaboration*). Qu'est-ce que je vais utiliser comme stratégie pour résoudre ce problème ? Est-ce que la stratégie que j'ai choisie me permet effectivement de résoudre le problème posé ? Existerait-il une autre stratégie ? Serait-elle plus pertinente ? Est-ce que je connais d'autres moyens de faire ?...

• Production du résultat et contrôle du résultat (*Output*). Est-ce que ce que j'ai fait correspond bien à ce qu'on m'a demandé ? Est-ce que ce que j'ai fait est juste, correct ? Comment est-ce que je peux vérifier mon résultat pour m'en assurer ?...

Toutes ces étapes sont plus ou moins conscientes suivant la nature du problème ou de la tâche, suivant le niveau de difficulté et suivant la confiance que j'ai dans ma capacité à réussir ce problème précis : on parle alors de métacognitions positives.

Lorsque nos métacognitions sont négatives, c'est-à-dire lorsqu'on est convaincu qu'on ne sait pas ou qu'on ne saura pas faire, nous éprouvons des difficultés beaucoup plus grandes pour surmonter la difficulté : nos métacognitions négatives peuvent aller jusqu'à nous bloquer complètement même si, en réalité, nous avons tout à fait la capacité de réussir. La métacognition négative attaque la confiance que nous avons en nous-même et en nos compétences. Cette dévalorisation de soi est un handicap sévère pour l'efficacité intellectuelle et la pleine expression de son potentiel.

L'enfant surdoué qui a toujours *absorbé* les connaissances sans aucun travail d'élaboration ignore souvent tout des procédures métacognitives : il ne sait pas comment il fait, comment il a fait, comment il fallait faire…

Il en résulte un fonctionnement dichotomique en tout ou rien : pour lui, *il sait* ou *il ne sait pas*. C'est tout.

Savoir-Tout : correspond à un fantasme de toute-puissance, à un sentiment d'omnipotence. Dire JE SAIS permet de contrôler le savoir et de donner l'illusion de la maîtrise absolue. C'est souvent le signe d'une fragilité de l'image de soi : on ne peut accepter que quelque chose nous échappe, nous manque.

Savoir-Rien : correspond à une stratégie d'évitement, à une fuite devant son sentiment d'impuissance. Le *savoir-rien* permet d'éviter la confrontation au regard de l'autre. Il s'agit, de la même façon, d'un trouble de la représentation de soi. C'est une façon d'éviter un échec en prenant des risques par rapport à soi et par rapport aux autres.

➤ Aider l'enfant à comprendre sa façon d'acquérir le savoir

L'absence de possibilité de régulation métacognitive chez l'enfant surdoué est un déficit de procédures cognitives pénalisant dans un grand nombre d'apprentissages. C'est la conséquence du non-investissement des processus d'apprentissage.

Il est indispensable d'aider l'enfant dès son plus jeune âge à prendre conscience de sa façon de procéder pour acquérir le savoir. *Comment tu le sais ?* est la question fondamentale et répétitive qu'il faut poser à l'enfant. Il pourra alors progressivement avoir accès à son fonctionnement cognitif. Même s'il est différent du fonctionnement des autres élèves, il pourra néanmoins savoir comment il pense, lui. Et il pourra plus facilement le communiquer et faire un travail sur son propre fonctionnement. Quand on ne sait pas soi-même comment on fonctionne, il est encore plus complexe de comprendre comment les autres pensent, ou comment il faudrait penser.

Il est possible d'aider les élèves dans cette démarche en proposant à la fin de chaque devoir un mini-questionnaire : *est-ce que tu penses que tu avais les connaissances nécessaires pour réussir ? Est-ce que tu penses que tu as réussi ? Est-ce que tu penses que tu aurais pu faire mieux ? Quelle note penses-tu mériter pour ce devoir ?*

L'autoévaluation permet à l'enfant de réfléchir sur lui-même et sur sa façon de travailler. Elle lui permet de prendre conscience de son fonctionnement et de ses propres limites. Elle lui permet d'avoir une visibilité sur sa façon de se penser en tant qu'élève.

Vous pouvez également pratiquer ce type d'exercice à la maison avec votre enfant. Vous serez souvent étonné de constater ce qu'il pense de lui et de ses capacités !

Métacognition, estime de soi et réussite scolaire

Les connaissances actuelles en psychologie générale et en psychologie cognitive considèrent qu'un lien très étroit existe entre métacognition, estime de soi et réussite scolaire.

Disposer de métacognitions positives, de la possibilité d'accéder à son fonctionnement interne et d'une solide estime de soi sont des atouts gagnants pour une belle et satisfaisante réussite scolaire.

Paradoxalement, on réussit mieux avec des métacognitions et une estime de soi satisfaisantes qu'avec un bagage de connaissances plus important mais une piètre image de soi et aucune confiance dans ses compétences.

> Aidez votre enfant à croire dans sa capacité de réussir et sa scolarité en sera grandement facilitée. Il ne s'agit pas de surestimer artificiellement ses capacités mais de lui donner les moyens de disposer des compétences nécessaires pour avoir confiance en lui.
>
> Valorisez-le, encouragez-le, aidez-le à mettre au jour son fonctionnement, à l'approfondir, à l'enrichir… et le succès est à la clef !

RÉCAPITULONS :
LA PENSÉE DIFFÉRENTE, C'EST QUOI ?

- Un système et une organisation de la pensée qui ne répondent pas aux règles et au fonctionnement habituels.
- Une pensée qui active *simultanément* plusieurs canaux de réflexion, d'associations d'idées.
- Une pensée qui se déploie sans cesse, avec des idées qui s'enchaînent sans fin.
- Une pensée puissante mais sans limites qui a besoin d'un cadre pour s'organiser.
- Une pensée créative et qui s'éloigne des sentiers classiques.
- Une pensée intuitive, capable d'associer des idées qui appartiennent à des domaines éloignés les uns des autres.
- Une pensée *globale* qui a des difficultés à découper, développer, justifier, argumenter.
- Une pensée qui ne peut se construire si le sens n'est pas exactement défini.

Chapitre 4

L'enfant surdoué et l'école

L'école ! Voilà, avec ce chapitre, tout un univers peuplé de monstres divers qui s'ouvre devant nous ! Avec l'enfant surdoué, l'école est le point le plus épineux. Car l'école est le révélateur de la plupart des singularités de l'enfant surdoué, le miroir grossissant de sa différence, la surface sur laquelle se projettent toutes les angoisses des parents, le lieu des plus violents conflits et des espoirs les plus fous.

C'est à l'école que devrait se révéler en priorité l'enfant surdoué, c'est à l'école souvent qu'il souffre le plus. Sa différence de fonctionnement le marginalise, il a du mal à s'adapter aux exigences scolaires qu'il ne comprend pas toujours. De leur côté, les enseignants ont du mal à accepter cet enfant qui semble intelligent et qui pourtant réussit difficilement.

> Les chiffres dont on dispose sont alarmants : près de la moitié des élèves surdoués ont des difficultés scolaires. Presque un sur deux redouble. Plus de 30 % d'entre eux n'arrivent pas aux études supérieures.

Mais restons prudents car ces chiffres ne concernent *que* les enfants dépistés. Ce qui signifie qu'il s'agit, la plupart du temps, d'enfants ayant consulté précisément pour des difficultés scolaires.

Il est certain que l'enfant premier de sa classe, bien dans sa peau, entouré de copains, ne va aucunement préoccuper et mobiliser l'inquiétude ou le questionnement de ses parents. Il est donc fort probable que celui-ci ne passera jamais de tests et n'entrera pas dans les statistiques. On peut quantifier ceux qui échouent, on ignore tout ou presque de ceux qui réussissent. Même si, de plus en plus de familles, alertées par les médias et les associations, s'interrogent et font pratiquer les tests dans un but préventif. Il est certain que cette démarche est positive et peut réellement permettre d'éviter à l'enfant les embûches classiques sur le parcours scolaire.

L'absence d'études épidémiologiques (étude systématique sur une population de référence par rapport à certains critères) est un écueil très préjudiciable. Si, en effet, nous avions une meilleure visibilité sur le nombre d'enfants surdoués actuellement scolarisés et sur la répartition exacte des enfants en difficulté et des élèves performants, nous aurions un début de réponse à cette question centrale et primordiale : comment fait-on pour réussir à l'école en étant surdoué ? Peut-on repérer des points communs chez tous ces enfants qui permettent d'extraire des généralités sur leurs moyens de réussir ? Existe-t-il des trucs ? des recettes ? La réussite dépend-elle des enfants eux-mêmes ou de la pédagogie proposée dans les écoles ? Ou est-ce un peu des deux, ce qui est le plus probable ?

Pour Hélène, 12 ans et demi, scolarisée en 2nde, première de sa classe, élève appréciée de tous, déléguée de classe et membre du conseil régional junior, les clefs de la réussite se déclinent en quatre points :

1) Écouter en cours ;

2) Participer ;

3) Prendre du plaisir à faire marcher sa pensée ;

4) Accepter les règles de restitution scolaire (en clair accepter la façon de faire demandée par l'école et qui permettra d'avoir une bonne note).

Ce que l'on sait aussi, c'est que les filles, d'une façon générale, parviennent bien mieux que les garçons à s'adapter et à réussir à l'école. Elles font preuve de plus de souplesse et acceptent plus facilement les règles de l'école. Plus opposants, plus rebelles, moins disposés à rentrer dans le cadre imposé, les garçons sont plus souvent en difficulté… et plus vite repérés. En consultation, les psychologues reçoivent trois garçons pour une fille ! CQFD !

L'école face à l'enfant surdoué

Pour l'école c'est dur aussi !

Même si nous ne disposons pas de statistiques précises sur les chiffres de l'échec et de la réussite des élèves surdoués, il n'en reste pas moins que l'école éprouve des difficultés sérieuses à faire réussir ces enfants à la hauteur de leur potentiel. Et, plus grave encore, l'école, trop souvent, « maltraite psychologiquement » ces enfants qui ne rentrent pas dans le cadre. L'école devient pour l'enfant surdoué un lieu de souffrance car il ne comprend pas pourquoi ça ne marche pas et la raison du rejet dont il peut faire l'objet. L'école, de son côté, se sent persécutée par ces enfants différents qu'elle ne parvient pas à faire réussir comme les autres.

La cohorte d'enfants surdoués qui finit par désinvestir totalement la scolarité et toute forme d'apprentissage revêt des proportions inquiétantes. Leur curiosité intellectuelle est perdue et le plaisir d'activer leur intelligence les a complètement désertés. Pour certains, c'est leur potentiel qu'ils auront sabordé, pour être comme les autres, pour se sentir admis et intégrés. Pour l'enfant surdoué, l'inhibition est une stratégie d'adaptation.

Sur le plan psychologique, le prix à payer est parfois très lourd. À l'adolescence, les attaques identitaires massives qu'ils ont subies durant tout leur parcours scolaire, l'incompréhension souvent complète dont ils ont été victimes, le sentiment d'étrangeté qu'ils ont vécu par cette perception confuse de leur différence, leur difficulté à s'intégrer et à se faire accepter, leur profonde solitude intérieure, peuvent entraîner des troubles psychologiques parfois sévères.

La faute de l'école ?

Le sujet est sensible et la réponse est ambivalente : oui et non.

➤ Oui, parce que

• L'école, comme le précisent les textes, doit être l'école de toutes les différences. Ce qui n'est pas toujours le cas.

• Les équipes ne font pas toujours l'effort de considérer les enfants surdoués comme des élèves en difficulté : « S'il était si intelligent, il réussirait. »

• Certains enseignants gardent obstinément en tête l'image de l'enfant surdoué premier de la classe : « S'il était surdoué, ça se verrait ! », « puisque tu sais lire, prouve-le ».

• L'enfant devient vite « bête de foire », on attend de lui des performances exceptionnelles, hors du commun et, à la moindre contre-performance, il est montré du doigt et mis sur la sellette : « Alors, le génie on ne sait pas ! »

• Les professeurs ont du mal à remettre en question la pédagogie qui leur a été enseignée et n'en voient pas la nécessité : « Puisqu'il est si doué, il n'a aucune raison de ne pas réussir en classe. »

• Les enseignants continuent souvent d'accuser les parents : « Tous les parents pensent que leur enfant est un génie. » Être surdoué c'est le fantasme des parents.

• Les professeurs continuent à penser que le manque de travail et d'effort est à l'origine des difficultés : « S'il travaillait un peu plus, il s'en sortirait ! »

➤ Non, parce que

• Les enseignants ne sont pas encore formés à la particularité de fonctionnement de ces enfants et à la pédagogie qui pourrait leur être adaptée. Ils connaissent et savent travailler avec des enfants déficitaires mais pas avec les surdoués. Leur formation les ouvre aux difficultés des enfants intellectuellement limités et à la façon de les aider, mais les surdoués ne sont toujours pas considérés comme des élèves pouvant rencontrer des difficultés d'apprentissage. Ce qui n'est pas le cas dans d'autres pays où les surdoués sont considérés comme des élèves pouvant bénéficier de soutiens spécialisés.

• Il est objectivement difficile de savoir comment aider ces enfants à réussir alors que trop peu d'études systématiques sont entreprises et que les expériences pédagogiques restent encore trop isolées.

• L'attente des parents d'enfants surdoués est parfois énorme et la pression exercée sur l'enfant et sur l'école peut être excessive.

L'enfant surdoué et l'école : deux systèmes qui ont du mal à se rencontrer

➤ L'école, à quoi ça sert ?

L'école est le lieu de l'acquisition des savoirs et de l'investissement des processus d'apprentissage. L'école délivre des connaissances et enseigne les méthodes pour comprendre, apprendre, intégrer et restituer les connaissances acquises. L'école adopte une pédagogie conçue pour permettre au plus grand nombre d'accéder à ce savoir et à ce savoir-faire. L'école enfin doit susciter le plaisir de la connaissance et de l'exercice de l'intelligence. Peu à peu, l'écart se creuse avec le « dispositif » intellectuel initial de l'enfant surdoué.

➤ Le décalage

Avant d'entrer à l'école, l'enfant surdoué a derrière lui un long apprentissage. Curieux de tout et tout le temps, avide de connaissances nouvelles, stimulé par l'inconnu, intéressé par l'univers du savoir des adultes… l'enfant surdoué entre à l'école avec un bagage de connaissances et de compétences souvent important. Il exprime une grande avidité par rapport à l'école : « *Je vais en apprendre encore plus et je vais savoir faire encore plus de choses. Mais aussi je vais pouvoir partager avec les autres ce que je sais déjà.* » Et, là, l'enfant se rend vite à l'évidence : « *L'école, c'est pour les bébés !* » Lui, si impatient d'être confronté à de nouvelles stimulations intellectuelles, ne comprend pas qu'on ne lui donne pas accès au savoir qu'il réclame. Première déception : pour l'enfant surdoué, l'école n'est pas un lieu où l'investissement des processus d'apprentissage procure une satisfaction.

Vient ensuite l'incompréhension de l'enfant devant son savoir qui non seulement n'est pas valorisé, mais qu'il ne doit surtout pas exprimer.

➤ L'incompréhension

« *Laisse parler les autres* », « *oui, toi je sais que tu le sais !* », « *ne réponds pas à la place de tes camarades* », « *ne pose pas toujours des questions* », « *laisse-moi expliquer aux autres* », etc.

Très vite, l'enfant se trouve dans une situation étonnante et paradoxale :

- Il n'est pas recommandé de savoir surtout si le professeur n'a pas encore expliqué la leçon.
- Il ne faut pas répondre systématiquement lorsqu'on connaît la réponse à la question posée par le professeur et si on le fait, on est sanctionné.

• Il faut se contenter de ce que propose l'enseignant car les questions « hors programmes » perturbent le bon déroulement du cours et n'intéressent pas les autres.

Puis arrive le temps des appréciations sur le carnet scolaire qui signent l'incompréhension décourageante de l'école vis-à-vis de l'enfant surdoué.

➤ Les appréciations décourageantes

« *Peut mieux faire* », « *enfant intelligent mais ne travaille pas* », « *aucun effort* », « *manque d'organisation* ».

L'élève surdoué est pénalisé par le sérieux handicap que lui impose son mode de fonctionnement singulier. Ses difficultés sont réelles dans l'ajustement de son système de pensée aux exigences du système scolaire. Elles sont comprises par l'école comme de la fainéantise, de la démotivation, du désintérêt, du manque de travail.

Sa façon d'apprendre par hyperréceptivité perceptive est un piège pour l'apprentissage standardisé : l'enfant *absorbe* l'information, et sa mémoire photographique la fixe en mémoire sans travail d'intégration. Effectivement, le surdoué ne fournit pas d'effort car *a priori* il n'en ressent pas la nécessité. Effectivement, il ne *travaille* pas au sens de la mise en œuvre de procédures de compréhension et de stratégies d'élaboration des connaissances. « L'effort » d'apprendre méthodiquement ce qu'on lui demande d'apprendre et sous la forme d'apprentissage imposé lui semble totalement inutile et sans intérêt. Il a entendu, il a *absorbé*, il a compris et donc il *sait*. Mais ce n'est pas conforme à la méthodologie scolaire et cela va lui causer de sérieux soucis dans la restitution des connaissances au « format » scolaire. Il a une mauvaise note à son devoir, ne comprend pas pourquoi et, contrairement à ce que l'on croit trop souvent, en est profondément déçu, même s'il n'en montre rien. De plus, ce qu'il sait, sa façon à lui de le savoir, ne sera souvent même pas repéré. Définitivement, pour l'enseignant, il ne savait pas parce qu'il n'avait pas fait l'effort d'apprendre !

> *Jerémy, 12 ans : « J'apprends ma leçon, je connais parfaitement mon cours et j'ai une mauvaise note. J'en peux plus. Mes parents m'engueulent tout le temps. Ils disent que je ne travaille pas, que je n'ai pas suffisamment appris, parce que si j'avais bien appris, j'aurais eu une bonne note ! Mais c'est vrai que je l'avais bien appris, vraiment je n'y comprends rien, je n'y arrive plus, j'en ai marre ! »*

Dernière étape qui conduit à la rupture souvent définitive entre le surdoué et l'école : vient alors la conviction que cet élève est réellement en difficulté scolaire voire en échec ou, pire encore, qu'il fait de la provocation.

➤ L'école ne voit qu'échec et provocation

« *Hors sujet* », « *où est le raisonnement ?* », « *argumente tes réponses* », « *justifie tes résultats* ».

Et à l'enfant qui tente de se justifier : « *Ne sois pas insolent* », « *arrête de toujours discuter* », « *je ne veux pas entendre tes arguments, fais ce que je te demande de faire* ».

Pourquoi le mode de pensée de l'enfant pose problème à l'école ?

Comme nous l'avons vu dans le chapitre sur le mode de pensée de l'enfant surdoué (chap. 3), la singularité de l'intelligence du surdoué constitue un sérieux handicap pour l'école.

➤ Le défaut d'anticipation

Le défaut d'anticipation par absence d'implicites communs (ce qui est tacite parce que supposé évident) explique souvent les réponses hors sujet ou les copies blanches. L'élève n'a pas compris la consigne ou l'énoncé comme tous les autres élèves, il lui a donné un autre sens souvent littéral. Ou encore, il est convaincu qu'il ne sait pas car la réponse que l'enseignant attend ne peut, à ses yeux, être une réponse possible.

> *Paul, aujourd'hui adulte, se souvient en particulier de devoirs de français d'explications de textes. « À une question comme : "que font les personnages ?", j'étais vraiment perplexe. Il suffit de lire le texte ! Ce ne peut être l'objet de la question ! Donc, si le prof pose cette question, elle doit avoir un sens. Mais quel sens ? Je me trouvais alors dans l'incapacité de comprendre ce qu'on me demandait de faire, et ne le faisais donc pas. Ni par provocation, ni par manque de compréhension du texte, ni par mauvaise volonté mais seulement parce que je ne pouvais envisager qu'on me demande simplement de reporter des éléments contenus clairement dans le texte. »*

Camille a répondu « hors sujet » à une question d'histoire : « que représente une cité grecque ? » Camille a proposé sa propre représentation : « Une cité grecque représente la démocratie. » L'enseignant voulait de la restitution de connaissances, l'enfant a donné la réponse qui collait exactement, littéralement, à l'énoncé de la question. Dans le dictionnaire, le verbe « représenter » est défini par : symboliser, présenter à l'esprit une chose par autre chose. Ce même type de réponse avait également été donné par une autre élève de la classe, américaine, qui avait traduit la question et le verbe « représenter » pour y répondre en français. Tout se passe comme si l'enfant surdoué décodait comme on le ferait pour une langue étrangère, avec tous les contresens ou les hors sujets que cela suppose !

➤ La pensée en arborescence

La pensée en arborescence, qui se développe parallèlement dans plusieurs directions, l'association rapide et incessante d'idées, l'activation simultanée d'un champ de pensée élargi, expliquent la difficulté de l'élève surdoué à rester dans le cadre du sujet. Le fonctionnement de sa pensée l'entraîne trop vite et trop loin. Confronté à de multiples liens associatifs, à de nombreuses idées divergentes, il ne sait plus sélectionner et organiser l'information pertinente qui lui permettra de répondre précisément à la question posée.

➤ L'intuition mathématique

L'intuition mathématique qui lui *donne* les réponses sans qu'il ait développé un raisonnement, les procédures arbitraires de calcul qu'il utilise, l'incapacité à justifier et à argumenter sa réponse uniquement parce que la latéralisation hémisphérique de son cerveau *ne lui en donne pas facilement l'accès* constituent une entrave lourde de conséquences dans le modèle scolaire.

> L'enfant surdoué ne fait pas exprès de ne pas réussir comme – ou mieux – que les autres, il ne sait tout simplement pas le faire parce qu'il ne dispose pas du même type d'intelligence et des mêmes processus d'apprentissage et de compréhension.

Une vraie clef : considérer l'école comme un partenaire

Et si on considérait l'école comme un partenaire de l'éducation de nos enfants et non pas comme une puissance ennemie ?

La façon d'apprendre, de comprendre, de savoir de ces enfants est si éloignée de ce qui nous est familier qu'ils nous confrontent à nos propres limites et à notre propre capacité de nous remettre en question.

« Tu dois faire ce que je te dis parce que c'est comme ça qu'il faut faire » est plus facile que la remise en question de notre propre savoir et de notre capacité à accepter une autre façon de faire.

« Explique-moi comment tu apprends, comment tu le sais » est une démarche que nous avons souvent du mal à appliquer. Et ce *nous* s'applique à tous les partenaires de l'éducation : parents et enseignants.

Ce qui veut dire qu'il est toujours plus facile d'accuser l'autre et de lui faire porter la responsabilité des difficultés ou des échecs : « l'école ne sait pas s'y prendre avec mon enfant, les enseignants ne le comprennent pas, l'école est incapable de s'adapter à lui… » côté parents, « si les parents arrêtaient de lui mettre la pression, s'ils arrêtaient de le considérer comme un enfant roi, s'ils arrêtaient de se mêler de tout… », côté école. Et le mécanisme se retrouve en symétrie lorsque ces enfants réussissent : « C'est grâce à moi ! »

La différence de fonctionnement intellectuel de ces enfants et la singularité de leurs processus d'apprentissage représentent une réelle difficulté dans la gestion au quotidien et ce, que l'on soit parent ou enseignant. Bien sûr, l'éducation scolaire appartient à l'école, mais les parents y sont intimement impliqués.

L'école ne peut être tenue seule responsable de l'échec comme de la réussite de ces enfants, les parents ne peuvent se substituer à l'école ni en faire abstraction et encore moins la rejeter, au risque de mettre en péril tout investissement des apprentissages et toute possibilité pour l'enfant d'activer ses ressources intellectuelles dans un cursus ultérieur.

Or, dans nos sociétés, l'école et son système restent des parcours incontournables pour atteindre le pallier supérieur qui permettra de choisir la voie convenant à l'enfant et dans laquelle il pourra exprimer son intelligence dans toute sa richesse, sa créativité et sa singularité. Ce n'est qu'après ce parcours périlleux que l'intelligence pourra se débrider et que le plaisir d'exploiter ses ressources intellectuelles pourra atteindre son plein épanouissement. C'est également à ce prix que l'adulte surdoué pourra trouver l'accomplissement dans son activité professionnelle et la satisfaction d'avoir réussi sa vie. L'adulte surdoué à la scolarité tumultueuse ressent toujours une amertume de n'avoir pu utiliser son intelligence dans la réalisation d'un projet professionnel et garde au fond de lui une souffrance profonde d'avoir « tué » une partie de lui-même.

Le dialogue avec l'école permet souvent de partager les difficultés que l'on rencontre avec l'enfant : difficultés de parents, difficultés d'enseignants. Le double éclairage peut aider à voir cet enfant sous plusieurs facettes qui ouvriront à chacun des partenaires de nouvelles possibilités pour l'aider à réussir. Il est plus facile de gérer des problèmes quand on peut les partager que « d'agresser » la partie adverse. L'agressivité est ici l'expression de son propre sentiment d'incapacité à résoudre le problème. Une mise en commun de ce que l'on comprend – ou de ce que l'on ne comprend pas – de cet enfant permet de chercher ensemble des solutions, des idées, des ouvertures, qui seront apaisantes et constructives pour tous.

Chercher l'ouverture du dialogue est toujours possible lorsque la démarche est effectuée dans un but constructif d'échange et de partage sans agresser l'autre ni le considérer, d'emblée, comme coupable ou responsable des difficultés. La collaboration est le meilleur moyen d'aider efficacement votre enfant dans son cursus scolaire.

Réussir à l'école, être heureux à l'école, prendre plaisir à apprendre, investir les apprentissages mais aussi développer des relations amicales et sociales sont des paramètres indispensables dans l'éducation de nos enfants. C'est un enjeu majeur et un défi que nous devons relever pour leur plein épanouissement. C'est un défi qui concerne tous les partenaires de l'éducation. C'est un enjeu de société.

Respecter la difficulté de l'enseignant à gérer une classe, qui est un groupe toujours hétérogène. Collaborer avec l'équipe enseignante ne signifie pas exiger une attention privilégiée pour son enfant mais permettre qu'il soit compris et aidé dans ses particularités comme cela est fait pour des enfants présentant d'autres types de difficultés.

Comment favoriser l'intégration de l'enfant à l'école ?

➤ Première étape : reconnaître la différence

« Cela faisait trois ans qu'il était complètement replié sur lui-même. Tous les jours avant de partir à l'école, c'était le drame : il pleurait, ne voulait pas y aller. Puis est arrivée la période du mal de ventre systématique et des consultations médicales qui ne trouvaient rien. Pendant les récréations, Alex restait seul dans son coin, ne jouait avec personne. Ses résultats au CM2 ont commencé à devenir catastrophiques. La maîtresse le menaçait publiquement de redoublement » se rappelle cette maman, coupable de ne pas avoir su aider son enfant. « Maintenant tout a changé. Depuis qu'il est en 6e dans son nouveau collège, il est gai, souriant, part à l'école avec enthousiasme. Le téléphone sonne, il a des copains. Je suis si soulagée de le sentir mieux. Bien sûr, les notes, c'est pas encore terrible mais ça s'améliore de plus en plus. Maintenant j'ai confiance, je sais qu'il a retrouvé le plaisir de l'école… et le plaisir de vivre ! »

Que s'est-il passé ? Quelque chose de si simple et pourtant fondamental : l'enfant a été reconnu dans sa singularité. Sa différence a été acceptée comme une dimension de sa personnalité. La particularité de son fonctionnement a été considérée comme un élément à prendre en compte pour l'accompagner dans sa scolarité.

Et surtout, l'enfant surdoué est ici identifié comme un enfant qui peut avoir besoin d'aide et d'assistance que ce soit de la part des enseignants ou des autres élèves. Et cette représentation de l'enfant change tout ! Pour lui d'abord, mais aussi pour toute la communauté éducative : « *s'il a besoin d'aide, alors mon rôle d'enseignant garde toute sa valeur et tout son sens* », « *s'il a besoin d'aide, alors je peux être copain avec lui, c'est pas un intello qui se croit plus fort que tout le monde* ». Dans cette perspective, chacun peut trouver sa place et la cohabitation devient possible et confortable.

> « *J'avais toujours mal au ventre, mal à la tête. Quand on a de bonnes notes, on est rejeté, on est traité d'intello, se souvient Juliette.* »

Zoom sur une école de Marseille qui a compris la force de ce levier :

« *Quand nous inscrivons ces enfants, qu'ici on appelle des Zèbres !, on explique bien aux parents et à l'enfant que nous n'avons pas de recettes magiques et que nous sommes d'abord une école avec les contraintes que cela représente. Mais nous leur disons aussi que nous savons qui ils sont et que nous nous efforçons de faire le plus possible pour qu'ils se sentent bien et qu'ils réussissent leur scolarité. Et puis, en chaque début d'année, nous rassemblons tous les Zèbres, de la maternelle à la terminale et leur transmettons ce message simple mais vraiment efficace que nous savons qu'ils sont là, que nous savons que ce n'est pas toujours facile pour eux, que nous leur proposerons des aménagements de leur scolarité… et surtout que si quelque chose ne va pas, s'ils ont des questions à poser, des suggestions à faire, des problèmes à résoudre, qu'ils viennent tout de suite nous en parler et que nous réfléchirons ensemble sur les solutions à trouver.* »

La reconnaissance de l'autre dans la réalité de ce qu'il est et non pas selon nos propres projections est la base de toute possibilité de construction identitaire. Reconnaître l'enfant surdoué dans sa singularité et l'accepter pour ce qu'il est constituent un préalable indispensable pour son épanouissement et pour son intégration scolaire. Le reconnaître ne suffit pas à le faire réussir mais le rejeter ou dénier sa différence signe son effondrement scolaire et personnel.

Reconnu, l'enfant surdoué peut s'épanouir dans sa personnalité et accepter à son tour la différence des autres. Reconnu, l'enfant peut envisager la mise en place de stratégies d'intégration. Reconnu, il peut envisager de réussir malgré et avec sa différence.

➤ Deuxième étape : respecter le double système

Premier système : le système scolaire avec ses lois, son mode de fonctionnement, ses processus d'apprentissage, ses exigences.

Deuxième système : celui de l'enfant surdoué avec ses modalités de fonctionnement, de compréhension, d'apprentissage, ses règles de pensée, ses réseaux associatifs, sa créativité.

Les deux systèmes sont aussi éloignés l'un de l'autre que pourraient l'être deux systèmes solaires dans l'univers : ils n'obéissent pas aux mêmes lois de fonctionnement. Ils fonctionnent en parallèle et un dialogue de sourds s'instaure le plus souvent. Ils ne se comprennent pas.

L'enjeu consiste à :
— accepter que le système scolaire ne soit pas un modèle unique et le seul modèle possible,
— permettre aux deux systèmes de fonctionner sans entrer en compétition,
— admettre qu'un autre système que le système scolaire puisse être performant,
— essayer de comprendre un système différent du nôtre.

Dans la réalité scolaire de ces enfants s'installe très tôt un message lancinant explicite ou non : « *tu dois fonctionner comme nous te le demandons* », « *ta façon de penser n'est pas la bonne* », « *tu ne dois pas faire ton devoir comme ça* », « *ce n'est pas comme ça que tu y arriveras* », etc.

Et l'enfant en déduit que son mode de pensée est :

• Inutile : « *Ça ne sert à rien que je continue à réfléchir, à répondre, à poser des questions, de toute façon je n'y arrive pas et je n'ai jamais de bonnes notes.* »

• Dangereux : « *Ma façon de penser ne m'attire que des ennuis, des moqueries, un rejet de la part des autres.* »

• Inquiétant : « *Si personne ne pense comme moi, alors je suis peut-être fou… ou idiot.* »

Les conséquences peuvent aller d'un désinvestissement scolaire à un rejet complet de l'école et à l'apparition de troubles psychologiques plus ou moins graves.

Pourtant, et malgré les attaques répétées contre son mode de pensée que subit l'enfant, persiste au fond de lui une petite voix qui lui souffle que ce n'est pas vrai, qu'il est intelligent, qu'il n'est pas fou, que les autres se trompent dans leur façon de penser, qu'il existe d'autres possibilités d'apprendre, etc. Et la persistance de cette lueur protège l'enfant mais le fait également souffrir davantage de l'incompréhension et du rejet dont il est la victime innocente. Déchiré entre sa certitude de l'existence d'une autre pensée possible et la confrontation à la réalité qui lui renvoie son inadaptation et son incapacité à fonctionner, l'enfant n'arrive plus à se situer et perd pied. Il perd ses repères internes, il perd toute confiance en lui, il perd confiance dans les adultes et dans les éducateurs, il perd tout plaisir à penser et à fonctionner…

Il est vital de ne pas faire naître un conflit interne et destructeur chez l'enfant entre le besoin de maintenir son propre système et la nécessité de l'étouffer pour réussir scolairement.

Il est impératif d'ouvrir une voie pour que le mode de pensée de l'enfant ne soit pas sabordé et détruit au risque d'un anéantissement plus global de sa personnalité et de son équilibre psychologique.

Comment aider l'enfant à accepter le système scolaire ?

En lui disant clairement que l'on sait qu'il pense différemment, que l'on accepte qu'il puisse le faire mais que le système scolaire est différent du sien. Ni en plus ni en moins, seulement différent. Et, qu'aujourd'hui le système scolaire est un passage obligatoire pour parvenir aux stades supérieurs et pour qu'il puisse, plus tard, utiliser son propre système dans son métier, dans son activité professionnelle.

➤ Le principe : « l'école fonctionne selon des lois que tu dois découvrir »

L'école doit devenir pour cet enfant un champ d'exploration dont il doit découvrir les secrets et les codes. Il doit se transformer en explorateur avisé et revenir avec une carte du territoire claire et une étude précise des us et coutumes de ses habitants. Ce qui signifie qu'il faut faire comprendre à l'enfant qu'on ne lui demande pas d'adopter la forme de pensée prévalant à l'école, qu'on ne lui demande surtout pas d'échanger son système contre celui de l'école mais qu'il lui faut comprendre comment marche l'école pour produire, avec son système, les réponses nécessaires. Il n'est pas non plus question de dévaloriser le système scolaire, de le ridiculiser, de l'attaquer, de le considérer comme inférieur, ce qui n'est pas le cas. Le système scolaire correspond à la forme d'intelligence du plus grand nombre. Il a sa logique. Il faut aussi que l'enfant le respecte.

> *« Pour réussir à l'école, voilà ce que je te demande de faire : tu gardes ton système. Il est très intéressant, très puissant, très riche, très complexe. Mais à l'école, ça ne marche pas pareil. Alors tu vas faire comme quand tu démontes un réveil pour voir comment ça marche, tu vas démonter le système scolaire et tenter d'en comprendre tous les rouages. Une fois que tu auras bien compris tu feras exactement ce que le système réclame pour te procurer des bonnes notes. Et c'est tout. Chaque matière, chaque enseignant a ses habitudes, ses exigences, ses règles. Découvre-les et applique ce que tu as compris. Tu dois arriver à déterminer ce qui te permettra d'avoir de bonnes notes.*

C'est ta mission. Tu vas à l'école pour récolter des notes et des encouragements. »

Le message doit être clair : « tu *peux* garder ton système de pensée mais tu *dois* comprendre le système scolaire et faire en sorte, avec les possibilités de ton intelligence, de fournir au système scolaire les ingrédients nécessaires pour *ta* réussite ».

➤ Le partage des modes de pensée

Ce qui veut dire, en symétrie, que l'école doit aussi, tout en conservant son fonctionnement qui convient au plus grand nombre, s'ouvrir à la différence de pensée de l'enfant surdoué.

Si l'enfant surdoué doit apprendre à décoder le fonctionnement du système scolaire, les enseignants peuvent aussi proposer à cet élève de partager son système avec les autres. Le surdoué peut expliquer comment il pense, comment il fonctionne, comment il raisonne, comment il comprend… Ce partage permet d'ouvrir l'ensemble de la classe à un autre mode de pensée, à une autre voie de raisonnement, à d'autres stratégies d'apprentissages. C'est un enrichissement mutuel, c'est l'ouverture sur la diversité, c'est la possibilité pour chacun d'évoluer dans sa propre pensée.

Le partage de mode de pensée prendra aussi tout son sens à la maison : apprenez à pénétrer la forme de pensée de votre enfant, vous découvrirez avec surprise tout un monde qui vous aidera à mieux communiquer avec lui et à mieux le comprendre. Proposer le partage, c'est aussi dire à l'enfant que l'on s'intéresse à lui et que l'on accorde de l'importance à son mode de pensée. Pour votre enfant c'est déjà une grande satisfaction !

L'enfant surdoué face à l'école

Le parcours scolaire type de l'enfant surdoué

Il ne s'agit pas d'être alarmiste. On peut réussir brillamment sa scolarité en étant surdoué. L'échec scolaire n'attend pas sournoisement tous vos enfants au coin de la cour. Les surdoués qui réussissent il y en a. Mais, comme nous l'avons déjà souligné, on les connaît moins bien et on ne sait pas les quantifier. Aujourd'hui, on connaît mieux ceux qui ont une scolarité chaotique et on connaît le retentissement douloureux de leurs difficultés ou de leur échec sur tout leur développement. L'objectif de cet ouvrage est précisément d'être préventif : plus on a d'information sur le fonctionnement de ces enfants, plus on peut les accompagner sur leur parcours en comprenant le sens de leurs difficultés et en sachant quelle réponse mettre en place pour les aider à les surmonter.

> **Attention !**
>
> Le parcours type que nous décrivons correspond au parcours fréquent d'un enfant surdoué dont le diagnostic ne sera posé que tardivement. Plus le diagnostic est pratiqué tôt, plus grandes seront les possibilités d'installer l'enfant dans une dynamique de réussite.

➤ Au primaire : ça passe plutôt bien

Au primaire, votre enfant peut parvenir à se faufiler entre les apprentissages proposés et assurer sa réussite en s'appuyant sur ses seules ressources intellectuelles. Son intelligence lui suffit – ou presque – pour intégrer les connaissances et les restituer sous une forme acceptable. Sa mémoire prodigieuse lui assure un travail minimal. Souvent il sait avant d'avoir appris sa leçon car il a entendu la maîtresse dicter son cours ou il a parcouru sa fiche avant de la ranger dans son

> Le drame des tables de multiplication : parents, rassurez-vous, un enfant surdoué qui connaît ses tables de multiplication est un énergumène rarissime. Ou alors un gentil enfant qui a compris que cela vous ferait tellement plaisir qu'il vous les récite mécaniquement. Mais il ne les utilisera jamais ! Son système de calcul, sa manipulation mentale des nombres lui procurent une rapidité et une efficacité plus grande que nos classiques tables de multiplication. Il ne voit pas bien l'utilité de les apprendre.
> Un truc : Dès le CE1, confrontez-le à des divisions. Et dites-lui que, comme c'est difficile, vous connaissez un truc infaillible pour être hyper rapide ! Glissez-lui alors les « tables magiques » qui vont lui permettre de résoudre à la vitesse record des divisions complexes, calculs impossibles à effectuer à ce stade d'apprentissage avec son seul système. Piqué au jeu, fier de parvenir à bout de ces problèmes difficiles de division, il intègre un principe opératoire qui, plus tard, lui sera bien utile.

cartable. Et cela lui suffit pour savoir et réciter. *Idem* pour les poésies. En la recopiant il la sait déjà et s'il n'a pas à la réciter en premier le lendemain, il assurera son coup après avoir entendu son camarade la réciter.

➤ Début collège : les ennuis commencent

En 6e, l'enfant, malgré les changements d'organisation des cours par rapport au primaire, parvient encore à s'appuyer sur ses connaissances et sur son intelligence pour traverser l'année sans embûches majeures. L'attrait de la nouveauté le stimule. Il sort de la routine du primaire, il est curieux du fonctionnement du collège et ça l'amuse. Quelquefois, les notes sont néanmoins un peu moins bonnes qu'en CM2 mais en général les parents mettent ça sur le compte du changement de rythme et de l'adaptation nécessaire. Pour l'instant tout va bien.

En 5e, les plus chanceux, c'est-à-dire ceux qui avaient suffisamment de réserves et qui s'adaptent bien, continuent sur leur lancée. Mais en fin de 5e l'essoufflement commence toujours à se faire sentir.

➤ 4e : l'année fatale

En 4e, le séisme est brutal. Soudain, il est demandé à l'enfant d'utiliser ses stratégies d'élaboration et de réflexion pour produire son travail scolaire, les professeurs attendent de l'élève une activation des procédures de raisonnement normalement assimilées les années précédentes, l'exploitation des processus d'apprentissages antérieurs devient indispensable dans l'expression des connaissances… et c'est la catastrophe pour cet élève qui se retrouve complètement perdu, incapable de se raccrocher aux wagons. Lui qui n'a jamais *appris à apprendre* selon l'expression désormais consacrée est désemparé devant cette demande de l'école. Son intelligence ne suffit plus. Il est perdu et il ne *comprend pas* ce qui lui arrive. Il n'avait jamais compris qu'il n'avait pas appris comme les autres puisque ça marchait, il ne savait pas qu'il lui manquait des outils pour réussir à l'école. Pour lui tout avait toujours été comme magique !

➤ En 3e : l'effondrement

L'enfant s'enfonce dans ses difficultés et entre de plain-pied dans une spirale d'échec qui l'aspire rapidement.

À ce stade, c'est pour l'enfant une blessure narcissique terrible. Habitué à comprendre, à savoir, l'enfant se sent soudain nul, incapable. Il a honte de ce qui se passe. Il peut manifester différents comportements qui peuvent aller du désintérêt et du désinvestissement scolaire à des troubles psychologiques plus sérieux : repli, dépression, troubles du comportement. La possibilité pour cet enfant de réinvestir la scolarité va être difficile à négocier et à aménager.

La fin de la 3e est aujourd'hui un tournant décisif. C'est l'aiguillage qui permet ou non la poursuite d'études générales. L'échec massif en fin de 3e bloque toute possibilité ultérieure. L'aventure des études générales s'arrête là. Sans possibilité de retour en arrière – ou si peu.

> L'enjeu est primordial sur les plans psychologique et scolaire : l'échec scolaire des enfants surdoués est lourd de conséquences.

➤ Redoublement : attention, danger

Faire redoubler un enfant en échec est la réponse classique, standardisée. On pense qu'il a besoin d'une nouvelle année « pour consolider ». *« Les redoublements réussis c'est exceptionnel ! », témoigne, lucide et réaliste, cette directrice de collège accueillant des enfants surdoués.*

Il est vrai que les redoublements réussis sont rares et qu'ils s'inscrivent toujours dans une histoire particulière. Un redoublement ne peut avoir de sens que lorsque l'enfant n'a pu s'approprier les connaissances de son niveau de classe en raison de causes extérieures : problème de santé, difficultés familiales ponctuelles, trouble psychologique... Le redoublement banal d'un enfant en difficulté change rarement en positif le cours de sa scolarité. Bien au contraire. Déçu, se sentant coupable, blessé, le redoublant n'a pas les moyens psychologiques de réussir. L'image qu'il a de lui-même est touchée, l'estime de soi perdue et le regard qu'on porte sur lui est marqué par ce stigmate : c'est un redoublant. Ce qui, implicitement signifie : c'est un mauvais élève. La boucle est bouclée ; au plan des apprentissages, si l'enfant n'a pu acquérir les connaissances nécessaires l'année précédente, on ne voit pas bien par quel miracle il pourrait soudain les acquérir plus facilement. La structure et les capacités d'apprentissage ne se modifient pas en redoublant. Par contre l'investissement, l'intérêt et la motivation pour les apprentissages se dégradent sérieusement. Le redoublement signe le désinvestissement définitif des apprentissages quels qu'ils soient. Toute chance d'une réanimation intellectuelle est perdue. L'enfant surdoué perd totalement confiance dans ses compétences.

Faire redoubler un enfant surdoué est une catastrophe autant sur le plan psychologique que sur le plan intellectuel.

Parents, ne négligez pas la connaissance que vous avez de votre enfant. Il en a besoin dans ces moments difficiles. Ne baissez pas les bras. Discutez avec lui, avec l'école. Essayez de comprendre vraiment ce qui se passe. Tentez d'analyser les causes de cet échec. Cherchez ensemble, vous, votre enfant, l'école, d'autres solutions, d'autres alternatives. Gardez confiance dans votre capacité d'écoute et de compréhension de *votre* enfant et surtout gardez confiance en lui. Si votre enfant n'a jamais eu de réels problèmes d'apprentissage, s'il a eu de bons résultats pendant quelques années, si son bulletin est saturé de « *enfant intelligent, peut mieux faire, ne travaille pas* », posez-vous sérieusement la question de la pertinence du redoublement proposé.

L'ennui : l'autre face de l'inadéquation

« *Vous comprenez, le problème c'est qu'il s'ennuie* », « *vous croyez qu'il s'ennuie ?* », « *j'ai peur qu'il s'ennuie* », « *quand il s'ennuie, il embête les autres* », « *s'il ne s'ennuyait pas, il ne bavarderait pas* ».

L'ennui est la star des plaintes de l'enfant surdoué, c'est ce que les parents entendent et rapportent le plus, c'est ce qui alerte le plus souvent les enseignants.

➤ Qu'est-ce que l'ennui et qu'est-ce qu'il signifie ?

Définition du Petit Larousse : « Lassitude morale, malaise produit par le désœuvrement, le manque d'intérêt d'une chose. »

En classe, la lassitude, le désœuvrement ne viennent pas du contenu de l'apprentissage mais de la forme sous laquelle il est délivré. Pour l'enfant surdoué, l'école n'est pas un lieu où l'investissement des processus d'apprentissage procure une satisfaction. Son investissement du monde et des connaissances passe par d'autres processus qu'il ne peut retrouver dans le système scolaire :

— c'est la source de l'ennui,

— c'est un véritable malaise.

Son manque d'intérêt ne concerne pas *ce* qu'il apprend à l'école mais *la façon* dont on le lui apprend.

La répétition, le rythme des leçons, la simplification des contenus, le découpage en petites unités d'apprentissage, l'obligation de rester dans le cadre d'apprentissage imposé, l'impossibilité d'intégrer des connaissances hors programmes… renforcent et accentuent l'ennui.

L'ennui englobe toute la gamme d'une pédagogie trop éloignée des structures d'apprentissage de l'enfant surdoué qui se trouve dans l'impossibilité d'investir les apprentissages proposés.

L'ennui s'applique au contenant et pas au contenu, changez la forme et l'enfant se réanimera. Il n'attend que ça, il a besoin de ça.

Pour l'enfant, dire qu'il s'ennuie à l'école n'est pas une forme d'agressivité envers son enseignant. Les enseignants pensent souvent que c'est leur cours qui ennuie l'élève et ils peuvent se sentir attaqués dans leurs compétences. Il ne s'agit pas de ça mais de la manière dont le cours est délivré ; ce ne sont pas les compétences sur le savoir de l'enseignant ni l'intérêt du savoir lui-même qui sont impliqués mais la façon dont est structuré et proposé l'apprentissage. La différence est très importante et bien la comprendre permet de dédramatiser et de débloquer certaines situations.

➤ Attendre : une autre face de l'ennui

L'élève surdoué comprend, apprend plus vite que les autres élèves. En général, il a compris dès la première fois, quelquefois avant même que l'enseignant ait fini la leçon. Ce qu'il en a entendu lui suffit pour comprendre et déduire la suite. C'est une réalité. Et ensuite, que faire ? comment faire ? pendant que l'enseignant répète, réexplique autrement, illustre, commente…

Pierre est en 5e, il est bon élève, il fait réellement de son mieux pour s'intégrer à l'école, pour avoir de bons résultats. Mais depuis quelques semaines il craque, il ne sait plus comment lutter contre l'ennui sans s'attirer des remarques du prof, sans perturber le cours. Il est conscient qu'il est important de respecter le prof, de respecter le rythme des autres élèves, mais il n'en peut plus. En consultation, il explique, les larmes aux yeux : « Vous comprenez, c'est insupportable d'attendre que le prof explique aux autres ! Dans ces moments-là, je sens une angoisse qui monte. C'est horrible. Alors, je me coupe du monde extérieur, je me crée un monde interne dans lequel je me réfugie. Je me sens très seul, c'est vraiment dur ! »

La vitesse d'intégration et de compréhension de l'élève surdoué est une composante de son fonctionnement intellectuel qu'il faut prendre en compte dans les apprentissages. Nous avons souvent tendance à répéter, à reformuler, avec cette idée que la répétition favorisera la mémorisation et l'intégration des connaissances. Mais rien n'énerve plus le surdoué que cette façon de faire qui le bloque et le coupe de l'extérieur.

Caroline, 10 ans, exédée : « Ça me crispe quand on me répète dix fois la même chose. C'est toujours pareil avec papa. Quand il me fait apprendre mes leçons, il se croit obligé de rabâcher et de me faire répéter plusieurs fois. C'est bon, une fois ça suffit, j'ai compris ! »

Écriture, dyslexie, orthographe : des troubles caractéristiques

Les troubles spécifiques de l'apprentissage comme des problèmes d'écriture, de dyslexie ou des difficultés sérieuses en orthographe se retrouvent fréquemment chez l'élève surdoué. Ces troubles peuvent être directement liés aux particularités de fonctionnement cognitif de ces enfants ou peuvent être seulement des troubles associés, sans rapport direct.

➤ L'écriture

Il est très fréquent de parler de difficultés de passage à l'écrit pour l'élève surdoué. Le plus souvent, les difficultés apparaissent dès l'apprentissage de l'écriture. Le trouble peut se manifester par une crispation graphique, une lenteur à l'écriture pouvant progressivement conduire à un blocage à l'écrit.

Plusieurs hypothèses peuvent expliquer l'apparition puis le maintien des difficultés :

• Le décalage entre développement de l'expression orale et développement psychomoteur. La grande aisance verbale de l'enfant, sa facilité d'apprentissage de la lecture sont en décalage avec son développement psychomoteur. Le geste graphique, dépendant de la maturation psychomotrice, se trouve en dysynchronie. L'enfant a du mal à maîtriser et à ajuster son geste graphique et peut se décourager, se crisper et très vite détester écrire.

• Le décalage temporel entre la rapidité de la pensée et le geste graphique. La pensée de l'enfant surdoué se développe à une vitesse élevée. Ses idées s'enchaînent très rapidement les unes aux autres et ceci depuis son plus jeune âge. Mais, son geste graphique moins fluide et moins rapide ne lui permet pas d'écrire à la vitesse de sa pensée… Alors qu'il est dans sa tête à T + 5, son crayon est toujours à T + 0, ce qui lui demande de faire en permanence des boucles rétroactives pour revenir au temps initial et se recaler… mais sa pensée repart à grande vitesse… Il s'essouffle… et perd le fil. Il peut soit se bloquer et arrêter, soit écrire d'une écriture illisible, soit écrire phonétiquement pour gagner du temps…

À l'école, l'écriture est au centre des apprentissages. La maladresse graphique de ces enfants et leur lenteur parfois extrême sont une source de difficultés fréquentes et de conflits entre parents et enseignants.

En particulier, le refus de passage anticipé au CP, de saut de CP pour une entrée directe en CE1, pour des enfants maîtrisant parfaitement la lecture est souvent lié à l'argument de l'écriture.

Dans les classes supérieures, au primaire ou même au collège, le problème de l'écrit condamne ces enfants à des remarques ou à des sanctions parfois injustifiées de la part des professeurs. Dans tous les cas, leur lenteur et leur écriture brouillon les pénalisent dans leurs résultats scolaires. Au lycée, et pour les épreuves d'examen, le problème d'écriture les poursuit car on sait combien la lisibilité d'une copie favorise l'*a priori* positif.

Mais :

• Tous les enfants surdoués n'ont pas de problèmes d'écriture. Au contraire. Pour certains enfants, l'écriture est un véritable plaisir qui leur procure une grande satisfaction. Ils vont écrire des poèmes, des nouvelles, des récits qui seront autant d'activités ludiques leur procurant une satisfaction intense. Le plaisir de communiquer leur pensée renforce leur enthousiasme.

• Le blocage provient trop souvent de l'exigence de l'école qui s'attend à ce que l'enfant écrive aussi vite et aussi bien qu'il s'exprime oralement. C'est souvent la cause du blocage car cet « acharnement » décontenance l'enfant et le culpabilise.

• Attention de ne pas confondre les objets de connaissance. Par exemple, est-il indispensable de recopier une leçon au tableau en classe pour pouvoir ensuite l'apprendre ? Le risque est que l'enfant surdoué n'ait pas fini en même temps que les autres et soit ainsi doublement pénalisé :

— il n'a pas fini de recopier et ne pourra donc pas apprendre sa leçon en entier,

— il est sanctionné par l'enseignant car la leçon n'est pas complètement ou correctement recopiée.

*« J'ai bien compris le problème de ces enfants », nous confie le professeur de français de 6*e*. « Au début je les obligeais à tout écrire. Ça n'allait jamais. Le temps qu'ils écrivent la première ligne, les autres avaient terminé. Quand je commençais à expliquer, ils étaient toujours en train de recopier. Alors maintenant, j'ai plusieurs techniques : soit je leur photocopie moi-même le cours, soit je nomme un secrétaire, rapide à l'écrit, et qui se chargera de photocopier son cours pour le copain dont il a la charge. Ce système favorise la coopération entre les élèves et permet aux autres de comprendre que l'élève surdoué n'est pas supérieur à eux, qu'il peut avoir de vraies difficultés. Pour les contrôles et pour les enfants en réelles difficultés d'écriture, il m'arrive, en début d'année de les interroger à l'oral. Ce qui m'importe, c'est de m'assurer qu'ils ont intégré les connaissances et qu'ils connaissent leur cours. Pour l'écrit, j'attends un peu. J'ai remarqué que le fait de respecter leur difficulté les encourageait à faire un vrai effort pour progresser en vitesse et en lisibilité. Progressivement, vers la fin de l'année, ils écrivent eux-mêmes et plutôt bien. »*

➤ La dyslexie et la dysorthographie

La fréquence de la dyslexie, souvent associée à la dysorthographie, est élevée chez l'enfant surdoué, surtout chez le garçon. Nous ne pouvons entrer dans le détail des mécanismes de ces troubles spécifiques de l'apprentissage dans le cadre de cet ouvrage, mais il faut retenir quelques idées.

• Les recherches menées auprès des dyslexiques (Springer & Deutsh, 2000) montrent un fonctionnement atypique du cerveau avec une forte activation de

COMMENT AIDER VOTRE ENFANT AVEC L'ÉCRITURE

• Encouragez-le à écrire hors du cadre scolaire, pour le plaisir. Faites des pubs, des affiches, écrivez des bêtises, un courrier. L'écriture sera moins associée à une contrainte scolaire pesante et retrouvera son objectif initial : communiquer.
• Dédramatisez le problème et préoccupez-vous de ce qui marche bien. En valorisant ses réussites, vous l'encouragez à s'améliorer dans les secteurs où il éprouve plus de difficultés.
• Respectez son rythme de développement. S'il a besoin de quelques mois de plus pour maîtriser son geste graphique, laissez-lui le temps. Vouloir accélérer le rythme est un vrai risque pour la suite, alors qu'attendre qu'il soit prêt évitera un problème qui peut être très long à résoudre. Malgré la pression scolaire, il n'y a aucune urgence à écrire parfaitement bien. Par contre, quand on prend du plaisir à écrire c'est pour la vie.

l'hémisphère droit dans le traitement du langage. On sait également que les dyslexiques sont gauchers dans une proportion non négligeable et que cette caractéristique se retrouve fréquemment chez les enfants surdoués. Il ne saurait être question de tirer des conclusions et des généralisations hâtives sur les liens existant entre gauchers, dyslexiques et surdoués, mais on retrouve des modalités communes dans le traitement des stimuli verbaux dans ces trois populations.

• La dyslexie est associée à un déficit en traitement séquentiel, comme la dysorthographie. Nous avons vu que l'enfant surdoué dispose de compétences en traitement global, simultané, bien supérieures à ses capacités de traitement séquentiel de l'information. L'enfant surdoué lit « globalement », comprend le sens de ce qu'il lit, mais a plus de mal à déchiffrer.

• L'enfant surdoué fonctionne avec des images mentales. Ses capacités visuo-spatiales sont élevées. Quand il lit, l'enfant forme des images qui englobent plusieurs mots. Les images lui donnent le sens.

COMMENT REPÉRER L'ÉLÈVE SURDOUÉ À L'ÉCOLE

Voici quelques repères, non systématiques et non exhaustifs, mais qui peuvent vous alerter et justifier un bilan intellectuel

CE QUE L'ON OBSERVE	CE QUE L'ON PEUT COMPRENDRE
Résultats en dents de scie. Fort dans une matière une année et pas l'année suivante… et réciproquement.	Investissement scolaire dépendant du rapport affectif et de l'estime envers l'enseignant. Test des limites de compétence des enseignants. Besoin de cadre et de confiance pour fonctionner.
Demande constante de justification aux enseignants.	Quête et besoin de sens pour fonctionner.
Participation active intempestive ou repli total.	Avant et après l'enthousiasme pour l'école et la curiosité intellectuelle.
Bavard, dissipé, rêveur, agité… mais attentif.	Mécanismes attentionnels spécifiques, besoin de faire plusieurs choses à la fois pour être attentif.

CE QUE L'ON OBSERVE	CE QUE L'ON PEUT COMPRENDRE
Ne peut justifier ses résultats, a du mal à argumenter, à développer.	Fonctionnement intuitif, analogique *via* l'hémisphère droit.
Expression orale brillante… mais écrit catastrophique.	Décalage entre forme orale et écrite de la pensée. Blocage du passage à l'écrit.
Isolé dans la cour.	Rejet par le groupe à cause de la différence perçue, solitude par difficulté à trouver des enfants qui ont un fonctionnement et des centres d'intérêt identiques.
Mauvaises réponses ou absence de réponse chez un élève par ailleurs brillant.	Différences d'implicites (présupposés tacites), importance donnée au sens littéral, pensée en arborescence et pensée divergente.
Hors sujets, réponse à côté, alors que les connaissances semblent intégrées.	

Si par exemple, vous dictez le mot *bateau*, ce n'est pas la succession de lettres qui composent le mot qui sera activée dans la représentation mentale du surdoué mais, instantanément, il se représentera l'image d'un bateau voguant au fil de l'eau. Image qui s'enchaînera rapidement avec d'autres associations complémentaires relatives à la navigation en mer, aux vols de mouettes, à ses dernières vacances à la mer, à la sensation du vent dans les voiles, à l'odeur de l'iode… Ce qui oblige l'enfant à traduire son image en *signes (les lettres)* qui pour lui vident le mot de tout son sens symbolique… et là encore à revenir en arrière pour transformer son image en mot. En plus, il est fort probable, que, malgré la vitesse à laquelle se seront déroulées les associations d'idées dans sa pensée, le professeur aura poursuivi sa dictée et qu'il ne saura plus où il en est. Il « attrapera » un mot au vol, une phrase, qui ne s'enchaînera pas avec la phrase ou le mot précédent et, au final, la dictée n'aura plus de sens et l'orthographe se révélera catastrophique.

• Le sens est privilégié par rapport à la forme. Dans tous les cas, l'enfant surdoué accorde une grande importance au sens de ce qu'il doit écrire. La forme, le contenant dans lequel doit se formater le sens, lui apparaît le plus souvent comme une contrainte inutile qui fait perdre l'essence du sens !

Sur ce point on peut aider l'enfant en l'introduisant à l'art de la calligraphie, des idéogrammes, de l'écriture cursive qui sont des œuvres d'art. L'écriture devient le sens en soi et non pas un outil accessoire.

Vers une pédagogie adaptée

Adapter une pédagogie aux enfants surdoués signifie replacer la dynamique de l'apprentissage au centre du problème. C'est par rapport aux modalités d'apprentissage que l'élève surdoué rencontre les plus grandes difficultés. Il est curieux et motivé par les nouvelles connaissances. Il peut être passionné et impatient d'apprendre. Mais pas sous la forme proposée par l'école. Parce que ces modalités sont trop différentes et éloignées de sa façon d'apprendre. Il a besoin de modalités d'apprentissage adaptées à son fonctionnement pour investir l'apprentissage et s'approprier les connaissances. Sinon, le plus souvent, il n'y arrive pas. C'est le paradoxe fondamental.

Les modalités d'apprentissage

Aborder les modalités d'apprentissage nous engage dans une perspective très pédagogique dont l'étendue ne peut faire l'objet de ce livre. Cependant, il est important d'introduire les grands axes qui doivent guider l'école dans la mise en place d'aménagements pédagogiques spécialement étudiés pour ces enfants.

Il est très important aussi que vous, parents, compreniez comment votre enfant pourra optimiser l'investissement des apprentissages, comment il pourra s'engager dans une dynamique de réussite. Et comment vous allez pouvoir l'aider !

➤ La globalité

Les apprentissages scolaires sont le plus souvent découpés en petites unités distinctes les unes des autres. C'est le principe d'un train : chaque wagon est étudié l'un après l'autre, longuement. Puis, après une longue période d'apprentissage wagon par wagon et de nombreuses répétitions, les wagons sont accrochés les uns aux autres pour former le train. Alors seulement le sens global de l'apprentissage apparaît et la façon d'utiliser ce nouvel apprentissage pourra être abordée. Une nouvelle série d'apprentissages s'enchaîne, pas à pas, étape par étape, pour apprendre à maîtriser cette nouvelle connaissance. Le principe se reproduit, à l'identique, pour toute nouvelle notion.

La répétition, l'analyse complète et détaillée de chaque unité d'apprentissage, l'entraînement à l'utilisation de la notion, etc., sont des modalités d'apprentissage indiscutablement efficaces pour la plupart des élèves. Ils en ont besoin pour apprendre et pour s'approprier l'apprentissage. Mais pas notre petit élève surdoué !

• Découper l'apprentissage est pour l'enfant surdoué une modalité à laquelle il ne peut adhérer. Non par mauvaise volonté mais parce que son cerveau fonctionne sur un mode global : pour apprendre, pour comprendre, pour investir l'apprentissage et l'intégrer, il est impératif qu'il en ait une vision globale. Il faut qu'il puisse en appréhender le tout. Alors et alors seulement il pourra procéder, si nécessaire, à une analyse de chacune des parties qui composent le tout.

> **Attention !**
> Cela n'a rien à voir avec la méthode de lecture globale qui suppose un apprentissage par cœur des mots avant d'en décortiquer la structure, même si le découpage syllabique est une torture pour cet enfant qui ne comprend pas « où il va » et le sens de ce qu'il apprend. Un mot est une entité qui a un sens symbolique, ce n'est pas une juxtaposition de signes qu'il faut décrypter pour produire des sons.

Pour l'enfant surdoué il est essentiel de présenter, *d'abord* la globalité de l'apprentissage.

Par exemple, en maths, présenter le problème à résoudre dans son ensemble. Puis, aborder chacune des structures opératoires nécessaires pour résoudre le problème.

En histoire, présenter l'ensemble de la période à étudier, puis introduire la chronologie des événements qui ont « produit » ce fait historique.

• Utilisez ce principe à la maison : vous serez surpris de son efficacité. Ne vous arrêtez pas à chaque étape pour vous assurer que votre enfant a bien compris. Présentez l'ensemble du cours ou même un peu plus. Donnez-lui la possibilité de s'approprier, globalement, toute la leçon. N'ayez pas peur qu'il n'ait pas suffisamment assimilé chaque notion. Vous le ferez dans un deuxième temps si la nature de la leçon l'impose.

➤ La complexité

Pour enseigner, on simplifie. L'objectif est de rendre compréhensible au plus grand nombre le savoir à transmettre. Un peu comme l'industrie alimentaire : il ne faut pas que l'aliment ait un goût trop fort, il ne faut pas que la texture soit trop complexe, l'odeur doit être légère, l'aspect uniforme… et les poissons carrés !

À l'école, tout est formaté pour qu'aucune aspérité ne dépasse, pour que tout soit lissé, débarrassé de notions compliquées. Les apprentissages sont prédigérés afin d'être bien intégrés.

Chez l'enfant surdoué, la simplification n'éveille aucune curiosité, aucun intérêt, aucune stimulation, aucune motivation. Il ne peut pas « accrocher » et il décroche. Ses ressources, ses compétences n'arrivent pas à se mobiliser.

LE BESOIN DE COMPLEXITÉ

• La complexité permet de maintenir l'intérêt et l'investissement des apprentissages.
• La complexité active les capacités d'attention et de concentration.
• La complexité permet de ressentir une réelle jubilation cognitive lorsqu'on est parvenu à surmonter la difficulté. La jubilation cognitive est l'aphrodisiaque de l'intelligence. Le plaisir obtenu quand on a produit un intense travail intellectuel et que l'on a réussi est comparable à celui de l'alpiniste qui parvient au sommet : il exulte. Et ça donne envie de recommencer. La jubilation cognitive est un puissant moteur pour l'apprentissage.
• Plus le potentiel est élevé, plus la tâche doit être complexe pour maintenir le plaisir. « *Plus c'est difficile, plus on cherche, mieux c'est* ! »
• La complexité dynamise les ressources cognitives qui doivent se mobiliser pour aborder la tâche : le sens de l'effort est activé.

L'absence de complexité dans les apprentissages se traduit par des troubles du comportement divers : agitation en classe, bavardages, mais aussi, plus grave, certaines formes d'agressivité.

• L'agressivité naît de la frustration de ne pouvoir exercer son intelligence, de ne pas trouver matière à penser, matière à se faire plaisir avec ses compétences.

• La frustration et la colère du surdoué sont les mêmes que celles que rencontre l'enfant déficient face à des apprentissages complexes : la situation devient vite insupportable et l'immense frustration qui en découle génère des comportements inadaptés que l'on connaît bien.

> Proposer à l'élève surdoué un apprentissage édulcoré est aussi préjudiciable et nocif que de confronter un déficient à un apprentissage d'un trop haut niveau de complexité. Les conséquences seront les mêmes : désinvestissement de l'apprentissage et troubles du comportement.

Attention : cela ne veut pas dire que l'enfant saura répondre avec facilité à la complexité de l'apprentissage et qu'il a la science infuse pour résoudre magiquement tout problème complexe. Mais cela signifie clairement qu'il a besoin d'être confronté à la complexité pour mobiliser et activer ses ressources intellectuelles et pour s'impliquer dans les apprentissages proposés.

➤ Quelques idées empruntées à des enseignants audacieux

La technique de l'escalier descendant

Dès la 6e, soumettez vos petits apprentis aux devoirs du brevet des collèges (celui de fin de 3e). Vous pouvez le faire avec toutes les matières. Bien sûr, l'enfant n'y arrivera pas. Mais la complexité du devoir va le conduire :

- à se poser une question centrale : « pourquoi est-ce que je n'y arrive pas ? »,
- à rassembler toutes ses compétences : « de quoi ai-je besoin, de quelle compétence, pour résoudre ce problème ? ».

La mobilisation est nécessaire : aucune ressource ne peut plus sommeiller, elles sont toutes appelées à la rescousse. Et c'est gagné ! L'enfant est pris au jeu, sa curiosité est aiguisée, son envie de surmonter la difficulté activée.

L'apprentissage peut commencer mais il est abordé à l'envers : de quel savoir, de quelle connaissance, de quelle procédure as-tu besoin pour parvenir à résoudre ce problème complexe ? On redescend à l'étape précédente et alors on découvre, avec l'enfant, qu'une autre connaissance est nécessaire. Il faut encore descendre une marche. Petit à petit, en marche arrière, on reviendra à la première marche… et on remontera l'escalier progressivement.

Le livre à l'envers

La technique est la même en commençant le livre à la fin, c'est-à-dire en commençant l'année par la dernière leçon du programme.

Ces techniques présentent un autre avantage majeur : le dialogue s'ouvre entre les enfants. « *Tu sais comment il faut faire toi ?* », « *tu as une idée ?* », « *tu crois que c'est bien si on essaie de faire comme ça ?* ».

Mais aussi d'interroger l'adulte, le parent, sur la façon de s'y prendre, sur ce qu'il sait, lui, pour l'aider. « *Comment je pourrais faire ?* », « *tu sais le faire toi ?* ». Et cette demande qui émane de l'enfant change complètement le rapport face au savoir des adultes. Tout d'un coup, l'adulte devient un partenaire possible, presque un complice, qui va aider l'enfant à atteindre l'objectif final. L'adulte n'est plus celui qui impose l'apprentissage sous une forme insipide mais celui avec lequel on peut réfléchir et partager autour d'un objectif commun. Dans ce contexte, la difficulté peut aussi exister pour l'adulte, ce qui sera d'autant plus stimulant pour l'enfant : on cherche *ensemble*. Le rapport de celui supposé savoir par rapport à celui qui ne sait pas n'existe plus. Les deux protagonistes « travaillent » ensemble.

> **À la maison**
>
> Ce type de fonctionnement installe un challenge extrêmement motivant pour l'enfant (et pour vous, si vous jouez vraiment le jeu). Parent, n'ayez pas peur de ne pas savoir ! N'ayez pas peur d'être ridicule aux yeux de votre enfant parce que c'est difficile pour vous aussi ! Au contraire, votre enfant éprouvera un grand respect devant votre difficulté exprimée de façon authentique. Cela signifie aussi qu'il est acceptable de ne pas savoir et que ne pas savoir ouvre la possibilité d'apprendre. Surtout ne faites pas semblant de savoir si ce n'est pas le cas ! Essayez et vous verrez tout le bénéfice qu'en retirera votre enfant et tout le plaisir que vous aurez… tous les deux !

➤ La contextualisation

L'enfant surdoué tisse en permanence des liens, construit des ponts, associe entre elles toutes les données qui lui parviennent de l'extérieur, toutes les connaissances déjà stockées. C'est comme ça qu'il intègre et donne sens aux informations qu'il enregistre en continu.

À l'école, chaque apprentissage est isolé de son contexte et les apprentissages ne se connectent pas entre eux.

Par exemple, quand on aborde certains auteurs en français, ne peut-on faire des liens avec le cours d'histoire, les resituer dans leur contexte historique et, par là même, faire le lien avec l'organisation de la société à cette époque *via* l'éducation civique ? Et ce philosophe grec, n'était-il pas contemporain de Pythagore (et donc de son théorème) ? Peut-on comprendre de la même façon la théorie de Darwin si on la retire de son contexte historique, de l'histoire des idées de cette époque, des connaissances physiologiques d'alors ?

À la maison

Vous pouvez recréer cette contextualisation des apprentissages nécessaire à votre enfant. Ouvrez à votre enfant un objectif en grand angle. Élargissez son horizon. Regardez, explorez, recherchez (avec Internet, c'est de plus en plus facile), analysez, replacez chaque apprentissage dans son contexte. C'est très instructif et passionnant. Cela facilite la mémorisation à long terme : tout apprentissage contextualisé est intégré de façon plus profonde.

➤ Le sens et l'objectif de l'apprentissage

Pour quoi faire ? À quoi ça sert ?
À quoi ça va me servir ?

Si je peux répondre à ces trois questions, alors je peux investir le processus d'apprentissage et j'ai envie d'apprendre.

Le sens de l'apprentissage est un préalable indispensable pour l'enfant surdoué. Les objectifs des apprentissages scolaires sont pour lui obscurs. Il ne voit pas bien à quoi cela peut servir d'apprendre ce qu'on lui enseigne à l'école. Or, nous l'avons souligné, l'enfant surdoué ne peut fonctionner si le sens des choses n'est pas clairement défini. Alors qu'un élève classique peut accepter ce qu'on lui propose : « *parce que c'est comme ça l'école* », l'élève surdoué ne peut se plier à la loi scolaire si on ne lui en a pas décrypté les règles et le but du jeu.

« Je trouve débile leur truc de français. À quoi ça sert de se prendre la tête sur ce qu'a voulu dire l'auteur dans son texte ? De toute façon, le principal c'est de savoir utiliser le français pour bien écrire. Et ce que l'auteur pensait quand il a écrit son texte, de toute façon on l'invente parce qu'on ne le saura jamais ! »

« Franchement, l'histoire c'est nul. À quoi ça me sert moi de savoir que Napoléon a gagné cette bataille ? Ça change rien à ma vie ! Et puis pour être ingénieur ça m'avance à rien ! »

« Pourquoi on apprend les théorèmes alors qu'on peut très bien arriver à résoudre le problème d'une autre façon ? C'est nul d'apprendre ces trucs par cœur, moi ça m'intéresse pas du tout et je vois pas à quoi ça sert. »

Ou encore, plus redoutable, la question qui renvoie au sens… de la question !

« Pourquoi ce théorème pour résoudre ce problème ? N'existerait-il pas une autre façon de répondre au problème, un autre théorème, aussi pertinent ? »

« Pourquoi cette technique pour faire ce type de dessin ? Ne peut-on pas inventer une autre technique ? La

première technique, elle, a bien été inventée ! C'est pas parce que j'ai 13 ans que je peux pas en inventer ! »

La liste est longue. Elle témoigne de cette interrogation majeure et incontournable sur le sens de l'école en général et pour l'enfant surdoué en particulier.

Pour nous, adultes, la difficulté tient à ce que nous avons tendance à considérer l'école comme quelque chose d'évident, que le fait d'apprendre à l'école est normal et que si le programme est celui-là, alors il faut s'y conformer. Mais nos évidences ne sont pas celles des enfants surdoués.

Pour l'enfant surdoué, tout, vraiment tout, doit avoir un sens et un sens clair et acceptable. Et encore plus l'école et ce qu'on y fait puisque c'est *obligé* d'y aller et que l'enfant y passe la plus grande partie de son temps.

Il est important d'avoir cette perspective en tête pour aider ces enfants à accepter le système scolaire et à s'y conformer. Prendre du temps pour leur expliquer à quoi servent les apprentissages, quelle peut en être leur utilité, ce que cela peut leur apporter, à eux, n'est pas du temps perdu, bien au contraire. C'est un temps précieux qui permettra de faire gagner des heures d'affrontement et de luttes face au travail à faire.

Surtout, ne jamais répondre : *parce que c'est comme ça*. Toute possibilité d'investissement des apprentissages s'en trouverait dangereusement bloquée et la communication avec votre enfant prendrait une tournure conflictuelle.

Si l'on ne sait pas répondre à ses questions, qui, lorsqu'on se les pose, ne sont pas objectivement très évidentes, il vaut mieux dire à l'enfant qu'on va se renseigner, qu'on trouvera sûrement une bonne raison et que, si vraiment il n'y en a pas, alors on essaiera de faire *comme ça* malgré tout et, pour une bonne raison, c'est que pour lui ce sera plus facile de se sentir bien à l'école. Cette façon de proposer à l'enfant de faire malgré tout devient acceptable pour lui si vous admettez vous aussi que ça n'a pas beaucoup de sens. Vous devenez complice et ça fonctionne.

Attention ! Le besoin de sens s'applique aussi aux règles de l'école. Là encore, l'enfant veut comprendre pourquoi on lui impose telle ou telle règle. Pourquoi c'est interdit ? et surtout, pourquoi ça ne pourrait pas être permis ?

Dans ce cas, vraiment, la réponse : parce que c'est comme ça ne pourra jamais contenter votre enfant. C'est une réponse profondément inacceptable pour lui.

L'enfant surdoué trouvera toujours une justification, un argument pour prouver, pour démontrer que le règlement ne tient pas la route, qu'il y a des failles, que ça ne sert à rien, etc. Il faut expliquer, réfléchir avec lui sur le pourquoi des choses et peut-être aller ensemble rencontrer les enseignants, les éducateurs, la direction pour accompagner votre enfant dans sa recherche de sens.

Récapitulons

• L'enfant surdoué a *besoin* de mettre du sens. Il ne peut accepter et se conformer à ce qu'on lui demande de faire qu'à partir du moment où il comprend à quoi ça sert. Ce n'est pas de l'opposition manifeste ou de la provocation. Il *ne sait pas* fonctionner autrement.

• Ouvrez le dialogue et recherchez *ensemble* le sens et l'objectif des apprentissages et des règles du système scolaire. Les échanges avec votre enfant s'en trouveront enrichis et vous l'aiderez efficacement à s'approprier les apprentissages et à accepter le système.

La motivation

« Ça ne l'intéresse pas », « il ne travaille que quand il a envie », « de toute façon, rien n'y fait, il n'est pas motivé », « mais comment faire pour qu'il soit motivé ? ».

La question est centrale. Elle est au cœur du problème de l'apprentissage. Sans motivation, aucun apprentissage n'est possible.

Aujourd'hui, toutes les recherches scientifiques s'accordent sur ce point : la motivation est le facteur de réussite scolaire parmi les plus puissants. Un enfant motivé est un enfant qui réussit au maximum de ses capacités, quelles que soient ses capacités.

La motivation orchestre toutes les activités cognitives et les dirige. Sans motivation, aucun travail intellectuel efficace ne peut se faire.

Sans motivation aucun effort n'est possible.

Trouver, retrouver, développer la motivation est l'enjeu principal pour permettre aux enfants surdoués de réussir à la hauteur de leur potentiel.

Il existe deux grands types de motivation : la motivation extrinsèque et la motivation intrinsèque.

• La motivation extrinsèque est celle qui vient de l'extérieur : « si tu travailles bien tu auras de bonnes notes », « fais-le pour me faire plaisir », « pour avoir

LES MÉCANISMES DE LA MOTIVATION

- Pour qu'il y ait motivation, il faut l'existence d'un objectif clair et d'un but précis : de quoi ai-je envie ? pourquoi en ai-je envie et qu'est-ce que ça m'apportera ?
- La motivation correspond à un projet personnel : ça *me* concerne, c'est *mon* projet.
- L'objectif que l'on se fixe permet d'activer le besoin, la tension vers le but puis l'intention d'atteindre ce but.
- La motivation déclenche la mise en place des actions pour atteindre l'objectif fixé.
- La motivation fait naître l'effort pour parvenir à ce but.
- La motivation permet de soutenir l'effort jusqu'à ce que l'objectif soit atteint.

un bon métier, il faut faire des études », « avoir le bac, c'est obligé pour être ingénieur », « si tu as 16 à ton contrôle, je te donnerai 20 € ».

La motivation extrinsèque joue sur ce que l'enfant va obtenir grâce à son travail, sa récompense est l'image qu'il aura aux yeux des autres, le bénéfice est la reconnaissance sociale.

• La motivation intrinsèque est celle qui vient de l'intérieur : « *je* suis content d'avoir cette bonne note », « *je* me sens compétent », « *je* suis fier de moi », « ça *me* fait plaisir », « *je* suis content de satisfaire mes parents ».

La motivation intrinsèque s'intéresse au plaisir que l'on a, à l'intérêt que l'on porte à ce que l'on fait, au sentiment de satisfaction que l'on éprouve.

Le mécanisme de cette forme de motivation permet une autonomie par rapport à ses activités et à son travail scolaire. Il ouvre la voie à l'épanouissement personnel.

Dans le travail scolaire c'est la motivation intrinsèque qui est, de loin, la plus efficace. Grâce à elle, l'enfant est capable de fournir et de maintenir les efforts nécessaires pour réussir.

➤ Comment développer la motivation de votre enfant ?

Permettez-lui de s'impliquer et de s'approprier ses réussites

Il ne travaille pas pour vous faire plaisir, pour vous *ramener* des notes mais pour lui, pour son propre plaisir. Ce qui est différent de : *c'est pour ton avenir, si tu ne travailles pas c'est toi qui seras embêté plus tard, si je te dis ça, c'est pour toi, moi ça y est, j'ai un métier...* Ce type de discours envahit l'espace de votre enfant car il contient un paradoxe : *je* te demande de travailler pour *toi*. Sous un aspect louable, cette formulation emprisonne l'enfant. L'enfant doit ressentir en lui-même l'envie de travailler et de réussir. Ce doit être *son* projet.

Développez son estime de soi

Encouragez-le, félicitez-le. Quand la motivation est déclenchée, elle a besoin de renforcements positifs de l'extérieur. Et ces renforcements positifs, ce sont *vos* encouragements. Plus vous manifestez votre plaisir de le voir réussir, plus il a envie de renouveler son exploit. Une autre réussite s'enchaînera sur celle-ci si elle a été suffisamment valorisée. En revanche, minimisez les échecs : la valorisation de la réussite est beaucoup plus efficace que la sanction des échecs.

> Avis aux parents tentés d'offrir des récompenses : quand la récompense est trop forte, disproportionnée, l'enfant est dissocié de sa réussite. Il a l'impression qu'il n'est pas concerné, que ce cadeau n'a rien à voir avec ce qu'il a fait. Restez vigilants : n'oubliez jamais que le plus beau cadeau pour votre enfant, c'est le plaisir partagé !

• **Renforcez son sentiment de compétence**

Pour être motivé, il faut se sentir compétent dans la tâche à accomplir. Si, d'emblée, on est convaincu qu'on n'y arrivera pas, on perd toute confiance en soi et toute motivation pour essayer. Il faut aménager des secteurs de réussite. Pour être motivé, il faut réussir et, pour réussir, il faut être motivé ! Ce qui veut dire que pour enclencher sérieusement le processus, il faut que votre enfant réussisse. Il faut l'aider à réussir d'abord dans ses domaines de compétences pour être sûr qu'il y arrivera. C'est le plaisir de réussir et de se sentir compétent qui entraînera progressivement des succès dans d'autres domaines. Si vous le confrontez directement à un secteur dans lequel il a des difficultés sous prétexte que ce n'est pas utile de le faire travailler dans un domaine qu'il maîtrise mieux, vous risquez de bloquer toute possibilité d'activer la motivation. Les « de toute façon je n'y arriverai jamais », « je suis nul », « c'est impossible que j'y arrive » doivent être évités à tout prix.

L'attention et la concentration

Les troubles de l'attention et de la concentration sont devenus les motifs les plus fréquents de consultation en psychologie de l'enfant et de l'adolescent. Le trouble attentionnel est le plus rapidement évoqué dès qu'apparaissent des difficultés scolaires. Il est pour les parents la partie la plus visible de l'iceberg.

Le trouble de l'attention est accompagné ou non d'hyperactivité : *« il ne peut pas rester en place », « il bouge sans arrêt », « en classe il est infernal », « il est incapable de se tenir tranquille ».*

Mais attention, le THADA (Trouble d'hyperactivité avec déficit de l'attention) est un syndrome neuropsychologique dont le diagnostic ne peut être posé que par un spécialiste. Ce trouble correspond à des critères diagnostiques précis qui ne peuvent être confondus avec des problèmes de concentration ou d'agitation plus fréquents. Par exemple, des troubles anxieux peuvent conduire à une hyperactivité qui n'a rien à voir avec le THADA et qui ne seront pas abordés de la même manière. Les critères diagnostiques de ce trouble comportent également des notions de durée et d'âge d'apparition des troubles.

Le THADA est une pathologie spécifique qui doit être traitée. Deux types de traitement, souvent complémentaires, peuvent être envisagés : l'approche médicamenteuse, sous contrôle d'un médecin hospitalier, et la rééducation neurofonctionnelle du trouble. Un soutien psychologique est généralement associé.

SURDOUÉ ET HYPERACTIF : ATTENTION À LA CONFUSION !

Le comportement des enfants surdoués en classe peut facilement évoquer le syndrome d'hyperactivité.
Ils ne peuvent pas rester en place : ils bougent non-stop sur leur chaise, se balancent, se lèvent inopinément, font tomber leurs affaires par terre, trafiquent dans leur trousse bruyamment.
Leur bavardage est incessant et ininterrompu.
Ils regardent en l'air, rêvassent, observent le ciel, somnolent…
Ils ne finissent jamais leur travail, sautent des exercices, répondent sans réfléchir la première idée qui leur passe par la tête, ne relisent jamais ce qu'ils ont écrit…
Ils ne lisent qu'une partie des consignes ou lisent trop rapidement et ne répondent que sur une partie des données.
Ils prennent la parole spontanément, coupent la parole aux autres, parlent en même temps que les copains…
Leur cartable, leur casier, leur classeur… ne sont jamais rangés, organisés. Les feuilles sont dispersées, jamais triées, roulées en boule au fond du cartable. Les cahiers sont peu soignés, l'écriture est souvent bâclée…
Ils oublient leurs affaires, en classe ou à la maison, perdent le travail à faire ou à rendre.
Ils discutent tout et tout le temps, s'opposent aux règles, aux normes.

➤ Ce qu'il ne faut pas oublier des spécificités de l'enfant surdoué

• Sa pensée sans limites, toujours en marche, l'entraîne dans des associations d'idées incessantes : il passe d'une idée à une autre, a du mal à aller au bout d'un développement, change d'idée rapidement, se perd dans sa pensée, pense à plusieurs choses en même temps.

Conséquence : sa pensée peut être confuse, il peut s'embrouiller, avoir des difficultés à sélectionner l'information pertinente.

• La prédominance du traitement global par rapport au traitement séquentiel : l'enfant surdoué perçoit les éléments essentiels d'un problème mais en discerne mal les détails, il comprend facilement un problème mais ne sait pas développer un raisonnement structuré.

Conséquence : il ne raisonne que sur une partie des données, il ne prend pas en compte tous les détails de l'énoncé, il n'arrive pas à faire les choses les unes après les autres.

• La complexité est nécessaire à l'enfant surdoué pour mobiliser son attention et son sens de l'effort : une tâche simple le démobilise, il se désintéresse de l'activité proposée, il met en place des stratégies d'évitement.

Conséquence : il bâcle son travail, il répond n'importe quoi, il fait des erreurs « d'inattention » et des fautes incompréhensibles.

• L'enfant surdoué a un besoin constant de stimulation pour réguler son activité : il ne trouve pas dans les apprentissages scolaires une stimulation et un intérêt suffisants.

Conséquence : il rêvasse, ne s'intéresse pas à ce qu'on lui propose ou de façon très superficielle ou bien il manifeste des troubles hyperactifs.

• L'enfant surdoué parvient difficilement à investir les processus d'apprentissage scolaire : il s'ennuie et devient excitable.

Conséquence : agitation en classe et hyperactivité.

➤ Ce qui fait la différence avec un trouble de l'attention

• Il ne faut pas confondre démotivation et trouble de l'attention : lorsque l'enfant manque de motivation, le trouble apparaît avant la confrontation à la tâche. Ce n'est pas qu'il n'arrive pas à se concentrer sur la tâche, c'est qu'il n'arrive pas à s'intéresser au travail à faire.

• L'enfant surdoué ne présente pas de trouble attentionnel dans toutes les situations, bien au contraire. Lorsqu'il est passionné par quelque chose, il montre une capacité d'attention soutenue exceptionnelle. C'est ce que les Américains appellent un état de *flow,* qui est *un état de concentration intense et agréable*. Dans ce cas-là, vous aurez au contraire bien du mal à faire sortir votre enfant de ce qu'il est en train de faire. Ce n'est jamais le cas pour un enfant THADA qui ne peut pas maintenir son attention, même sur des tâches qui l'intéressent.

• L'enfant surdoué montre un très haut niveau d'activité, de façon générale. C'est un enfant suractif sur un plan constitutionnel, dans sa pensée et dans ses actes. Souvent d'ailleurs l'enfant surdoué dort peu car son état d'activation cérébrale reste plus élevé que la normale.

• Si l'enfant surdoué montre, comme l'enfant opposant, une forte capacité à remettre en cause les normes, les règles et les enseignants, ce n'est pas de l'opposition par provocation gratuite. C'est un fonctionnement qui correspond à son besoin et à sa quête constante de sens. Il a besoin de savoir, de comprendre pourquoi et comment fonctionne son environnement. Une observation attentive de son « art de discuter » fera la différence avec un enfant THADA.

• En classe, l'élève surdoué sait répondre à la question de l'enseignant ou à son interpellation soudaine : « Alors, Quentin, qu'est-ce que je viens de dire ? », imperturbable, alors même qu'il était en train de dessiner, de parler à son voisin, de trafiquer dans ses affaires…

➤ Les particularités des mécanismes attentionnels de l'enfant surdoué

Généralement on considère que pour être attentif il est nécessaire d'être calme, d'écouter attentivement, d'être concentré, de ne s'intéresser qu'à ce que l'on est en train de faire. En classe, il est demandé aux élèves de se taire, d'écouter le prof en le regardant, de bouger le moins possible… L'objectif visé est d'éviter tout facteur de distraction et de mobiliser au maximum l'attention des élèves afin de faciliter leur compréhension et leur intégration du cours. À la maison, les parents demandent à l'enfant de s'installer sur un bureau rangé, de sortir un livre à la fois, de ne pas écouter de musique pendant qu'il travaille, de ne pas lever le nez de son travail…

L'enfant surdoué, lui, peut traiter simultanément des informations en provenance de plusieurs canaux sensoriels. Contrairement au processus normal, si on supprime les stimuli non pertinents, c'est-à-dire ceux qui ne sont pas nécessaires à la tâche en cours, l'enfant surdoué *ne peut plus* se concentrer.

En effet, l'enfant surdoué mobilise son attention sur plusieurs canaux simultanément. Or si on l'oblige à couper les canaux non nécessaires pour la tâche à accomplir, on coupe l'ensemble de son système ! L'enfant ne sera plus attentif du tout et partira dans ses rêves.

Par exemple, il peut regarder la télévision, écouter votre conversation chuchotée dans la cuisine, sourire de la remarque que sa sœur vient de faire au téléphone et… apprendre sa leçon.

> Pour être attentif, l'enfant surdoué *doit* faire plusieurs choses à la fois. Si vous l'obligez à rester calme, il *ne peut pas* écouter.

Acceptez que c'est sa façon à lui de mobiliser son attention même si pour vous c'est difficile à vivre.

« Comment voulez-vous qu'il y arrive ? » demande cette mère épuisée par la lutte quotidienne au moment du travail à la maison. « Il ne reste pas assis deux minutes sur sa chaise, il met la musique, il est toujours en train de faire autre chose. Le pire c'est quand il saute sur son lit pendant qu'il me récite sa leçon. Je ne peux pas le supporter ! »

C'est vrai, c'est insupportable mais il ne le fait pas exprès, ce n'est pas pour vous embêter, ce n'est pas par provocation. Ses structures attentionnelles sont aménagées de la sorte. Il n'y peut rien et vous non plus.

➤ La participation affective dans l'attention

Une composante affective surreprésentée

L'enfant se montre attentif et concentré avec certaines personnes et pas avec d'autres. Tout dépend de l'estime qu'il a pour la personne. Avec un enseignant dont il apprécie la pédagogie, le comportement, dont il respecte la personnalité, bref, qu'il aime bien, l'enfant peut faire preuve de beaucoup d'attention. En réalité, sa motivation et l'effort de rester calme qui en découle correspondent à son désir de faire plaisir à l'enseignant. C'est tout. Ce qui est surprenant, c'est que ce comportement est tout à fait indépendant de l'âge de l'élève : de la maternelle à la terminale, ce mécanisme est identique.

Dans les conseils de classe, il est intéressant de constater que les enseignants ont souvent une image très différente de l'élève. Pour les uns, c'est un enfant insupportable et ingérable, pour les autres, il est attentif, intéressé et concentré. Et cela n'a rien à voir avec la matière enseignée. L'intérêt pour le contenu du cours est une composante indépendante de la composante affective.

Lorsque l'enfant se sent reconnu, accepté et valorisé

Le renforcement positif est très opérant avec ces enfants qui sont peu touchés par la crainte de l'autorité ou de la sanction. Un enseignant qui permet à cet élève d'exprimer ses connaissances sans le restreindre, qui s'intéresse à sa façon de penser, qui lui propose d'expliquer son mode de raisonnement, qui l'encourage dans ses progrès ou qui, plus simplement, n'hésite pas à le féliciter, obtient de cet enfant une attention dans son cours beaucoup plus conforme aux codes scolaires.

Récapitulons

• Il existe des similarités entre le syndrome THADA et le fonctionnement de l'enfant surdoué.

• Un diagnostic de THADA doit être posé par un spécialiste sur des critères diagnostiques précis.

• Il est très préjudiciable de poser un diagnostic de THADA de façon erronée : la compréhension et la prise en charge de l'enfant s'orienteront sur de mauvaises voies, ce qui peut avoir de lourdes conséquences pour son évolution et son avenir.

• Il est impératif d'accepter les « bizarreries » de la structure attentionnelle de l'enfant surdoué : il *doit* faire plusieurs choses à la fois pour être attentif et mobiliser son attention.

• La composante affective est omniprésente dans le fonctionnement de l'enfant surdoué et dans ses mécanismes attentionnels.

• Et enfin… on peut être surdoué *et* avoir un THADA. Dans ce cas, le trouble devra être traité pour permettre à l'enfant d'exprimer pleinement son potentiel et l'ensemble de sa personnalité.

Quelle école pour ces enfants ?

Aujourd'hui, les écoles qui proposent des alternatives pédagogiques pour les enfants surdoués sont dans une écrasante majorité des écoles privées sous contrat ou non avec l'État.

Il existe de grandes différences entre ces écoles.

• Les écoles spécialisées qui accueillent exclusivement des enfants surdoués. La plus connue est le lycée Michelet à Nice qui propose un cursus accéléré des années collège.

• Les écoles qui ouvrent des classes d'accueil de surdoués, classes dans lesquelles ces enfants sont regroupés. Il s'agit le plus souvent de classes de 6e. Très peu d'initiatives en primaire et au lycée.

• Les écoles intégratives, qui regroupent les enfants surdoués dans une classe, parmi d'autres enfants, et qui ont un véritable projet pédagogique sur le long terme (de la maternelle à la terminale). L'établissement SMB (Ste-Marie-Blancarde) de Marseille est le plus novateur dans ce domaine.

Aujourd'hui, les expériences des écoles intégratives sont les plus encourageantes et sont celles qui répondent avec le plus de pertinence aux attentes scolaires, intellectuelles et affectives des enfants surdoués.

Les grands principes pédagogiques des écoles intégratives

➤ Accepter et reconnaître la différence

Une rencontre est organisée avec tous les enfants surdoués en début d'année. Un dialogue régulier est instauré avec ces élèves : leurs questions, leurs demandes, leurs difficultés, leurs idées et initiatives sont sollicitées, écoutées et prises en compte.

Les enseignants sont informés de la présence de ces élèves dans leurs classes au sein desquelles ils sont clairement identifiés y compris auprès des autres élèves. Ils sont présentés comme des enfants pouvant être des élèves ressources mais aussi comme pouvant avoir besoin d'aide et d'assistance pour leur travail scolaire. Ainsi ils sont acceptés, intégrés et appréciés comme des élèves comme les autres.

➤ Les niveaux de compétence

Les emplois du temps, synchronisés, permettent à l'élève de suivre les cours adaptés à son niveau. Par exemple, un élève de 6e fort en maths pourra suivre le cours de maths d'une classe supérieure. Pendant ce temps, les élèves de sa classe suivent également leur cours de maths. Ainsi, l'enfant appartient à un groupe classe, dont l'âge est proche du sien, mais suit des cours adaptés à son potentiel. Le principe des niveaux de compétence respecte aussi les décalages pouvant exister chez le même enfant par rapport à différentes matières.

• *Les séances hors programme scolaire* mais sur les matières du programme. Par exemple, séances de maths mais sur des applications mathématiques extrascolaires ou sur des maths *autrement*.

• *Les ateliers diversifiés* réservés aux surdoués afin qu'ils aient des temps de rencontre et de partage avec des enfants au fonctionnement identique. Par exemple, ateliers de philo, d'expériences et de réalisation scientifique, d'art plastique, de chinois, d'échecs…

• *Les séances de méta-apprentissage* (apprentissage de l'apprentissage) : séances consacrées à une réflexion sur le sens des apprentissages et sur les différentes façons d'apprendre, de comprendre, de raisonner. L'aspect métacognitif de ces séances permet aux enfants de prendre conscience de leurs propres processus d'apprentissage et de les expliciter. Cela permet également aux enseignants de mieux comprendre les singularités de leur pensée.

• *Confrontation des élèves aux sujets d'examen de fin de cycle* (brevet, bac) ou aux savoirs requis à l'issue de chacun de ces cycles afin de travailler en rétrogradant au fur et à mesure les connaissances et les apprentissages nécessaires pour surmonter les difficultés. La contextualisation de l'apprentissage et la confrontation à la complexité sont ainsi sollicitées.

• *Motivation par la « rentabilité » de l'effort*. Barème de notation des contrôles clairement précisé au moment du devoir. Par exemple, nombre de points par exercice. L'élève peut gérer de façon autonome ce qu'il va faire en priorité, ce qu'il préfère approfondir, ce qu'il choisit de faire en dernier. Il sait pourquoi il travaille, ce que ça lui « rapporte ».

• *Challenge inter-surdoués* : chaque enfant s'engage sur un domaine dans lequel il se sent compétent. Cela peut être sur une matière scolaire ou sur tout autre type de challenge : je suis fort en anglais, je m'engage dans le challenge anglais, en musique, en observation (le moins d'observations possibles sur un trimestre), en notes positives (aucune note en dessous de 10...) Objectifs : stimuler la motivation, le sens de l'effort et le plaisir de la compétition dans des domaines où la corrélation entre l'engagement et la possibilité de gagner est la plus forte ; valoriser des compétences, source de gratification et encouragement à de nouvelles réussites.

La liste n'est pas exhaustive mais cet extrait de types de pratiques et d'adaptation pédagogique permet d'en dégager les lignes de force et leur efficacité.

Ce qui est essentiel c'est la capacité d'une équipe enseignante à remettre en question sa façon d'enseigner, à réfléchir sur d'autres formes pédagogiques, à ne pas avoir peur des innovations... et des erreurs.

La force d'une école intégrative est d'être dans une dynamique permanente et dans un aménagement constant du projet pédagogique en fonction d'une compréhension toujours actualisée des élèves.

Les solutions alternatives

➤ Sauter une classe

Sauter une classe est souvent le seul aménagement proposé à l'enfant surdoué. C'est une solution alternative qu'il est en général préférable d'accepter pour le bien-être de l'enfant.

Pouvoir suivre la classe supérieure comporte plusieurs atouts : la complexité plus importante, la réanimation de l'investissement des processus d'apprentissage, la possibilité d'apprendre des choses nouvelles car souvent dans la classe initiale il n'y a aucun apprentissage nouveau pour l'enfant. Dans la classe supérieure, l'enfant peut également trouver des copains plus âgés avec lesquels il sera plus facile de trouver des intérêts communs.

Faire sauter une classe n'est pourtant pas toujours facile. Les équipes enseignantes disposent de toute une gamme d'arguments pour vous démontrer qu'il serait préjudiciable à l'enfant de sauter une classe.

« Il manque de maturité »

La sanction tombe et fait obstacle. Le mot est lâché et il va vous déstabiliser à votre tour dans un souci légitime de protéger le développement affectif de votre enfant. Mais s'agit-il vraiment de cela ? La confusion se joue entre maturité et sensibilité. Oui, le surdoué est sensible et peut avoir des réactions émotionnelles exacerbées qui vont être, à tort, interprétées comme de l'immaturité. Est-ce qu'être mûr, mature signifie refouler son affectivité et être autonome affectivement (comme les adultes).

Ce qui est incontestable, c'est que votre petit surdoué, quel que soit son âge, intègre toujours l'affectif dans son fonctionnement et résonne en permanence avec les composantes émotionnelles de l'environnement. Mais est-ce de l'immaturité ou de l'hyperréceptivité affective, peut-être même de l'hypermaturité ? Et ce fonctionnement affectif, caractéristique de sa personnalité, ne le quittera jamais. Il ne sera donc jamais assez « affectivement indépendant » pour passer dans la classe supérieure et ce, pour toujours…

Quelques autres facettes de l'argument du manque de maturité :

« Il a encore besoin de jouer », « le rythme sera trop fatigant pour lui », « les journées sont trop longues », « il ne pourra pas maintenir son attention aussi longtemps ».

Il ne s'agit pas de priver votre enfant d'enfance ni de le mettre dans des conditions physiques insurmontables pour lui. Ici encore, il faut être attentif à la normalisation.

• L'enfant surdoué n'est pas privé de jouer quand il active ses ressources intellectuelles sur quelque chose qui l'intéresse, au contraire ça le détend.

• Votre enfant travaille plus vite que les autres à partir du moment où il est motivé et stimulé : il aura toujours plus de temps que ses copains pour jouer.

• Votre enfant a un seuil de fatigabilité beaucoup plus bas qu'un autre enfant du même âge. Ce qui signifie que son niveau d'activité est plus élevé et qu'il est moins fatigable que la plupart des enfants même s'ils sont plus âgés que lui. Il est également d'observation courante que ces enfants ont moins besoin de sommeil. Cela confirme leur capacité à assumer des rythmes de travail plus intenses. Bref, une fois encore, l'enfant surdoué est différent physiologiquement et il ne s'agit pas de le comparer à une norme classique de développement biologique.

« Il va lui manquer des notions et des connaissances », « il y a des parties du programme qu'il n'aura jamais apprises »

N'oubliez pas que l'enjeu pour votre enfant n'est pas uniquement d'acquérir des connaissances mais d'investir les processus d'apprentissage. Or, s'il ne peut exercer son fonctionnement sur ce qui lui est proposé, il n'intégrera jamais les connaissances requises. Par contre, s'il est stimulé par les apprentissages proposés dont le niveau de complexité est motivant, alors il « rattrapera » très rapidement les connaissances nécessaires.

> L'objectif n'est pas d'accélérer le cursus à tout prix – pour quoi faire ? – mais de permettre à l'enfant d'être à l'endroit et au niveau qui lui conviennent au bon moment. C'est important pour maintenir son plaisir de faire marcher sa pensée et pour son avenir scolaire.

➤ L'école à la maison

Souvent, les parents désespérés par l'incompréhension de l'école ou plus simplement parce qu'ils n'arrivent pas à trouver un aménagement qui correspond au besoin de leur enfant se tournent vers l'enseignement à distance (Centre national d'éducation à distance ou CNED). Pour obtenir l'autorisation de ce type d'enseignement, il faut un certificat médical justifiant les raisons d'un retrait scolaire. Votre enfant est ensuite radié de son établissement. Le CNED ne peut être une école à la carte où l'on puise l'enseignement complémentaire ou les parties du programme qui conviennent mieux qu'à l'école. C'est un enseignement en soi qui suppose le retrait de l'enfant du système pendant toute l'année scolaire. Ce sont ensuite les enseignants du CNED qui décident du passage ou non dans la classe supérieure.

La solution CNED n'est à envisager que dans les cas extrêmes liés à une impossibilité réelle de l'enfant à rester dans le système scolaire. Seul un professionnel de la psychologie de l'enfant – psychologue, pédopsychiatre – pourra prendre cette décision pour l'équilibre de l'enfant. Il ne faut pas oublier que le CNED n'est pas une école alternative mais un système d'enseignement prévu pour les enfants malades. L'école à la maison n'apporte pas à l'enfant les stimulations intellectuelles suffisantes et l'isole socialement. Cela peut représenter un lourd handicap pour l'avenir de votre enfant.

Seul avantage du CNED : l'enfant peut avancer à son rythme. S'il a fini le programme en six mois, il change automatiquement de niveau.

Récapitulons

- Lorsque c'est possible, choisir une école adaptée aux spécificités de votre enfant. Ne cherchez pas l'école idéale, aujourd'hui elle n'existe pas.
- La solution du saut de classe peut permettre de résoudre certains problèmes.
- L'école à la maison ne correspond qu'aux situations les plus difficiles, psychologiquement et scolairement.
- Dans tous les cas, choisir une école où le dialogue et les échanges avec l'équipe pédagogique sont possibles.

Conseils pour aider votre enfant à réussir

Et maintenant ? Une fois compris les grands principes de sa façon de penser et d'apprendre, comment accompagner mon enfant sur le chemin de la réussite ?

• *Optimisez les processus intellectuels pour les mettre au service des apprentissages scolaires* : essayez de comprendre son système puis analysez avec lui les moyens de l'utiliser pour qu'il puisse lui servir à l'école.

• *Améliorez les compétences scolaires* : quand il est fort dans une matière ou dans une activité, aidez-le à savoir comment il fait pour être fort. Quelle stratégie utilise-t-il ? Quelle compétence ?, etc. Le principe est de déterminer comment il réussit pour l'appliquer dans les secteurs où il réussit moins bien.

• *Laissez-lui un espace pour s'approprier les processus d'apprentissage* : avant de vouloir lui imposer un processus, laissez-le apprendre à sa manière. Laissez-le s'approprier la connaissance avec son système. Dans un deuxième temps, il pourra plus facilement se contraindre à appliquer les règles d'apprentissage imposées.

• *L'apprentissage par cœur* : il est encore souvent demandé aux élèves d'apprendre une leçon par cœur. L'idée est que le « par cœur » rend la connaissance facilement disponible en mémoire pour sa restitution et dans les apprentissages ultérieurs. C'est une forme d'apprentissage incompréhensible et insupportable pour l'élève surdoué. Pour lui, l'important, c'est de comprendre et de savoir, la forme de ce savoir n'a aucune incidence sur le contenu du savoir. Pour l'aider à accepter d'apprendre *le plus parfaitement* possible sa leçon, vous pouvez l'encourager à la reformuler avec ses mots, avec sa propre compréhension et d'apprendre sa version *à lui*. Il l'acceptera plus facilement.

• *Encouragez-le, félicitez-le*, montrez-lui votre plaisir de le voir réussir, dites-lui combien il doit être fier de lui… Un surdoué a besoin d'être arrosé de compliments régulièrement. Il se dessèche vite… et se fane rapidement. Il a besoin de ça pour s'épanouir, pour se sentir bien dans sa peau et pour investir les apprentissages. N'hésitez jamais à l'encourager, c'est le plus puissant des carburants. Chaque parole positive est pour lui une chance de plus de réussir. Votre surdoué est peu sensible à la punition, il est par contre hyper-réceptif à la gratification. Il ne prendra jamais la « grosse tête » car sa sensibilité extrême et sa lucidité sur lui-même l'en empêchent. Par contre, trop peu de félicitations peuvent avoir des conséquences graves pour ses apprentissages et pour son épanouissement. Soyez très vigilant et c'est tellement agréable de le sentir heureux !

• *Si vous voulez qu'il réussisse à l'école, parlez-en le moins possible.* Dans certaines familles, tout tourne autour de l'école. On finit par ne parler que de ça. Tout le temps libre est consacré au travail scolaire et aux conflits qui vont avec. Et si, effectivement, l'enfant a des difficultés à l'école, on ne voit son enfant qu'à travers ce filtre. Tout ce qu'il sait faire par ailleurs, toutes ses connaissances extrascolaires, tous ses savoir-faire sont occultés voire oubliés. L'enfant ne reçoit plus aucune gratification, uniquement des reproches ! Le plus terrible est d'associer la représentation qu'on a de l'enfant avec ses notes à l'école. Si, si, certains parents ont tendance à le faire ! « *Tu es nul* », « *j'en peux plus de toi* », « *tu es un bon à rien* », « *tu n'arriveras à rien dans la vie* », etc., sont autant de blessures profondes et inutiles qui ne font qu'empirer la situation et couper la communication avec votre enfant. Valorisez-le dans ses domaines de compétence, acceptez que l'école ne soit pas son principal centre d'intérêt, parlez d'autre chose… et vous pourrez ensuite revenir sur le terrain scolaire… avec un plaisir enfin partagé.

• *Acceptez son système,* ne l'attaquez pas sur sa façon d'apprendre et de comprendre, demandez-lui de vous expliquer comment fonctionne son système, comment il sait telle ou telle chose… et vous pourrez lui faire ensuite accepter les modalités du système scolaire.

• *Inventez, soyez créatif,* sortez des terrains battus et aventurez-vous sur des chemins qui ne sont pas ceux auxquels vous êtes habitué : vous aiderez votre enfant à voir les apprentissages différemment.

• *Utilisez l'humour,* la dérision, soyez complice de votre enfant. Il se moque d'une manie d'un enseignant, proposez-lui de vous le mimer et amusez-vous à le mimer à votre tour ! Ensuite vous chercherez *ensemble* comment avoir de bonnes notes avec cet enseignant.

• *Ne prenez pas systématiquement le parti de l'école* : *« si tu as eu cette note c'est que tu le mérites », « si le prof t'a mis une observation, c'est qu'il a une bonne raison ».* Bien sûr, il faut aider votre enfant à respecter les enseignants et l'école mais vous devez aussi lui faire confiance.

• *« Il ne fait aucun effort ! »* : peut-être a-t-il besoin de plus de complexité. La forme de l'apprentissage ne lui donne peut-être pas la possibilité de mobiliser ses ressources et de se faire plaisir. Le plaisir de réussir et de se sentir compétent ne peut provenir que de la réussite dans une tâche à la hauteur de son potentiel. La jubilation ne vient que lorsqu'on a réussi à surmonter une difficulté. Pour activer le sens de l'effort vous devez d'abord lui en faire ressentir le plaisir sur les matières qui l'intéressent. Par exemple, si votre enfant se passionne pour la biologie, proposez-lui un challenge complexe dans cet univers. Il acceptera de faire l'effort nécessaire et le plaisir de réussir amorcera la pompe pour l'encourager à l'effort et à sa récompense dans des domaines qui l'attirent moins.

• *« Ça ne l'intéresse pas », « il n'est pas motivé »* : c'est peut-être vrai ! Cherchez à comprendre ce qui ne l'intéresse pas *précisément*. « Je déteste la techno » a été décodé avec Théo par « la prof de techno est nulle, mais j'aime bien ce qu'on fait en techno ». Vous comprenez que l'approche de la démotivation devient très différente. Et que les idées pour relancer la motivation seront plus ciblées.

• *Attention au piège de l'autonomie.* On superpose facilement l'image d'un enfant surdoué avec l'image d'un enfant capable d'autonomie dans son travail. C'est faux ! L'autonomie suppose la maîtrise des structures d'apprentissage. Cela n'a rien à voir avec l'intelligence. L'enfant surdoué se débrouille mal avec les formes de l'apprentissage scolaire. Demander par exemple à cet élève de faire un exposé sur l'Égypte puisqu'il est calé en la matière est une lourde méprise. Le surdoué est *incapable* de structurer ses connaissances pour construire un travail dans un format acceptable. Il faut l'aider : voilà ce que je te demande de faire et comment je te demande de le faire. Il faut lui fournir le cadre et la structure, et après il saura « remplir les cases ».

• *« Il ne sait pas travailler », c'est vrai !* parce que le plus souvent il ne l'a jamais appris, parce qu'il ne savait pas qu'il y avait quelque chose de ce type à apprendre. Lui, il savait, c'est tout. Et maintenant l'objectif n'est plus de savoir mais de travailler et ça, il ne sait pas ! C'est essentiel de bien distinguer les deux aspects : les connaissances et le savoir-travailler. Une fois que cette distinction est établie et que vous l'acceptez comme une réalité, « indépendante de sa volonté », alors il est important de trouver une façon de l'aider à apprendre puisque c'est devenu maintenant *l'objet de connaissance.* Et si ça devient une *connaissance,* vous pourrez plus facilement motiver votre enfant pour aborder cette connaissance nouvelle. Le plus souvent, vous devrez vous faire aider par un pédagogue compétent car il est bien rare qu'un parent fasse l'affaire (aux yeux de l'enfant bien entendu) !

Chapitre 5

L'enfant surdoué au quotidien

Vivre avec un enfant surdoué, c'est être le plus souvent déstabilisé par ses exigences multiples et incessantes. Intolérant à la frustration, acceptant mal le cadre et les limites, discutant tout et tout le temps, négociant la moindre consigne, l'enfant surdoué est un enfant difficile. Il épuise les parents qui sont bien souvent débordés par cet enfant peu malléable et à la sensibilité exacerbée. Pourtant, cet enfant à la pensée sans limites, teste en permanence les limites de l'autre pour se rassurer et se protéger de lui-même. Poser un cadre, même strict, est une nécessité vitale pour son développement et le seul moyen de prévenir et d'éviter l'escalade épuisante et déstructurante des conflits permanents.

Comprendre ses mécanismes psychologiques

L'enfant surdoué est aux prises avec des mécanismes de fonctionnement qui dépendent étroitement de son hyperréceptivité affective et de son hyperacuité intellectuelle. L'excès de charge émotionnelle et d'élaboration intellectuelle qui le caractérise donne à certains de ses comportements une tonalité et une coloration flamboyantes. Pour les parents, le quotidien est parfois difficile à aménager et à gérer mais pour l'enfant cela représente souvent une multitude de petits combats contre une souffrance réelle.

Bien sûr, tous les enfants peuvent présenter des comportements difficiles mais chez l'enfant surdoué cela monte d'un cran en fréquence et en intensité.

Bien sûr aussi, tous les enfants surdoués ne sont pas difficiles, certains sont plus dociles, plus conformes, mais beaucoup de parents souffrent sincèrement des difficultés qu'ils rencontrent avec leur enfant et de la culpabilité qu'ils en ressentent.

L'extrême sensibilité émotionnelle de l'enfant surdoué le rend réactif à d'infimes variations émotionnelles de son environnement. Il a souvent peur d'être débordé par les émotions, d'être emporté par elles et de perdre tout contrôle. D'une sensibilité *à vif,* il réagit à de minimes réactions affectives qui le concernent. En miroir de son fonctionnement intellectuel, pour cet enfant, tout doit avoir un sens. Il ne peut concevoir que tel comportement, telle parole, telle réflexion puissent être *sans importance.* Si vous avez dit ou fait ceci ou cela, c'est sûrement, pour lui, qu'il existe une intention cachée, un sens à découvrir. Ce ne peut être *pour rien.* Tout sera interprété, analysé. Ce qui le conduit à des réactions émotives violentes et excessives.

Une nécessité quasi vitale de maîtriser son environnement

L'enfant surdoué éprouve une nécessité quasi vitale de contrôler et de maîtriser son environnement.

Comparable à une tour de contrôle, il doit être constamment à l'affût de la moindre variation de l'environnement pour ne pas se laisser surprendre, pour que rien n'échappe à son analyse. Son état d'hypervigilance est constant. Il veut tout connaître par avance, ne peut cheminer sans savoir ce qu'il y aura derrière le virage. Ce qu'il ignore lui fait *peur.*

Un besoin de précision absolue

Le besoin de précision absolue sur tout et tout le temps le pousse à la recherche constante de l'exactitude. Aucun flou ne peut être toléré. Chaque mot employé doit être précis, chaque idée doit être clairement définie. Il s'agit pour l'enfant d'un fonctionnement indissociable de sa personnalité. Il ne peut penser, se représenter les faits, les choses, les situations, s'il n'en maîtrise pas le moindre détail. Il ne s'agit ni d'opposition ni de manifestation conflictuelle mais d'une nécessité *absolue.*

Un seuil d'intolérance à la frustration très faible

Attention à l'idée erronée qu'un enfant intolérant à la frustration est un enfant qui a mauvais caractère ou qu'il est simplement opposant. L'intolérance à la frustration correspond toujours à une fragilité émotionnelle. Ne pas pouvoir tolérer qu'un plaisir, qu'une satisfaction soit différé correspond à une impossibilité à gérer le doute et l'incertitude. La *distance* entre l'envie (de quelque chose) et la satisfaction (l'obtention de ce quelque chose) est un temps dans lequel tout est possible, tout peut arriver. Et ce qui arrive surtout dans ce temps, c'est de la *pensée*.

Dans certaines théories psychologiques on considère que la pensée se forme dans cet intervalle entre l'envie et la satisfaction. Si par exemple un bébé a faim et qu'il n'est pas nourri instantanément, il va pouvoir dans cette *attente* créer une représentation du biberon qui lui permettra de patienter jusqu'à la prochaine tétée. Il a *fabriqué* la pensée, la représentation mentale du biberon. Si chaque fois qu'il a faim – ou peut-être faim – on lui colle un biberon dans la bouche, alors il est en permanence dans le concret, dans la jouissance immédiate et aucune voie n'est ouverte pour la création de la pensée.

L'intolérance à la frustration naît de cette impossibilité à mettre en marche sa pensée pour *attendre.* Chez l'enfant surdoué, elle correspond à une *peur de penser* qui enclencherait un processus de pensée complexe et sans limites. L'incertitude deviendrait alors trop inquiétante. Il *faut* que les choses se passent à l'instant T sinon l'insécurité l'envahit et fragilise considérablement son équilibre psychologique général.

Son comportement au quotidien

Tout et tout de suite

L'enfant surdoué ne sait pas attendre. Il demande beaucoup et exige une satisfaction immédiate. La demande peut concerner plusieurs plans : demande matérielle, demande affective, demande de disponibilité, demande de service… Le moindre délai dans la satisfaction de sa demande peut entraîner des réactions variées et souvent bruyantes. De l'expression verbale de la colère en passant par des claquements de porte ou des hurlements, de la menace de représailles au chantage au suicide, cet enfant peut aller jusqu'à se rouler par terre en public en criant à pleins poumons. Les parents sont démunis devant ce type de crises, souvent provoquées par une cause minime, et tentent, testent plusieurs gammes de réactions.

> *« Comment voulez-vous que je fasse ? », témoigne cette maman à bout d'idées. « Je n'arrive plus à le calmer, il est capable de se mettre à hurler, à taper sur les murs et même sur son petit frère si je lui dis non ou même attends. Je n'en peux plus. Je ne sais plus quoi inventer. »*

Le besoin de sentir les limites

L'enfant surdoué cherche en permanence où se situent les limites autour de lui. Sa pensée est sans limites, ses questions sont infinies, le champ des possibles s'étend à perte de vue... ce qui peut générer de grandes angoisses. Ne pas ressentir de limites est très inquiétant. Pour cet enfant, l'existence d'un cadre solide qui le contienne, qui contienne ses angoisses est vitale. Il a besoin de sentir, à l'extérieur de lui-même, que des barrières sont posées pour le protéger, que des balises existent et qu'il peut solidement s'y arrimer.

Ainsi, pour s'assurer que le cadre est bien solide, votre enfant va sans cesse l'attaquer. Son objectif : être sûr que le cadre ne flanchera pas, qu'il peut s'y appuyer en toute sécurité. Et cette attaque incessante du cadre est le plus souvent comprise comme une agression, comme le fait d'un enfant au tempérament difficile, opposant. Alors qu'il s'agit pour lui de la recherche de repères sécurisants.

Pour l'enfant, l'existence d'un cadre est aussi synonyme d'amour. Et en testant la présence du cadre, il teste la solidité, la fiabilité de votre amour.

Il vous teste

Le test des limites passe bien évidemment par celui qui consiste à savoir où sont vos propres limites. Jusqu'où irez-vous ? À quel moment allez-vous craquer ?

Ce qui importe à l'enfant, c'est de savoir que vous aussi vous êtes solide, qu'il peut compter sur vous, que vous êtes capable de poser des limites et de les tenir. Mais que se passe-t-il en général ? Les parents se rebellent contre cet enfant qui veut imposer sa loi, qui veut toujours avoir le dernier mot, qui pousse de plus en plus loin ses exigences.

« À la maison, c'est lui qui commande. Vous vous rendez compte, il n'a que 8 ans. Qu'est-ce que ça va être quand il sera plus grand ! Je pourrai plus rien faire ! »

Paradoxalement, parvenir à obtenir de vous ce qu'il souhaite entretient chez votre enfant un sentiment de toute-puissance. L'enfant garde l'illusion qu'il peut tout, qu'il maîtrise tout. Son besoin de maîtrise et de contrôle absolu trouve une vérification dans la réalité, dans ce qu'il vit. Et c'est terrible pour lui. Malgré la satisfaction immédiate d'avoir *gagné,* le sentiment de toute-puissance est une souffrance redoutable car il vient confirmer que l'on est seul, que l'on ne peut compter sur personne, que personne de plus fort que soi n'est là pour vous protéger.

Le paradoxe, c'est que vous, parents, vous souffrez de ne pouvoir gérer votre enfant et lui souffre... que vous n'y arriviez pas. Votre souffrance est en miroir l'une de l'autre et la spirale de l'incompréhension et de la montée exponentielle des conflits vient renforcer cette souffrance mutuelle.

Écoute-moi bien, Max. Si Marcel cassait tout, il faudrait que tu trouves toi-même une solution. C'est extrêmement important. Parce qu'un jeune chien à qui on ne s'oppose pas quand il le réclame, c'est un chien qui se sent tout-puissant, et ça lui fait peur sa toute-puissance, oui, ça le panique. Tu vois ce que je veux dire ? Alors, il faut à tout prix que tu trouves une solution pour le maîtriser, au cas où ça arriverait. Il faut te préparer à cette éventualité, parce que sur le moment, ce sera trop tard pour trouver une idée. On est bien d'accord ?

Alexandre JARDIN, *Autobiographie d'un amour.*

Dans cet extrait, il s'agit d'un jeune chien, mais il faut retenir que l'enfant lui aussi *réclame* les limites et que ne pas parvenir à les lui donner le met en danger.

> *Alicia, 9 ans, refuse systématiquement que sa mère la coiffe, lui demande de mettre un manteau ou des chaussures pour sortir. L'enfant crie, se débat, dit que sa mère est méchante, que ça lui tire les cheveux : « tu me fais mal ! », qu'elle a trop chaud ou que les chaussures sont trop petites.*
>
> *À bout de nerfs, la maman s'énerve, crie à son tour, et finit par céder. Alicia a une attitude complètement différente avec d'autres personnes que ses parents et accepte sans même y faire attention les mêmes exigences.*

Dans cet exemple classique, il faut garder à l'idée que cette petite fille ne souhaite en réalité qu'une chose : que surtout sa mère ne craque pas. Qu'elle soit capable de maintenir les limites nécessaires pour la protéger. Que sa maman soit solide et qu'elle, Alicia, soit assurée qu'elle pourra toujours s'appuyer sur elle. En accédant à sa demande, la maman d'Alicia lui envoie un message de fragilité émotionnelle et d'impossibilité de lui assurer la sécurité nécessaire. La prochaine fois, Alicia fera une crise encore plus violente pour tenter de trouver une barrière protectrice et l'amour qu'elle recherche. La spirale destructrice de la relation est en place…

L'art de la discussion et de la négociation

« Pourquoi tu me dis d'aller me laver les dents avant d'aller me coucher ?
— Parce que c'est important de dormir avec les dents propres.
— Oui mais à l'école, on nous a dit qu'il fallait toujours se laver les dents après le repas.
— Alors lave-toi les dents après le repas.
— Oui mais alors pourquoi tu me dis pas d'aller me laver les dents après le dîner ?
— … parce que j'ai pas pensé.
— Mais si je me lave les dents après dîner, c'est pas la peine que je me les relave avant d'aller me coucher !
— Non, c'est vrai.
— Alors pourquoi tu me dis que c'est obligé de se laver les dents juste avant de dormir ? Tu vois, tu me dis des choses et après tu me dis autre chose, alors moi j'y vais pas me les laver.
— Va te laver les dents tout de suite !
— Non, parce que je vois pas pourquoi.
— Parce que c'est comme ça !
— Comme ça, quoi ? »
etc.

Parents et enfants en sortent épuisés et… malheureux.

➤ La discussion peut être fondée sur la recherche de précision des idées

La discussion est aussi pour cet enfant le fondement de son impérieuse nécessité de tester ceux qui l'entourent. Il cherche les limites des autres et en particulier de ses parents sur un mode fondamental. Il ira jusqu'au bout de la discussion, jusqu'à la précision absolue de ce que l'autre a voulu dire, jusqu'à la mise à nue du contenu et des contours de sa pensée. Là encore, aucune imprécision n'est tolérée, aucun flou n'est autorisé.

Il ne s'agit toujours pas de *plaisir* à s'opposer, à dire le contraire. Mais seulement d'une impossibilité à penser si le sens exact des choses, des idées, n'a pas été exprimé.

Votre enfant ne *peut* pas se contenter d'une discussion dont toutes les facettes n'auront pas été clarifiées. Il ne cherche pas à avoir raison, il cherche à aller jusqu'au bout des choses, pour se rassurer, lui.

Marie, 11 ans, est en voiture avec ses parents. Ils traversent une forêt. La maman de Marie s'indigne :
« C'est vraiment horrible cette forêt, elle est vraiment dégoûtante ! »
Marie enchaîne :
« Ce n'est pas la forêt qui est horrible alors !
— Tu trouves que c'est beau toi tous ces déchets qui jonchent le sol ? » insiste la mère.
Marie rebondit :
« Tu vois c'est pas la forêt, la forêt elle est belle, si elle était propre.
— En plus elle est mal entretenue » complète la mère.

Marie poursuit :
« C'est pas parce qu'une forêt est pas entretenue qu'elle est pas belle ! Moi je préfère les forêts sauvages, c'est plus beau ! Et d'abord la jungle, c'est pas entretenu et c'est la plus belle forêt du monde.
— Bon si tu veux, concède sa mère.
— Alors, tu peux pas dire que c'est parce qu'elle est mal entretenue qu'elle est moche cette forêt. La forêt en elle-même elle est belle ! » (il s'agit ici de la forêt qu'ils traversent).
« Oui mais elle est trop sale ! »
Et Marie revient encore :
« Mais c'est pas la forêt qui est pas belle, tu peux pas dire ça. »

Et la discussion s'est ainsi poursuivie un très long moment jusqu'à ce que la maman s'énerve sérieusement contre sa fille pour la faire taire, le père s'étant bien gardé d'intervenir, redoutant d'envenimer la situation, et que Marie, les larmes aux yeux, déplore sincèrement que sa mère n'ait toujours pas compris ce qu'elle voulait dire…

Décodons la scène :

La mère fait une réflexion banale sur une situation qu'elle commente ; elle exprime une opinion personnelle qui n'a pas, pour elle, d'implication ni de conséquences particulières. Elle constate que la forêt est sale, que ce n'est pas beau, et elle l'exprime spontanément.

Marie considère qu'il y a un *flou* dans le discours de sa mère et cherche à le mettre en évidence. Il lui paraît essentiel de distinguer : le mauvais entretien de la forêt et sa saleté d'une part, la beauté intrinsèque de la forêt d'autre part.

La mère interprète cette intervention comme une remarque *gratuite* visant à la contredire dès qu'elle dit quelque chose et ne perçoit pas la recherche de précision de sa fille, le besoin du sens exact des mots et des idées. Elle maintient sa position et tente de l'argumenter.

Marie est déçue que sa mère ne comprenne pas ce qu'elle veut dire et revient à la charge en s'appuyant sur une analogie avec la jungle...

que sa mère entend comme une nouvelle provocation...

qui conduit Marie à amener sa mère dans un principe d'entonnoir pour qu'elle puisse admettre qu'il y avait une confusion dans sa remarque...

La mère s'énerve et Marie pleure. L'une s'est sentie agressée, l'autre s'est sentie incomprise.

Pour Marie, la discussion n'est pas aboutie et le manque de précision absolue est un facteur d'inquiétude. En plus, elle est triste que sa mère ne puisse comprendre l'importance de ce type de quête de sens. Elle est déçue... du fonctionnement de sa maman. Et cette déception la fait également souffrir et la culpabilise.

➤ L'art de la négociation

Une autre variable, en apparence plus soft mais tout aussi épuisante se joue dans l'art de la négociation. Un refus, une contrainte imposée vont être discutés, argumentés, et remis sur le tapis jusqu'à obtention du desiderata initial. C'est la technique de l'usure par recherche des failles de votre position. Effectivement, au bout d'un moment, vous finissez progressivement et insidieusement à pencher vers sa façon de voir la situation, d'analyser vos arguments qui vont finir par vous paraître bien minces et peu défendables. Et pour votre enfant c'est gagné... et perdu ! Il voulait que vous lui résistiez et il a tout fait pour que vous lui accordiez ce qu'il demandait.

Maxime, 10 ans, a envie d'aller à une séance d'entraînement de natation supplémentaire. Sa mère refuse. Maxime entame immédiatement la négociation :
« Pourquoi non ?
— Tu as déjà 3 heures d'entraînement par semaine c'est bien assez !
— Mais tu dis que je t'épuise, alors ça c'est bien, ça va me fatiguer et après je serai plus calme et tu pourras te reposer !
— C'est à l'autre bout de la ville, je ne peux pas faire tous les accompagnements !
— Tu vois, tu dis toujours qu'il faut aller jusqu'au bout de nos passions et là tu ne suis pas ! »

L'envahissement affectif : susceptibilité, humiliation, réactions impulsives...

Chez cet enfant tout, vraiment tout est affectif. Et cet envahissement affectif est tellement total, tellement absolu, tellement fort qu'il cherche à le maîtriser et à cacher l'impact que les émotions ont sur lui.

En réalité, cet enfant a souvent les larmes aux yeux, est fréquemment traversé par une vague de tristesse, vit intimement de brusques sentiments de colère…

Sa susceptibilité est extrême. Pourtant, rien dans son comportement extérieur ne peut le laisser deviner. Ou en tout cas, c'est ce qu'il croit et ce qu'il voudrait ! Mais tout le touche et vite le blesse.

Cet enfant se sent vite humilié. Non par un affront ou une attaque ouverte mais par une remarque banale, une réflexion insignifiante.

Pour se protéger de la souffrance provoquée par cette réactivité émotionnelle exacerbée, il manifeste souvent des comportements opposés à ce qu'il vit : colère, énervement, agressivité, agitation… viennent masquer la réalité de ce qu'il vit et qui le fait authentiquement souffrir.

Félix, 8 ans, s'approche de son papa pour ramasser un jouet que je lui avais proposé de prendre pour attendre dans la salle d'attente pendant que nous discutons avec son père. Le père réagit violemment car Félix, plutôt que de sortir immédiatement, s'attarde pour prendre ce jouet. « Dépêche-toi, ça suffit maintenant ! », lui dit-il sur un ton sévère et agacé. Félix s'éloigne vers la porte, les larmes aux yeux. La situation, dans le cabinet de consultation, contraint Félix à sortir sans répondre à son père. Je fais alors remarquer au père que son fils a été blessé de sa remarque, humilié, car il se contentait de faire ce que je lui avais proposé et qu'il n'a pas compris la raison de son irritation. Le père répond froidement : « Vous voyez, pour moi ce sont des larmes de crocodile ! C'est de la comédie pure et simple. C'est exprès pour que vous le considériez comme un pauvre petit garçon martyrisé par son papa ! »

Cette anecdote témoigne de l'incompréhension complète qui règne bien souvent entre ces enfants et leurs parents. Par exemple, Félix est un petit garçon qui souffre terriblement de cette incompréhension. Et il est devenu un petit garçon très difficile à vivre, il pousse les limites en permanence et les parents sont excédés et épuisés… ce qui se comprend. Et plus Félix perçoit la difficulté de ses parents à le gérer, à l'encadrer, à le protéger, plus il repousse les limites et plus le conflit s'envenime. Aujourd'hui, Félix est authentiquement dépressif et les parents sont perdus, culpabilisés et malheureux.

Comment l'aider… et résister

L'aider, parce que pour lui c'est une réelle souffrance. Conséquence de son hypersensibilité, cet enfant est « à vif », très mal protégé de l'excès de stimuli émotionnels qui l'assaillent constamment.

Résister, parce que c'est douloureux pour vous, parents, d'être confrontés à la souffrance de votre enfant et à la difficulté que vous avez de l'aider, de le gérer. Il est extrêmement difficile d'admettre que cet enfant qui vous *pousse à bout* veut s'assurer de votre amour. Il est souvent impossible d'accepter qu'il pousse les limites, et votre patience, aussi loin dans le but de trouver une sécurité affective. Il est inévitable que vous perdiez parfois votre calme et votre self-control. Et il en rajoute alors car, justement, c'est ce dont il avait peur, que vous craquiez, que vous *ne teniez pas*.

Tenir bon, pour son bien

Intégrer l'importance de résister, de *tenir bon*, c'est comprendre que c'est impérativement ce dont votre enfant a besoin. Que c'est indispensable à son développement, à la structuration de sa personnalité. Si vous parvenez à ne pas lâcher, c'est *pour son bien*. Il est vital, pour lui et pour vous, de vous en convaincre.

Attention à la culpabilité

Culpabiliser d'avoir dit Non, de ne pas avoir cédé :

— Vous fait souffrir. Vous vous vivez comme un mauvais parent. Et c'est faux. C'est au contraire dans ces moments-là que vous assumez totalement vos responsabilités de parents.

— Ouvre une brèche dans laquelle votre enfant va s'engouffrer. Il perçoit que vous culpabilisez, que vous doutez du bien-fondé de votre refus. Et… inquiet à nouveau de sentir votre fragilité, votre faiblesse… il repart de plus belle… Et tout recommence et s'enchaîne avec une puissance exponentielle.

Poser des limites claires

Savoir poser des limites claires ne signifie pas tout refuser mais être cohérent avec soi-même et par rapport aux limites que l'on pose.

Certaines limites sont faciles à poser car les dangers sont évidents :

— ne pas mettre les doigts dans la prise électrique,
— ne pas manger un aliment périmé,
— ne pas marcher au milieu de la route ou au bord d'un précipice…

Ce sont des interdits simples car nous sommes totalement convaincus qu'ils sont justifiés et que si nous imposons ces limites c'est pour protéger nos enfants. Sur ce type de limites, nous ne céderons jamais, quoi qu'il arrive et quelles que soient les réactions de nos enfants. Nous sommes tranquilles avec nous-même et avec les limites que nous posons. C'est clair et indiscutable.

Par contre, de nombreuses limites sont plus arbitraires car dépendantes de facteurs personnels, culturels, sociaux, affectifs…

• Peut-on admettre que son enfant refuse de se laver, de mettre son manteau, de ranger sa chambre ?

• Comment savoir s'il est *normal* d'avoir un téléphone portable à 8 ans et accepter de se faire traiter de *parents nuls* parce que dans la classe « tout le monde en a un » ?

• Est-il acceptable qu'il passe d'abord chez un copain après les cours, sans prévenir : « mais enfin qu'est-ce que tu veux qu'il m'arrive » ?

• Peut-on tolérer qu'il sorte jusqu'à une heure tardive alors que l'on serait plus tranquille s'il rentrait avant minuit ?

• Ou encore que son enfant se fasse un piercing à la narine, au nombril… ou qu'il joue à l'ordinateur ou sur Internet pendant des heures sans accepter de se décoller ?

Bref, qu'il fasse exactement tout ce que vous ne souhaitez pas ou même lui interdisez.

Et qu'il vous tienne tête jusqu'à épuisement. C'est-à-dire, *votre* épuisement !

Où est la limite de l'acceptable ?

La difficulté à poser ce type de limites vient de la difficulté à savoir ce qui, pour vous parents, est acceptable ou non.

➤ 1re étape : délimitez votre propre territoire

Chacun a ses limites : connaître ses propres limites de parent permet de poser les limites à ses enfants. Les règles ne sont pas universelles mais personnelles. Ce qui est acceptable, tolérable pour un individu, pour une famille, sera inadmissible dans une autre… et réciproquement.

Par exemple, vous angoissez trop quand votre enfant rentre d'une soirée en voiture avec des copains : c'est votre limite. Dans ce cas, votre anxiété est trop envahissante et empiète sur votre équilibre : vous n'acceptez pas. Pour un autre parent, c'est la tenue à table qui l'insupporte terriblement et qui gâche tous ses repas. C'est une limite acceptable car les repas deviennent des moments d'angoisse alors qu'ils devraient être des moments de détente et d'échange. Mais, par contre, pour ce parent-là, savoir son enfant sur les routes la nuit ne génère pas une anxiété insupportable. Et pour le parent anxieux face au problème de la route, la tenue à table et la valeur symbolique des repas ont peu d'importance. Les limites de l'un ne sont pas les limites de l'autre. Ce qui compte, c'est de déterminer ce qui est vraiment impossible à accepter et ce sur quoi on peut être plus indulgent.

➤ 2e étape : les lois et les règles

Les lois

Les lois c'est ce que *vous* imposez car il en va de *votre* équilibre… et donc du sien. Ce sont les limites de *votre* territoire. Ces limites ne peuvent et ne doivent jamais être dépassées.

Si dans vos lois, le piercing n'est pas admissible, vous ne devez *jamais* discuter de ce sujet avec votre enfant.

Si les limites de votre territoire stipulent qu'il n'est pas question de circuler à moto, le sujet *moto* devient un sujet tabou à ne jamais réaborder. Vous avez clairement expliqué à votre enfant les raisons de votre inquiétude. C'est fini.

Si pour vous, la toilette du soir fait partie des règles d'hygiène incontournables, alors cela devient une loi immuable.

Les lois doivent d'abord être justifiées. Expliquez clairement à votre enfant pourquoi vous ne pouvez accepter telle ou telle chose. Donnez-lui toutes les raisons, même les plus intimes, les plus affectives ou les plus irrationnelles. Les lois n'ont pas besoin d'être justifiables sur un plan rationnel pour être valides. Elles n'ont valeur de loi que parce que pour vous c'est important et que vous en avez décidé ainsi.

Dans l'idéal, lorsque les parents vivent ensemble, les lois doivent aussi être discutées en couple. Votre enfant a besoin de cohérence. Plus vous serez soudés sur les lois, plus votre enfant se sentira sécurisé et acceptera les limites que vous lui posez.

Si les parents sont séparés, ce qui compte, c'est que chacun ait ses lois. Il n'est pas du tout indispensable que vous ayez les mêmes. Il peut y avoir les lois chez maman et les lois chez papa, qui soient différentes voire contradictoires. Ce qui compte, c'est que les lois soient claires d'un côté comme de l'autre, pas qu'elles soient logiques.

Les règles

Les règles sont des dispositions, des aménagements, une sorte de règlement intérieur discuté avec votre enfant. Ici, il s'agit de réfléchir ensemble à ce qu'il peut faire, à ce que vous pouvez tolérer, aux raisons de sa demande ou de son refus ; ensemble vous établirez les règles. Elles doivent convenir aux deux parties. Chacun doit y trouver son compte.

Si par exemple vous n'aimez pas la façon de s'habiller de votre enfant, qu'elle vous choque mais que vous ne vous sentez pas agressé par sa tenue (ce qui deviendrait une loi), vous pouvez en discuter avec votre enfant. Lui dire que vous n'aimez pas cette mode. Votre enfant pourra alors vous dire qu'il aime ces tenues larges et confortables et que c'est important d'être habillé comme tout le monde. Vous pourrez ainsi établir la règle suivante : pour aller en classe ou sortir avec tes copains, j'accepte mais lorsque nous devons sortir familialement, je te demande de faire un effort. Chacun a fait un pas vers l'autre en le respectant dans son identité et dans sa demande.

Les règles sont l'aboutissement d'une négociation.

Lorsqu'une règle a été établie, on ne doit pas la transgresser. Dans notre exemple, il est interdit de faire la moindre réflexion sur la tenue de votre enfant lorsqu'il part avec ses copains. Vous avez déterminé une règle, vous devez la respecter, des deux côtés.

Les règles, à la différence des lois, peuvent être régulièrement rediscutées en fonction d'une situation nouvelle ou d'une évolution de la situation précédente. Si tout d'un coup la mode veut que les pantalons soient en latex moulés à paillettes, vous avez le droit de revenir sur la règle et d'en redéfinir les termes.

COMMENT POSER DES LIMITES AU QUOTIDIEN

• Quand la limite est posée, ne jamais la déplacer : on a le droit aussi de poser des limites arbitraires et même de faire des erreurs.

• Une loi ne doit jamais être posée à chaud. Elle ne peut pas prendre sa place et ne pourra être acceptée par votre enfant. Il est toujours préférable d'indiquer clairement au préalable, avant la crise, les limites qui sont pour vous incontournables.

• Évitez le piège de la logique implacable de l'enfant : il saura toujours vous démontrer que vous avez tort ou que vos exigences ne sont pas adaptées. Soyez ferme. Gardez toujours en tête que c'est pour le bien de votre enfant que vous avez pris cette décision. En plus, même si au fond de vous, vous ressentez que vous vous êtes trompé, cela n'a aucune importance. Un bon parent est un parent qui peut se tromper mais pas un parent qui ne parvient pas à poser un cadre sécurisant à son enfant.

• Contournez le problème : discutez avec lui, avant, et amenez-le à décider, tout seul, à faire ce que vous attendez de lui. Son besoin de maîtrise et de contrôle sera ici votre allié !

• Montrez votre satisfaction quand il a su accepter les règles ou les consignes que vous lui avez imposées. Même s'il ronchonne ou ne manifeste aucune réaction, cet enfant hypersensible engrange une émotion positive qui consolide le sentiment de sa propre valeur et l'estime qu'il a de lui-même. Chaque effort reconnu et récompensé affectivement encourage le renouvellement de l'acte gratifié… et jamais le contraire : on ne prend aucun risque que l'enfant éprouve de l'orgueil et renforce son opposition. Renforcer un comportement adapté a beaucoup plus de force que punir un acte déviant.

• Rassurez-le le plus possible. Votre enfant se sent régulièrement fragile et inquiet face à la complexité de la vie. La dépendance affective, le besoin affectif de cet enfant sont importants. Prenez vous aussi du plaisir à être affectivement proche de votre enfant, il en sera plus facilement autonome ! Profitez-en !
• Encouragez-le, félicitez-le, gratifiez-le ! Contrairement à ce que l'on pourrait penser, votre enfant manque souvent de confiance en lui et il a fondamentalement besoin d'être valorisé. Il n'y a aucun risque qu'*il prenne la grosse tête.* Votre enfant est bien trop lucide sur ce qu'il est et trop conscient de ses propres limites. L'échec fait peur à votre enfant. Ne l'oubliez jamais.
• Essayez de ne pas vous enfermer vous aussi dans une discussion en boucle. Quand vous en avez la force, prenez un chemin de traverse. Dites à votre enfant que vous comprenez sa position, que vous comprenez sa colère, que vous acceptez son jugement et… passez à autre chose. Entraînez-le ailleurs. Inventez une voie de sortie, un passage où vous pourrez, ensemble, vous faufiler sans que votre enfant se sente blessé, humilié, ou vexé que vous ne poursuiviez pas dans la direction qu'il voulait vous imposer.

Chapitre 6

Quels sont les signes pour reconnaître un enfant surdoué ?

Peut-on dégager des caractéristiques communes à tous les enfants surdoués ?

Il existe, bien sûr, des caractéristiques communes aux enfants surdoués. Mais cela ne signifie pas que tous les enfants surdoués présentent les mêmes particularités. Il peut d'ailleurs arriver que deux enfants présentent des particularités exactement opposées et, pourtant, qu'ils soient tous les deux surdoués.

Il n'y a pas de signes *propres* au surdoué dont la présence signerait le diagnostic de façon certaine.

Seuls un faisceau de signes et un bilan pratiqué par un psychologue peuvent confirmer le diagnostic.

Quels sont les signes précoces ?

Dans la toute première enfance

Il est habituellement constaté une certaine précocité dans le développement et dans certains apprentissages :

• Enfant tonique : tient rapidement sa tête, position assise très tôt.

• Regard scrutateur dès les premières semaines : l'enfant semble observer le monde et son entourage avec une attention soutenue parfois dérangeante.

• Petit dormeur : les petits surdoués semblent avoir moins besoin de sommeil que les autres enfants.

• Le langage : souvent très tôt et très bien sans passer par une phase de prélangage. Il arrive que les enfants passent sans transition d'une phase de non-langage à une phase de langage courant. *On avait l'impression qu'il attendait de bien savoir parler avant de se lancer* rapportent régulièrement les parents. Ce qui frappe également, c'est la rapidité d'acquisition de vocabulaire et la richesse du langage utilisé. Très tôt, l'enfant surdoué emploie le mot précis à la grande surprise des adultes qui souvent eux-mêmes n'utilisent pas un vocabulaire aussi riche et diversifié.

• Il est aussi d'observation courante que cet enfant utilise rapidement sa nouvelle maîtrise du langage pour engager son exploration du monde. Dès les premiers mots, les *pourquoi* et les *comment* entrent en scène et y resteront… pour la vie !

> **Attention !**
>
> Certains enfants surdoués ne montrent pas ce type de précocité. Le langage peut s'installer beaucoup plus tardivement. On observe même parfois des retards de langage.
> La précocité du langage est un signe mais l'apparition plus tardive du langage ne doit pas faire exclure le diagnostic.
> Et, tous les enfants qui parlent tôt ne sont pas des enfants surdoués !

L'âge préscolaire

• Les questions sans fin… et sans réponse. L'enfant surdoué ne cesse de questionner. Il veut savoir, comprendre. Il cherche à découvrir les lois de fonctionnement du monde. Ce qui l'intéresse par-dessus tous, ce sont les limites de la vie… et de la mort. *D'où on vient ? Pourquoi on existe ? Comment c'était au début de la vie ? Et d'abord, comment a été créé le monde ? Et après la mort, c'est quoi ?…* Cet enfant ne se contente jamais d'une réponse vague ou imprécise. Comme un scientifique, il cherche, et tant qu'il ne trouve pas de réponse satisfaisante, il continue son inlassable investigation. Et comme il est souvent difficile de lui procurer une réponse qui le satisfasse totalement, il continue ! Dès le réveil, sa conquête du monde démarre et ne cessera qu'à l'endormissement. Vous serez épuisé, mais pas lui !

• L'envie d'apprendre. Pour conquérir le monde, il faut des outils, des bagages, des moyens. Très vite, le petit enfant surdoué réclame ce dont il a besoin pour approfondir ses découvertes et entreprendre de nouvelles aventures : il veut savoir lire, il veut comprendre le système du temps, il veut s'approprier le système numérique… Bref, il veut apprendre à lire, savoir lire l'heure et savoir compter…

Ne le freinez pas ! Un enfant qui veut apprendre, qui montre une curiosité pour les apprentissages nouveaux doit toujours être entendu. On ne vous demande pas de vous substituer à l'école mais simplement d'apporter à votre enfant ce dont il a besoin. Il veut connaître les lettres, donnez-lui les clefs du déchiffrage, il veut lire l'heure, expliquez-lui le découpage du temps, il veut savoir compter, offrez-lui les chiffres pour le faire… À l'école, on lui apprendra les structures et les différentes modalités de ces apprentissages fondamentaux mais il n'y a aucune raison pour que vous lui refusiez l'initiation qu'il réclame.

Attention ! Un enfant qui ne sait pas lire avant l'entrée au CP peut aussi être un enfant surdoué mais qui aura privilégié d'autres formes d'exploration du monde.

> Un enfant surdoué est le plus souvent précoce dans son développement… mais pas toujours.
> La précocité de certains apprentissages n'est pas uniquement le fait des enfants surdoués.

Quand doit-on faire pratiquer un bilan ?

Ici encore il faut faire preuve de prudence. Il n'existe *aucun* signe univoque qui puisse indiquer le diagnostic d'enfant surdoué.

Attention à l'effet de généralisation abusive

Tous les enfants qui parlent tôt ou qui apprennent à lire avant l'heure, tous les enfants agités en classe, turbulents et opposants à la maison, tous les élèves en échec scolaire, tous les adolescents rebelles ou dépressifs, etc., ne sont pas des enfants surdoués. Et il ne serait question de faire des amalgames trop rapides et/ou de se rassurer face aux difficultés de son enfant en se persuadant qu'il est sûrement surdoué !

Attention de ne pas passer à côté du diagnostic

Il peut être gravement préjudiciable pour le développement psychologique, affectif, scolaire et social de votre enfant de passer à côté du diagnostic. Attribuer à de tout autres causes les difficultés de votre enfant ne permet pas de lui proposer une aide adaptée. L'erreur de diagnostic peut même, dans certains cas, accentuer les difficultés ou en créer de nouvelles qu'il sera difficile de surmonter.

Un test n'est pas une chasse au diagnostic

C'est un éclairage sur le fonctionnement d'un enfant et ce quels que soient son type de fonctionnement, la nature des difficultés qu'il rencontre. Il vaut mieux se tromper et faire passer des tests à un enfant qui n'aura finalement pas le profil d'enfant surdoué que d'éviter ou de refuser de faire pratiquer un bilan lorsqu'on a un doute. Pratiquer un bilan apporte toujours des explications sur le fonctionnement intellectuel et psychodynamique et permet d'avoir une meilleure visibilité sur l'aide adaptée que l'on peut proposer. Ce qui est important à travers un bilan c'est de donner du sens à la souffrance ou aux difficultés.

Il est prudent de faire préciser le diagnostic

➤ Du côté des parents

Les parents sont les meilleurs prédicteurs !

Malgré les critiques dont on les accable souvent, les parents ne se trompent pas dans 80 % des cas ! On peut balayer le mythe du parent qui regarde systématiquement son enfant comme un génie ! Aimer son enfant envers et contre tout – et tous – ne signifie pas pour autant qu'un parent n'est pas lucide sur son enfant. Il est le plus souvent capable de repérer ses qualités et ses défauts et ce dans tous les domaines.

Bien sûr, certains parents peuvent néanmoins avoir tendance à manquer d'objectivité mais ils ne représentent finalement qu'une minorité !

Parents, faites confiance à votre intuition, c'est le meilleur signe !

➤ Du côté de l'école

Il s'agit plutôt ici de suggérer à l'école de ne pas oublier que le surdoué existe, qu'il n'est pas une construction du fantasme des parents, que ce n'est pas un effet de mode. Oui, c'est une réalité, insistons sur ce point : un enfant en échec scolaire *peut* être un enfant surdoué. Et, si, en plus, cet enfant est brillant à l'oral et plus faible à l'écrit, s'il chahute mais écoute à la fois, si ses résultats sont en dents de scie, si, encore, au collège il semble perdre les facultés qu'il avait au primaire, si enfin c'est un élève qui pose des questions sur tout, tout le temps et qui négocie sans cesse… pensons-y. N'oublions pas également qu'un enfant souvent isolé dans la cour et qui cherche plus facilement le contact avec des camarades plus âgés, ou celui dont les autres enfants se moquent facilement ou celui enfin qui discute volontiers avec les adultes présentent des caractéristiques que l'on trouve chez l'enfant surdoué… même si cela ne veut pas forcément dire qu'il l'est !

Et un enfant brillant en classe peut lui aussi être un enfant surdoué !

➤ Du côté du corps médical

Le corps médical reste probablement le bastion le plus sceptique et le moins informé sur le diagnostic d'enfant surdoué. C'est parfaitement paradoxal mais c'est ainsi. Si on soulève souvent qu'aucune formation sur ces élèves n'est prévue dans le cursus de formation des enseignants, il n'existe *aucune* sensibilisation sur les tableaux cliniques de l'enfant surdoué dans les amphis de médecine ! On ne peut pas dire que les médecins ignorent les fragilités que peuvent générer les déficiences mentales. Mais le surdon intellectuel, ils en ignorent tout ! Ce sont, paradoxalement – et scandaleusement – les psychiatres qui sont souvent les plus réticents au diagnostic et qui le réfutent trop spontanément. Absente de leur connaissance et de leur savoir médical, la clinique de l'enfant surdoué ne peut entrer dans leur hypothèse diagnostique. Les méprises et les erreurs diagnostiques des psychiatres peuvent avoir des conséquences sévères et inquiétantes pour l'avenir de ces enfants. Il faut le savoir malgré le paradoxe que cela représente.

Les médecins scolaires sont probablement les plus informés, grâce au contact avec l'école, et les plus ouverts. Proches des difficultés quotidiennes de l'enfant en situation scolaire et avertis de leur comportement dans le cadre scolaire par les enseignants, ils cherchent de plus en plus à se former et s'informer. Les médecins généralistes, enfin, commencent eux aussi à être sensibilisés même si seule une poignée d'entre eux pense spontanément à faire pratiquer un bilan.

Pour les médecins, il paraît judicieux de proposer de faire pratiquer un bilan dans les cas où un enfant ou un adolescent présente un tableau clinique atypique (quel que soit le tableau) avec des contradictions apparentes dans son fonctionnement intellectuel et scolaire.

À quoi sert le diagnostic ?

La question est légitime. On peut penser que poser le diagnostic d'enfant surdoué ne changera rien. On peut également penser que l'enfant prendra alors *la grosse tête* et qu'on n'en tirera plus rien.

Ce qui ne change pas avec le diagnostic, c'est l'enfant : surdoué il était, surdoué il restera ! Le bilan ne modifie pas l'enfant. Il donne sens, il éclaire, il ouvre de nouvelles perspectives. Grâce au bilan, on comprend ce qui se passe et surtout on peut aider l'enfant dans la réalité de ses difficultés, *à lui*. On ne projette plus ce que l'on pense, on agit en fonction de ce qu'il est. Et cela change tout.

Au fait, l'enfant ne prend pas la *grosse tête,* jamais. Il est soulagé !

Faut-il faire passer un bilan de façon préventive ?

Oui et oui, surtout oui.

C'est vraiment ce qui aidera le plus et le mieux votre enfant. Anticiper et l'accompagner dans son développement en connaissant ses caractéristiques de fonctionnement intellectuel et affectif est précieux pour un développement harmonieux. Il est d'observation courante que plus un diagnostic a été pratiqué tôt, plus l'enfant à de chances de vivre bien et en harmonie avec lui-même et avec ce qu'il est.

Et le contraire n'est pas vrai ! Si on tarde à faire passer un bilan parce qu'on se sent coupable d'imaginer que son enfant est surdoué et que de toute façon *ça ne changera rien*, on prend des risques pour son développement !

À partir de quel âge peut-on faire passer un bilan ?

En théorie, les tests sont validés à partir de l'âge de 2 ans et demi.

En pratique, un test doit être envisagé très jeune uniquement s'il existe des difficultés très spécifiques et si le diagnostic peut effectivement permettre un aménagement autour de l'enfant qui lui soit bénéfique. Dans la réalité, il est rare qu'un dépistage soit indispensable à cet âge mais la possibilité existe si le test présente un intérêt réel pour l'enfant ou pour compléter un diagnostic médical.

À l'âge préscolaire, c'est-à-dire en France, pendant les années de maternelle, un test peut être nécessaire pour demander ou appuyer une proposition de passage anticipé en CP. La prudence des enseignants face au passage anticipé conduit parfois à la nécessité de compléter le dossier par une évaluation intellectuelle qui vient insister sur l'importance d'une stimulation intellectuelle et d'une accélération de cursus pour cet enfant. Le désinvestissement des apprentissages s'installe très tôt et un maintien en grande section de maternelle d'un enfant désireux d'apprendre à lire et qui maîtrise déjà les bases de la lecture voire qui sait déjà lire est une aberration dangereuse pour l'avenir scolaire et intellectuel de l'enfant.

Sur le plan scientifique, les tests pratiqués avant l'âge de 6 ans sont plus sensibles aux facteurs de vitesse de développement. C'est-à-dire que les résultats vont être nettement marqués par le stade de développement où se trouve l'enfant plus que par les spécificités de son fonctionnement intellectuel. On peut tout à fait avoir un test qui montre une précocité du développement et de certains types d'apprentissages, ce qui donnera des scores élevés, et être en présence d'un enfant intelligent et en avance mais pas surdoué. L'inverse existe aussi : un enfant peu stimulé dans son développement mais qui pourtant est un authentique enfant surdoué.

La prudence est donc de mise lorsque les tests sont pratiqués avant six ans. Seul l'intérêt d'avoir une visibilité sur le fonctionnement *actuel* de l'intelligence de l'enfant peut justifier le passage d'un test à cet âge. Dans tous les cas, si un diagnostic d'enfant surdoué est suspecté à partir de ce test, il faudra pratiquer un test quelques années pus tard pour confirmer le diagnostic. Les tests auront alors une réelle valeur prédictive puisque le QI est stable dans le temps.

Et les adultes ?

Passer un test à l'âge adulte est toujours beaucoup plus compliqué que chez les enfants. Pour plusieurs raisons.

• L'enfant, à l'école, est habitué à être évalué. C'est une situation classique pour lui. Toute la journée on lui met des notes et on commente son travail. L'adulte, lui, a perdu l'habitude de cette pratique depuis longtemps. La peur de l'évaluation est tenace. Se sentir observé, jugé, évalué est une situation qu'il a du mal à assumer.

• La peur du diagnostic : un adulte, même s'il se reconnaît dans la description ou le vécu de l'enfant surdoué a toujours peur de se tromper et d'être déçu par les résultats. C'est très fréquent que les parents se reconnaissent dans le fonctionnement ou les difficultés de leur propre enfant : « j'avais l'impression que vous parliez de moi » mais ils osent rarement faire le pas et passer les tests.

• L'adulte a peur aussi d'être en colère contre ses parents, contre son entourage, de ne pas avoir vu en lui l'enfant qu'il était. Il a peur de la révolte que cela pourrait susciter en lui. Et il préfère éviter ce sentiment de colère.

• L'adulte a peur encore des changements qu'il pourrait alors envisager s'il était vraiment surdoué : un adulte qui n'a pas fait d'études, qui n'est pas satisfait de son travail, qui se sent décalé par rapport à son entourage affectif... pourrait soudain avoir envie de changer, de prendre une nouvelle direction plus conforme à ses possibilités et à sa personnalité. Et le changement fait peur car les conséquences peuvent être douloureuses et mettre en péril l'équilibre actuel. C'est le principe homéostatique. Ne rien changer à l'équilibre actuel, la plus petite modification pouvant entraîner de grands changements et ce dans un rayon très large. On préfère souvent maintenir une situation insatisfaisante mais que l'on connaît plutôt que de s'aventurer sur un chemin dont on ignore tout ! Et pourtant, quelle occasion de faire le point sur soi-même, de mettre du sens sur ce que l'on a vécu, d'entamer un travail personnel pour devenir, enfin, ce que l'on est vraiment !

POURQUOI IL FAUT FAIRE PRATIQUER UN BILAN

- Faire pratiquer un bilan n'est *jamais* préjudiciable à un enfant.
- Faire pratiquer un bilan permet *toujours* de mieux comprendre son enfant et de lui apporter l'aide qui lui convient.
- Il faut toujours faire pratiquer un bilan quand on a un doute et que ce diagnostic est envisageable en regard des signes présentés par l'enfant.
- Les tests peuvent être passés à tout âge et toujours quand une souffrance existe et que le diagnostic peut permettre une aide efficace et adaptée.

Chapitre 7

Le bilan psychologique

Qu'est-ce qu'un bilan psychologique ?

Un bilan psychologique est une situation relationnelle dans laquelle le psychologue utilise une série de tests afin d'explorer, d'évaluer et de comprendre le fonctionnement d'un enfant sur les plans intellectuel et psychodynamique.

Un bilan a pour objectif d'apporter des éléments de compréhension *objectivables*, c'est-à-dire issus d'un matériel standardisé et validé, identique pour tous, que représentent les tests.

Les données du bilan orientent le diagnostic et permettent la mise en place de l'accompagnement ou de l'aide la plus adaptée au profil et/ou aux difficultés présentées par l'enfant.

> **Attention**
>
> Il n'y a pas de bons ou de mauvais résultats au bilan. Un bilan permet *toujours* d'apporter des réponses et une compréhension fine du fonctionnement de l'enfant. C'est un outil précieux pour accompagner l'enfant au plus près de ce qu'il est.

Il existe deux grandes catégories de tests dans le bilan psychologique de l'enfant : les épreuves cognitivo-intellectuelles, qui s'intéressent à l'exploration de l'intelligence, et les tests de personnalité, qui visent à apprécier le fonctionnement psychoaffectif et psychodynamique de l'enfant.

L'évaluation du QI : les tests d'intelligence

La première étape du diagnostic de surdoué consiste à passer des tests dits d'intelligence afin de déterminer le fonctionnement intellectuel de l'enfant. Il faut se débarrasser de l'idée communément répandue que les tests « mesurent » l'intelligence. Mesurer l'intelligence supposerait de pouvoir définir la notion même d'intelligence. Or, les définitions de l'intelligence sont multiples et dépendent de nombreux facteurs. Les définitions sont distinctes selon le modèle théorique, c'est-à-dire selon le courant scientifique auquel appartient l'auteur de la définition. D'autre part, l'intelligence longtemps conçue comme l'ensemble des seules capacités intellectuelles est aujourd'hui envisagée dans une conception plus large incluant l'intelligence émotionnelle, sociale, introspective, etc. Néanmoins, si on interrogeait un échantillon significatif de sujets, nous obtiendrions des caractéristiques communes dans notre conception globale de la notion d'intelligence. Ce qui signifie que même si l'intelligence est par essence indéfinissable et donc impossible à mesurer, on peut cependant s'en faire une représentation communément et culturellement admise.

Qu'évaluent les tests d'intelligence ?

Les échelles d'intelligence ne s'intéressent pas à l'évaluation d'une quantité d'intelligence comme on pourrait mesurer un poids ou une masse mais permettent d'évaluer les effets, le produit de l'intelligence dans la confrontation à un certain nombre de situations-problèmes.

Le principe d'un test d'intelligence est de proposer une série d'épreuves standardisées, identiques pour tous, qui servent de points de repère pour identifier les capacités de l'enfant à résoudre ou répondre aux problèmes posés. L'efficience d'un enfant, exprimée sous forme de scores, sera alors comparée aux résultats des enfants de même âge chronologique. Les tests sont construits de façon à avoir des tables normatives dans lesquelles sont reportés les résultats d'un échantillon représentatif à un âge donné.

On comprend mieux ainsi que le QI n'est pas un score absolu qui détermine une valeur quantitative de l'intelligence mais un score relatif qui permet de comparer l'efficience de l'enfant à un groupe d'enfants du même âge. Le QI est une expression statistique de l'intelligence.

Quels sont les tests d'intelligence utilisés ?

Aujourd'hui les échelles d'intelligence les plus largement utilisées sont les échelles d'intelligence de Wechsler, du nom de leur auteur. Les échelles de Wechsler sont validées dans la plupart des pays du monde qui disposent d'une version adaptée à leur cadre culturel de référence.

Cela signifie que l'on passe le même test à Tokyo ou à New York et que les QI obtenus seront comparables entre eux.

Ces échelles s'appuient sur le principe de mesure du facteur « g ». Le facteur « g » est un indice de l'intelligence générale, c'est-à-dire qu'il représente le dénominateur commun à plusieurs aptitudes intellectuelles spécifiques. Dans le test, qui recouvre la mise en œuvre d'un certain nombre de compétences, les nombreux facteurs spécifiques sollicités se neutralisent plus ou moins les uns les autres et convergent vers le facteur « g ». Il s'agit d'une conception factorielle de l'intelligence. L'intelligence est conçue comme une faculté émergente et non pas comme une somme d'aptitudes. C'est la résultante.

Les épreuves permettent ainsi de chiffrer l'efficience intellectuelle en termes de QI.

➤ Comment sont construites les échelles d'intelligence de Wechsler ?

Les échelles de Wechsler proposent une diversité d'épreuves qui mettent en jeu différentes aptitudes intellectuelles.

L'échelle comporte 10 épreuves fondamentales (plus 3 complémentaires) qui se regroupent en deux sous-échelles.

L'échelle verbale

Plus directement corrélée à la réussite scolaire, aux acquisitions et à la culture générale, l'échelle verbale sollicite la capacité à former des concepts verbaux, active les compétences logico-mathématiques, fait intervenir l'adaptation sociale et la compréhension du fonctionnement de l'environnement. La richesse et la diversité du vocabulaire, la capacité à manier les outils du langage, l'organisation verbale de la pensée interviennent largement dans le score à cette échelle. La mémoire à long terme et la facilité de restitution des connaissances acquises sont également des atouts pour réussir les épreuves verbales.

L'échelle de performance

Elle évalue la mise en acte de l'intelligence dans des situations concrètes. Elle confronte l'enfant à des tâches nouvelles pour lesquelles aucun apprentissage antérieur ne permet de réussir. Les épreuves évaluent la capacité de l'enfant à mobiliser rapidement ses ressources cognitives. Elles lui demandent une bonne flexibilité cognitive pour être efficace dans l'exécution des consignes. La flexibilité cognitive qui s'oppose à la rigidité cognitive est la capacité à se dégager rapidement d'une stratégie ou d'un raisonnement non pertinent et à trouver et adopter une autre façon d'aborder le problème. C'est en quelque sorte la capacité à sortir d'une impasse intellectuelle et à trouver des solutions nouvelles. L'attention et la concentration interviennent tout au long de ces épreuves comme la capacité à travailler sous pression d'un temps délimité. Dans l'échelle de performance, les épreuves sont chronométrées et une bonne gestion du stress est un facteur de réussite à ces épreuves.

➤ Le calcul du QI

Chaque épreuve comporte des items de difficulté croissante. Le nombre d'items réussis par l'enfant permet de calculer son score brut qui sera transformé en note standard d'après les tables normatives correspondant à son âge.

Trois valeurs de QI seront ainsi déterminées : le QI Verbal, le QI Performance et le QI Total.

Le QI Total est une combinaison des deux autres et n'en représente pas la moyenne arithmétique.

Par construction statistique, la valeur moyenne du QI est de 100 et l'écart type de 15. L'écart type représente la marge d'erreur autour de la moyenne, la variation normale.

En regard de la distribution du QI dans la population générale on obtient ainsi une courbe en cloche, la courbe de Gauss que voici :

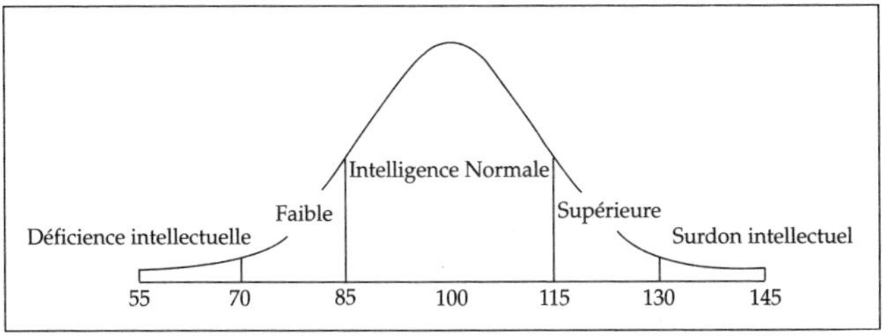

Répartition de la population autour de la moyenne

- De 85 à 115 : intelligence normale = 68,2 % de la population. Une personne sur deux a un QI qui se situe entre 90 et 110.
- QI > à 115 : intelligence supérieure, brillante = 13,6 %.
- À partir de 130 : surdoués = 2,1 %. Au-dessus de 145 = 0,1 %.
- QI < à 85 : intelligence limite, faible = 13,6 %.
- QI < à 70 : débilité mentale = 2,1 %.

Les limites mesurables de QI avec les échelles de Wechsler sont 40 et 160.

➤ Plus ou moins intelligent ?

Cas numéro 1 : mon enfant est dans la normale avec un QI compris entre 85 et 115

Cela signifie que l'enfant dispose de capacités intellectuelles qui sont statistiquement celles attendues en regard de son âge. Son intelligence est conforme à son âge chronologique et l'on peut alors s'attendre à ce qu'il développe des compétences et des aptitudes adaptées à son niveau scolaire. Son comportement social est celui de son âge.

Cas numéro 2 :
le QI est inférieur à la normale, entre 70 et 85

Dans ce cas, on considère que, *quantitativement*, l'enfant dispose de moindres facilités pour tout ce qui concerne les tâches intellectuelles. C'est un enfant qui aura besoin d'un effort soutenu et de beaucoup d'énergie pour parvenir à obtenir un niveau scolaire satisfaisant. Il sera habituellement plus à l'aise dans des secteurs où les capacités intellectuelles sont moins sollicitées et dans lesquels il pourra mettre en œuvre d'autres compétences.

Cas numéro 3 :
le QI dépasse la normale et se situe
entre 115 et 130

Un QI élevé témoigne d'une intelligence brillante, supérieure. *Quantitativement*, l'enfant est plus intelligent que les enfants de son âge. C'est un enfant qui comprend plus vite, qui intègre facilement des connaissances nouvelles, dont la mémoire est performante, qui résout avec facilité des tâches intellectuelles complexes. On considère généralement que ce type d'intelligence favorise la réussite intellectuelle.

➤ Les cas extrêmes :
en dessous de 70 ou au-dessus de 130

Aux extrémités de la courbe, on passe des bornes *qualitatives*. On change complètement de registre : on ne parle plus d'une évaluation quantitative de l'efficience intellectuelle, on raisonne en termes de forme d'intelligence, de nature d'intelligence, de mode de pensée. Le QI perd sa valeur d'estimation d'un niveau intellectuel pour devenir un indicateur plus général qui oriente vers un diagnostic plus global en termes de catégorie distincte de population.

En dessous de 70

Nous nous situons dans la catégorie de la débilité mentale qui n'est pas uniquement une insulte de cour de récréation mais une réalité clinique. Or, les enfants débiles ne peuvent être seulement considérés comme des enfants moins intelligents que les autres. Bien que, par définition, leurs compétences intellectuelles sont limitées, c'est surtout la forme particulière de leur intelligence qui les distingue des autres. En effet, un enfant débile perçoit et comprend l'environnement d'une façon si différente qu'il construit son intelligence sur d'autres fondements. Souvent, on trouvera justement cet enfant particulièrement fin et perspicace dans certaines situations, il aura compris intuitivement une situation qu'un enfant plus intelligent n'analysera que plus tard, ou encore, il développera une compétence toute particulière dans un domaine spécifique… Et puis, et peut-être surtout, un enfant débile est un enfant d'une sensibilité extrême qui semble souvent muni d'un sixième sens pour appréhender certaines situations. C'est dans sa capacité de percevoir, comme instinctivement, l'état émotionnel des autres que cet enfant-là est souvent le plus surprenant. Il ressent avec une acuité étonnante la moindre variation émotionnelle et y réagit spontanément même si son mode de régulation affective et sociale reste souvent mal adapté. Bref, ce sont des enfants différents et c'est la différence qui fait sens et va permettre de leur proposer une éducation adaptée.

Pour poser le diagnostic de débilité, le QI seul ne suffit pas. D'autres critères sont nécessaires : les capacités d'adaptation sociale et le niveau des acquisitions scolaires. Un QI faible peut être le témoin d'autres cadres cliniques.

Au-dessus de 130

La dimension qualitative prend ici aussi toute sa dimension. Le QI n'est plus un indice d'une intelligence quantitativement supérieure mais d'une forme d'intelligence *qualitativement* différente. Un enfant surdoué est un enfant qui, par sa perception aiguisée du monde, par sa capacité à enregistrer simultanément des informations en provenance de sources distinctes, par son réseau puissant d'associations d'idées et sa rapidité fulgurante de compréhension... fonctionne dans un système intellectuel incomparable à celui des autres enfants et très différent aussi des enfants les plus brillants.

> C'est la différence qui est significative chez l'enfant surdoué et non pas la supériorité intellectuelle.

Mais un QI > à 130 est aussi le témoin d'une personnalité à la fois riche et fragile.

La fragilité provient, comme chez les enfants débiles, de l'hypersensibilité mais qui fonctionne ici avec une acuité perceptive exceptionnelle et une capacité d'analyse particulièrement aiguisée.

Un QI > à 130 ouvre une possibilité diagnostique mais qui doit être complétée par d'autres critères afin d'être confirmé. Une exploration clinique rigoureuse et, le plus souvent possible, l'apport d'un bilan psychologique complet, devront toujours accompagner l'investigation.

> **Attention**
>
> Seul un QI calculé à partir d'une échelle composite est considéré comme fiable pour l'évaluation de l'efficience intellectuelle globale. En France, ce sont uniquement les échelles de Wechsler et le K-ABC (de même construction) qui sont scientifiquement reconnues et validées. Un diagnostic de surdoué posé à partir d'un test unique de raisonnement logique ou d'une épreuve qui ne s'appuierait que sur une facette de l'intelligence peut être dangereux pour l'avenir intellectuel et psychologique de l'enfant.
>
> Pour être valides, les échelles de QI doivent être passées individuellement. Une passation collective ne peut donner lieu à un diagnostic.

UN QI... DIFFÉRENT

Pour les surdoués, comme pour les débiles, l'évaluation du QI révèle un tableau clinique fondé sur la différence et les singularités de fonctionnement intellectuel et d'organisation de personnalité. Il ne s'agit plus de quantifier l'intelligence mais de comprendre qui est l'enfant et comment l'accompagner et l'aider dans son développement singulier.

➤ Et si le QI Verbal et le QI Performance ne sont pas homogènes ?

Il faut avoir à l'esprit qu'une différence de plus de 12 points entre le QI Verbal et le QI Performance ne permet pas de calculer un QI Total. Dans ce cas, le QI Total n'a aucun sens. Vouloir absolument le prendre en compte peut conduire à des erreurs de diagnostic très préjudiciables pour l'enfant. C'est comme si on cherchait à donner sens à un taux X de glucose dans le sang et que l'on prescrivait des médicaments pour le réduire alors que le calcul de ce taux est faux.

Lorsque le QI Verbal et le QI Performance présentent une différence statistiquement significative (> à 12), il faut chercher :

1. À comprendre cette différence. Les hypothèses ne seront pas les mêmes suivant le sens de cette différence. Un QI Verbal > au QI Performance ne veut pas dire la même chose que la configuration inverse. Il faut également prendre en compte la valeur de l'écart. Plus l'écart est important, plus il est nécessaire d'analyser les raisons de l'hétérogénéité. Une différence très importante entre les scores obtenus aux deux échelles rend quasiment caduc chacun des deux QI. Seule la différence a du sens.

2. À explorer attentivement les structures cognitives dont dispose l'enfant. Les aptitudes ou les déficits spécifiques de l'enfant pourront orienter le diagnostic et conduire vers des examens complémentaires. On pourra pratiquer des tests plus spécialisés pour interpréter le profil cognitif particulier de l'enfant. On pourra également demander des bilans plus spécialisés : orthophonie, psychomotricité, examen de la vue ou de l'audition, etc.

3. Enfin, la perspective d'un trouble psychologique ne doit pas être négligée. Il peut s'agir d'une difficulté passagère ou plus fondamentale. Une investigation psychologique plus poussée avec des tests de personnalité devra alors être envisagée. Passer à côté de l'explication psychologique des difficultés intellectuelles d'un enfant peut avoir de lourdes conséquences sur son développement intellectuel et affectif.

➤ Un profil hétérogène peut-il être à l'origine de difficultés scolaires ?

Comme dans tous les domaines de la vie, plus le fonctionnement est homogène, plus grandes sont les facilités. Pour ce qui concerne l'intelligence, il est indiscutable que de jouir d'un fonctionnement intellectuel bien équilibré donne une grande aisance intellectuelle. La pensée est plus fluide et les compétences sont plus faciles à mobiliser.

Plus le test est homogène plus l'apprentissage et la mise en œuvre de l'intelligence sont facilités. Des résultats homogènes traduisent une bonne intégration des différentes aptitudes, intégration harmonieuse qui apparaît dans tout acte cognitif.

> Un QI homogène témoigne également d'un équilibre global de la personnalité et de facilités d'adaptation.

Par contre, une dysharmonie des aptitudes intellectuelles avec des secteurs cognitifs performants qui côtoient des domaines très déficitaires peut être à l'origine de difficultés scolaires parfois sévères.

Le fonctionnement intellectuel est bancal et l'enfant ne sait jamais bien évaluer ce qu'il est capable ou non de faire. Parfois il réussit, d'autres fois il échoue lamentablement sans savoir ni comprendre quelles sont les raisons de ces fluctuations.

Pour les professeurs, ces profils d'enfants sont également difficiles à gérer car leurs échecs – ou leurs réussites – sont quelquefois paradoxaux. Alors qu'ils avaient correctement réussi un devoir, ils peinent à comprendre la leçon suivante et ce, sans raison apparente. Il en résulte souvent une incompréhension complète entre les deux partenaires qui va décourager l'un comme l'autre.

L'enseignant est convaincu que l'élève ne fournit pas suffisamment d'effort ou de travail puisqu'il est capable de réussir dans certains cas alors que ses résultats sont pitoyables la fois suivante. L'élève se sent incompris dans ses efforts et se décourage devant l'impossibilité à maintenir un niveau de compétence stable. Le plus souvent, il ne comprend pas lui-même le sens de ses difficultés et se sent rejeté par l'enseignant, ce qui peut aller jusqu'à un désinvestissement inquiétant de tout investissement scolaire.

Il faut toujours chercher à comprendre les raisons d'un profil hétérogène :

— sur le plan cognitif (difficultés cognitives spécifiques),

— sur le plan instrumental (troubles du langage écrit ou parlé, problèmes de latéralisation, troubles de la vision…),

— sur le plan psychologique.

• La valeur du QI Total perd tout ou partie de sa signification diagnostique et prédictive si les différentes valeurs qui le composent sont significativement hétérogènes au détriment de l'une ou l'autre échelle.

• Un diagnostic d'enfant surdoué ne peut être posé avec certitude que lorsque le QI Total est égal ou supérieur à 130 obtenu sur la base de scores homogènes entre les deux échelles. Dans tous les autres cas, des investigations complémentaires doivent être entreprises pour confirmer ce diagnostic ou l'orienter vers d'autres tableaux cliniques.

➤ Un QI pour la vie ?

Une des questions fréquentes autour du QI est son caractère définitif ou actuel au moment du test. Le QI ou, plus exactement, le potentiel intellectuel, est une donnée génétiquement programmée comme la force physique ou les capacités artistiques.

Les tests d'intelligence sont construits pour établir une efficience intellectuelle stable dans le temps et indépendante de l'influence de l'environnement. Théoriquement, le QI est identique à tous les âges de la vie.

Bien sûr, des facteurs physiologiques (traumatismes crâniens, maladies dégénératives, atteintes sensorielles…) ou psychologiques (inhibitions graves, psychoses déficitaires…) peuvent entraver l'intelligence ou bloquer son expression. Mais cela est vrai pour n'importe quelle facette de notre constitution physique, ce n'est pas spécifique à l'intelligence.

Certains facteurs peuvent également modifier les résultats au moment du test : absence de motivation, anxiété, manque de confiance en soi, dépendance affective, troubles attentionnels... Ces facteurs sont connus du psychologue. Ils sont pris en compte dans l'interprétation des résultats et les biais sont neutralisés. D'autre part, les tests comportent des marqueurs qui permettent de repérer la validité ou non du test pratiqué.

En conclusion, le QI n'est pas fluctuant et il présente une stabilité longitudinale. Le potentiel dont nous disposons au moment du test est identique à celui dont nous disposions plus jeune et sera le même quelques années après. Par contre, au moment du test certains facteurs peuvent influencer les scores et un nouveau test peut être nécessaire quelque temps plus tard pour avoir une meilleure visibilité sur la réalité de l'efficience intellectuelle disponible. On peut toujours avec un entraînement intensif améliorer nos performances intellectuelles et gagner quelques points au test mais jamais au-delà des limites de notre potentiel.

➤ Les différentes échelles de Wechsler

Il existe trois versions des échelles de Wechsler :

• **WPPSI-R** : la forme préscolaire qui couvre la période de 3 ans à 6 ans et 11 mois.

• **WISC III** : la forme scolaire, de 6 ans à 16 ans et 11 mois.

• **WAIS III** : la forme adulte, à partir de 16 ans et étalonnée jusqu'à 89 ans.

Les échelles de Wechsler sont réétalonnées régulièrement afin de s'adapter à l'évolution de la société et aux nouvelles technologies qui peuvent influencer les structures de l'intelligence.

Lorsque l'on fait passer un test à son enfant, il faut être très attentif à la version de test dont dispose le psychologue. Passer un test obsolète, c'est-à-dire la version précédente de celle en cours ne permet pas d'obtenir des scores validés. Par exemple, en 2001 un QI obtenu avec un WISC-R, version précédente du WISC III, n'a aucune valeur et ne peut pas être pris en compte.

Dans les formes préscolaire et scolaire, WPPSI et WISC III, les tables normatives sont étalonnées de trois mois en trois mois. Les scores bruts obtenus par l'enfant à chacun des subtests du test sont comparés à un échantillon d'enfants du même âge au mois près.

Dans la version adulte, les tables sont annuelles jusqu'à 19 ans, puis couvrent une période de 5 ans jusqu'à 34 ans, puis sont établies sur 10 ans jusqu'à 79 ans.

Le QI a donc la même signification quel que soit l'âge puisque :

- Il existe trois versions des échelles d'intelligence construites strictement sur les mêmes bases.
- Les réussites à chacun des subtests sont reportées à des tables normatives d'une grande fidélité et précision quant à l'âge chronologique.
- Un QI de 130 obtenu par une personne de 50 ans et par un enfant de 12 ans reflète la même position relative par rapport au groupe d'âge de référence.

À RETENIR

Le QI, ce n'est pas :
- une mesure de l'intelligence
- un chiffre qui explique tout de l'intelligence et du fonctionnement cognitif
- un score qui donne un diagnostic
- un chiffre mythique et mystérieux
- une évaluation qui peut s'obtenir avec n'importe quel test

Le QI, c'est :
- un score relatif qui indique une position dans un groupe d'âge identique
- l'expression de l'intelligence, le « produit » de l'intelligence
- un indice sur le fonctionnement intellectuel de l'enfant qui doit être complété par d'autres éléments
- une évaluation standardisée qui doit être calculée avec des tests psychométriques validés

Le bilan complémentaire

Quels que soient les motifs de consultation et de demande de bilan, y compris lorsque l'on suspecte un diagnostic d'enfant surdoué, il est souvent souhaitable de pratiquer des tests complémentaires. Nous avons vu, et répétons-le, que seul un QI > à 130 avec des scores homogènes dans les deux échelles, Verbale et Performance, peut permettre de poser le diagnostic de surdoué avec certitude.

Cependant, même dans ce cas le plus idéal, il est important chez un surdoué authentique de bien repérer ses modalités spécifiques de fonctionnement intellectuel et affectif.

Les tests cognitifs complémentaires

Ils permettent d'explorer avec précision les procédures cognitives de l'enfant et leurs spécificités. Mieux comprendre les structures logiques et les modalités de raisonnement de l'enfant ouvre la voie à un accompagnement adapté dans la réussite des apprentissages. Lorsque l'enfant rencontre des difficultés, l'évaluation approfondie du fonctionnement cognitif permet d'identifier l'origine des difficultés. Une aide spécifique peut alors être efficacement mise en place. Les surdoués ne constituent pas une entité homogène malgré leurs caractéristiques communes bien repérables.

Le bilan de personnalité

Pratiquer un bilan de personnalité permet toujours d'articuler dans une compréhension clinique complète les modalités de fonctionnement intellectuel avec l'organisation psychodynamique de l'enfant.

Un bilan de personnalité est l'élément de diagnostic différentiel le plus pertinent pour ne pas confondre surinvestissement défensif de la sphère intellectuelle et surdoué authentique.

Un bilan de personnalité permet d'évaluer et d'explorer la place du surdon dans l'organisation globale de la personnalité. Il donne un éclairage sur l'équilibre psychologique de l'enfant et sur son aménagement psychodynamique.

Appréhender la personnalité de l'enfant donne des clefs pour le comprendre dans toute sa dynamique globale et l'accompagner de façon adaptée.

Lorsque les scores à l'échelle de Wechsler ne sont pas homogènes, des tests complémentaires deviennent obligatoires et incontournables. Considérer, hâtivement, que l'on peut s'en passer sous prétexte que la probabilité de surdon est élevée ou encore que l'anxiété ou tout autre facteur psychoémotionnel sont sûrement à l'origine de scores plus faibles dans certaines épreuves sont des hypothèses fantaisistes et dangereuses pour l'enfant et son avenir.

Pour en savoir plus sur le bilan psychologique, voir annexes, p. 303.

POUR UN BILAN PSYCHOLOGIQUE COMPLET

- Un bilan psychologique complet doit être pratiqué le plus systématiquement possible et *dans tous les cas* lorsque les tests de QI ne sont pas homogènes.
- Seule la pratique d'un bilan complet donne un éclairage pertinent et fiable sur le fonctionnement global d'un enfant, sur les plans intellectuel et affectif.
- La pratique d'un bilan psychologique complet est le gage d'un accompagnement et d'une aide adaptée au mode de fonctionnement de son enfant.
- Seul le psychologue peut déterminer le type de test qui sera utilisé. Le psychologue décidera en fonction de l'enfant, des singularités de son fonctionnement, des troubles présentés et de la nature de la demande.
- Le psychologue se doit de transmettre à la famille un compte rendu clair et détaillé du bilan pratiqué avec l'enfant.

Chapitre 8

Que doit-on dire ?

Faut-il dire à l'enfant qu'il est surdoué ?

Voilà une question classique mais qui est en réalité une question bien étonnante ! Elle résulte probablement de cette illusion encore bien tenace que l'enfant pourrait ressentir une fierté ou un orgueil déplacé de se savoir plus intelligent que les autres. Mais ne s'agit-il pas plutôt de ce que certains parents projettent sur leur enfant et sur la représentation qu'ils ont eux-mêmes de l'enfant surdoué : l'idée de « sur », c'est-à-dire « plus que » ? Pourtant quand on a bien compris que l'enfant surdoué présente des caractéristiques distinctes quant à son fonctionnement intellectuel et affectif, il devient évident que l'enfant doit être informé de ce qu'il est.

Et informé en ces termes, c'est-à-dire en termes de caractéristiques qui peuvent être différentes des autres sans que cela soit mieux ou moins bien. Est-ce mieux ou moins bien d'être roux ou brun, d'avoir les yeux bleus ou noirs ou encore d'être mince ou costaud ? C'est une donnée de base avec laquelle il faut organiser notre vie. Un enfant, quel que soit son âge peut très facilement comprendre ce type de discours. Il faut aussi lui transmettre l'idée que chacun est unique et a des particularités, que le monde est composé d'individus complémentaires et que chacun a quelque chose à apprendre et à apporter à son voisin.

À l'inverse, taire à l'enfant le diagnostic peut avoir des conséquences très négatives :

• C'est un manque de confiance de la part des adultes par rapport à cet enfant de le considérer incapable de comprendre le fondement du diagnostic. Et si un enfant est capable de comprendre, c'est bien celui-là… et capable aussi de ressentir qu'on lui cache quelque chose et perdre toute confiance dans les adultes !

• C'est l'amputer d'une partie de lui-même et lui fermer l'accès à une exploitation réussie de ses particularités.

• C'est enfin et surtout ne pas donner sens à ce que l'enfant ressent confusément. Au quotidien, dans ses rapports aux autres, l'enfant surdoué perçoit constamment une forme de décalage entre ce qu'il vit, les questions qu'il se pose, sa façon de comprendre certaines situations et le fonctionnement des autres. Autour de lui les gens ont l'air de fonctionner de façon assez identique, de bien se comprendre et de se retrouver sur des thèmes ou des préoccupations communes. L'enfant surdoué se ressent comme le Vilain Petit Canard, se sent exclu, mal dans sa peau et dans sa vie, parfois étrange ou fou d'être si différent des autres sans pourtant comprendre l'origine de cette impression désagréable. Donner sens est un préambule indispensable à la possibilité de penser autour de sa singularité et de s'ajuster à l'environnement de façon adaptée et acceptable pour soi et les autres.

COMMENT EN PARLER À VOTRE ENFANT ?

Il est important d'insister sur plusieurs points :

- Il ne s'agit pas d'une supériorité mais d'une forme différente de l'intelligence.
- Être surdoué est une grande ressource mais peut comporter des difficultés qu'il faudra apprendre à surmonter.
- Il existe de multiples différences dans la nature humaine et aucune n'est mieux qu'une autre. Chacun doit apprendre à vivre avec ce qu'il est, au mieux pour lui et pour les autres.
- On peut trouver chez chacun des qualités, des compétences, des talents qui ne sont pas les nôtres. C'est la complémentarité qui fait la richesse et le plaisir des relations humaines. Chacun a quelque chose à donner et à partager.

Ne pas informer l'enfant c'est prendre le risque réel qu'il développe des troubles du développement qui peuvent être sévères et parfois irréversibles. Ils peuvent se manifester dans le domaine familial, social, scolaire ou toucher la structure de sa personnalité. L'enfant peut alors souffrir de troubles psychologiques graves qui peuvent sérieusement entraver sa vie actuelle et future. Il ne faut pas oublier que c'est le plus souvent par le biais de la pathologie que les enfants surdoués sont dépistés. Ce qui veut dire que les parents viennent consulter un psychologue parce que l'enfant développe des symptômes psychologiques ou pose un certain nombre de problèmes à l'école ou ailleurs. Cela confirme bien l'importance d'informer l'enfant de ce qu'il est et de comment il fonctionne afin de prévenir, quand on le peut encore, toute manifestation pathologique.

Doit-on en parler aux frères et sœurs ?

D'une façon générale, il est conseillé de tester l'ensemble de la fratrie lorsqu'on a dépisté un enfant surdoué dans une famille. La probabilité, de par la composante génétique, d'avoir plusieurs enfants surdoués est élevée mais non systématique. Ainsi, plusieurs cas de figure peuvent se présenter :

• Tous les enfants sont surdoués et le discours à tenir sera le même pour tous. C'est le cas le plus simple.

• Un ou deux enfants sont surdoués alors que les autres ne le sont pas : chacun doit être informé. Le ou les enfants surdoués pour les raisons que nous évoquons dans le paragraphe précédent, les autres pour qu'ils puissent eux aussi comprendre les singularités de leur(s) frère(s) ou sœur(s) et qu'ils puissent se situer eux-mêmes dans leur propre différence. Ce qui est ici important, c'est de bien communiquer sur la notion de particularités de fonctionnement du surdoué et sur les difficultés éventuelles qu'il peut rencontrer en raison même de ses particularités. Mais aussi de faire ressortir les forces et les faiblesses de chacun en fonction de ce qu'il est et de l'intérêt respectif de la place des uns ou des autres. Chaque enfant a des ressources, des compétences et des avantages. L'idée de complémentarité et des bénéfices que l'on peut tous retirer de ce que l'on est doit être développée et argumentée.

Doit-on informer l'école ?

C'est la question la plus difficile car il y a plusieurs contextes possibles et ainsi différentes attitudes à conseiller. Bien sûr, le plus facile serait que l'enfant soit déjà scolarisé dans un établissement où la spécificité du fonctionnement scolaire soit reconnue et où d'autres élèves surdoués sont intégrés. Mais, la plupart du temps, les parents sont confrontés à cette question cruciale d'informer ou non le corps enseignant avec la crainte, souvent légitime, que l'information soit mal perçue et mal comprise. Il arrive encore trop fréquemment, malgré l'effort réel d'information autour de ces enfants, que les enseignants considèrent que ce sont les parents qui voient ainsi leur enfant. Ils reprochent aux parents implicitement ou plus clairement de vouloir que leur enfant soit supérieur aux autres et lui permette de bénéficier d'un statut particulier. Les parents, pour les professeurs, sont vite suspects. Les parents craignent alors que leur enfant subisse des conséquences négatives de la part de ces professeurs agacés par l'attitude parentale.

Quelles sont les possibilités ?

• Chercher dans la mesure du possible à inscrire l'enfant dans une école plus ouverte aux différences entre les élèves et capable d'aborder les enfants surdoués avec compréhension et humanité. Il ne s'agit pas forcément de rechercher à tout prix une école spécialisée, elles sont encore bien rares, mais de trouver une équipe pédagogique ouverte et compréhensive.

• Demander l'appui du psychologue ayant pratiqué les tests qui sera plus à même de présenter l'enfant comme une personnalité singulière que comme un enfant « prodige ». Le psychologue clinicien pourra également prendre contact avec le psychologue scolaire, quand il y en a un, et décider avec lui de la meilleure stratégie à adopter. Il est toujours préférable de s'assurer de la collaboration des équipes en place plutôt que de jouer en solo et d'être rejeté par ceux qui considèrent avoir une meilleure visibilité sur l'enfant puisqu'ils sont à l'intérieur du système.

• Il est parfois plus facile d'aller voir, dans un premier temps, le directeur de l'établissement plutôt que le professeur direct de l'enfant, que celui-ci soit au primaire ou au collège/lycée. Un responsable d'établissement qui connaît peu l'enfant est souvent plus disposé à entendre et à comprendre le discours des parents que l'enseignant confronté au quotidien à cet enfant difficile. Il arrive ainsi fréquemment que le professeur défende auprès des parents sa propre vision de l'enfant et la discussion peut alors prendre la forme d'un conflit où chacun essaie d'imposer son point de vue.

• Il est également possible de s'adresser à une association de parents (voir les Conseils pratiques) – elles sont bien implantées dans certaines régions – dont les conseils peuvent être précieux. Les associations peuvent être informées de la présence d'autres enfants surdoués dans l'établissement où est scolarisé votre enfant, elles peuvent avoir eu des antécédents avec cet établissement et connaître sa position par rapport aux élèves surdoués, elles peuvent également vous conseiller d'autres établissements avec lesquels elles sont en contact et qui sont plus favorables à ce profil d'enfants. Enfin, les associations peuvent aussi proposer à l'établissement en question une information auprès de l'équipe enseignante sur les singularités de l'élève surdoué. Dans le meilleur des cas, l'établissement peut ensuite s'engager dans une formation plus poussée pour s'adapter à cette population d'élèves.

L'essentiel est de faire comprendre aux enseignants que vous venez leur demander de l'aide et que vous avez besoin d'eux.

Le discours à tenir avec l'école doit toujours être : « J'ai un problème avec mon enfant. J'ai besoin de votre aide et de vos compétences pour trouver des solutions. Nous, en tant que parents, on ne sait pas bien quoi faire. »

Il ne faut jamais aborder les enseignants en clamant que ça y est, vous avez tout compris, que vous savez, vous, pourquoi votre enfant a des difficultés à l'école. Ou insister en disant : « De toute façon, la psychologue a dit que… » Ce discours met l'enseignant en position d'incompétence de ne pas avoir lui-même compris. Il se sent dépossédé et agressé sur son propre terrain et peut réagir sur un mode agressif et rejetant.

Par contre, demander leur aide aux enseignants change considérablement l'attitude des professeurs qui se sentent respectés dans leur statut et dans leurs compétences et qui vont alors se sentir concernés par les difficultés de l'enfant. Attention donc à ne pas être spontanément sur la défensive ou agressif envers les professeurs avec l'idée qu'ils vont avoir une attitude négative à votre égard ou envers votre enfant.

Les enseignants doivent être considérés comme des partenaires dont votre enfant, et vous-mêmes, avez besoin pour sa réussite scolaire.

> Les professeurs (d'école, de collège, de lycée) et les directeurs d'établissements ont eux aussi besoin d'aide pour mieux comprendre le fonctionnement de ces enfants. Leurs modalités d'apprentissage sont singulières et la tâche des professeurs, avec ces enfants, est complexe et difficile.
> L'école est un partenaire dans l'éducation de nos enfants.

Que dire autour de soi ?

Ici encore, il faut se méfier de la fierté que l'on peut ressentir malgré soi à ce que son enfant soit surdoué. On peut alors avoir tendance à éprouver l'envie de le faire savoir autour de soi pour en retirer une gratification personnelle et narcissiquement satisfaisante. Les mythes ont la vie dure et l'idée que d'avoir un enfant surdoué témoigne d'une réussite parentale hante encore beaucoup les fantasmes de chacun.

Par contre, si on a bien intégré qu'il ne s'agit pas d'un exploit dont on peut être félicité et qu'il est indispensable de respecter son enfant pour ce qu'il est et non pas comme « objet » de satisfaction personnelle, il devient évident qu'il est tout à fait inutile d'informer systématiquement l'entourage de ses particularités. Il serait tout aussi peu fondé d'aller clamer, par exemple, que son enfant est myope ou qu'il a de grands pieds !

Ce qu'il faut toujours garder à l'esprit, c'est l'intérêt de l'enfant. La plupart du temps, l'interprétation qui pourra être faite de son statut de surdoué lui sera préjudiciable. L'incompréhension, la jalousie, l'envie, l'agressivité sous-jacente, seront des réactions fréquentes. Par contre, dans toutes les situations où la connaissance de qui est votre enfant est importante pour lui, il ne faut jamais hésiter à en parler.

Informer l'entourage que son enfant est surdoué quand cela est fait dans l'intérêt exclusif de son enfant suppose une grande énergie et beaucoup de courage. Il faudra toujours prendre du temps pour bien faire comprendre quelles sont les conséquences sur le comportement de votre enfant de son statut d'enfant surdoué et que ces conséquences ne sont pas toujours faciles à gérer pour lui.

Chapitre 9

Les risques de troubles psychologiques chez l'enfant surdoué

Des troubles psychologiques plus ou moins sévères peuvent se développer chez l'enfant surdoué non dépisté jeune. Ils peuvent démarrer très tôt avec des troubles classiques en psychologie de l'enfant : troubles du sommeil, de l'alimentation, troubles du comportement, échec scolaire… ou survenir brutalement à l'adolescence avec des pathologies souvent plus lourdes : dépression, actes suicidaires, délinquance… Tous ces troubles ont en commun la construction chaotique de l'image de soi. En effet, tout le développement de l'enfant surdoué non reconnu est marqué par un conflit autour de l'image de soi en raison du décalage constant entre ce que l'enfant ressent confusément de son identité et de sa singularité et ce que les autres lui renvoient.

Être surdoué n'est pas une pathologie en soi !

Les caractéristiques psychologiques globales de ces enfants peuvent générer des troubles psychologiques spécifiques ou encore donner une tonalité particulière aux tableaux cliniques connus. Par exemple, la dépression de l'adolescent surdoué présente des caractéristiques qu'il faut savoir distinguer.

Prendre en charge une pathologie de l'enfant surdoué en déniant les spécificités de l'organisation de sa personnalité conduit à une incompréhension des troubles et à un échec thérapeutique.

> **Attention !**
>
> • Le risque pathologique est corrélé à l'âge du diagnostic : plus le diagnostic est posé jeune, moins l'enfant développe de pathologie spécifique.
> • À l'inverse, un diagnostic tardif favorise l'apparition et le développement de troubles plus ou moins graves.
> • La gravité des troubles dépend de la bienveillance du milieu (familial, scolaire…) dans lequel grandit l'enfant.

Tous les enfants surdoués ne développent pas de pathologie. Beaucoup d'enfants sont heureux, bien dans leur peau et confiants dans la vie et dans leur avenir. Ce sont des enfants débordant de vie et d'une très grande richesse psychologique. Ils sont alors très charismatiques et très appréciés.

Donc pas de panique !

Comment survient la pathologie ?

La vulnérabilité sur le plan médicopsychologique de l'enfant surdoué, provient de la combinaison de deux facteurs : *internes*, ceux de leur personnalité profonde, et *externes*, produits par l'environnement extérieur.

Les facteurs internes

• Ils sont liés à la forme d'intelligence de cet enfant qui lui donne une extralucidité sur le monde et sur les êtres qui l'entourent. Son intelligence, sans relâche, observe, scrute, analyse, dissèque… et comprend, comprend beaucoup, beaucoup trop. Tout est grossi, comme vu à la loupe. Et les informations arrivent en continu. Aucun répit ne peut être accordé. La *machine* fonctionne non-stop.

• Ils sont intimement dépendants de *la quête de sens* qui pousse le questionnement infini jusqu'à une interrogation fondamentale sur les limites de la vie… et de la mort. Quête existentielle dont l'essence même génère une angoisse diffuse mais constante.

• Ils résultent de l'hypersensibilité, propre à cet enfant. Hypersensibilité qui :

— peut déformer ce que l'intelligence a analysé. Ce mécanisme peut aller jusqu'à une distorsion de la réalité ;

— amplifie tout le champ émotionnel et affectif, donne du relief et du « piquant » à la moindre variable sensorielle, grossit le geste le plus imperceptible et la parole la plus insignifiante…

Les facteurs externes

- Le rejet et l'exclusion.
- Les attaques et l'agressivité.

La *différence* perçue par les autres à l'égard de cet enfant va entraîner des mouvements visant à le mettre à distance, à l'exclure, à le rejeter, à l'attaquer. La différence fait peur, elle dérange. Et ce refus de la différence est encore plus fort chez les enfants. Un enfant différent, quelle que soit sa différence, est le plus souvent maltraité, psychologiquement et parfois physiquement. L'enfant surdoué est la victime d'attaques répétées des enfants mais aussi des adultes. Les parents des autres enfants peuvent avoir aussi des manifestations d'hostilité à l'égard des parents d'un enfant surdoué et de l'enfant lui-même.

Et personne ne songe à plaindre un enfant intelligent !

La *conséquence* est une attaque profonde et douloureuse de l'image de soi et une fragilisation narcissique majeure.

Un sentiment d'étrangeté est souvent associé : l'enfant lui aussi perçoit qu'il est différent des autres… et pourtant pareil ! Et l'impossibilité à se situer par rapport aux autres et à lui-même est à l'origine d'un doute fondamental sur soi : suis-je fou ? est une question qui peut l'effleurer et profondément le déstabiliser. La folie n'est-elle pas l'expression d'un fonctionnement hors norme qui dérange par son caractère étrange, et justement différent de nous ? Il est ainsi compréhensible que cette peur puisse envahir l'enfant et, bien plus grave, puisse devenir une hypothèse diagnostique pour les psychiatres !

Renoncer à soi-même, s'adapter à tout prix ou être exclu, rejeté : l'enfant surdoué doit choisir entre deux souffrances.

Quelles sont les pathologies les plus fréquentes ?

L'enfant surdoué est d'abord et avant tout un enfant. Cet enfant peut ainsi souffrir de n'importe quelle pathologie classique de l'enfance.

Néanmoins, la pathologie de l'enfant surdoué sera toujours marquée du sceau des singularités de sa personnalité sur le double plan intellectuel et affectif. Une coloration est donnée au tableau clinique.

Les pathologies que peuvent présenter les enfants diffèrent selon leur âge d'apparition. Les formes les plus sévères apparaissent à l'adolescence.

Les formes pathologiques de l'enfance

Dans l'enfance, la souffrance psychologique peut prendre diverses formes dont la signification n'est pas toujours évidente à percevoir. L'appel au secours, les signaux de détresse qu'envoie l'enfant ne sont pas toujours compris. Cela est d'autant plus difficile que l'on trouve un symptôme… et son contraire. Par exemple, un enfant très agité ou un enfant apathique envoient le même message mais sous deux formes diamétralement opposées.

La clinique psychologique de l'enfance regroupe, en résumé, plusieurs grands syndromes (regroupement de symptômes qui constituent un tableau clinique) :

- Les troubles du sommeil.
- Les troubles alimentaires (en particulier dans la première enfance).
- Les troubles anxieux.
- Les troubles du comportement dont l'hyperactivité est un symptôme central.
- Les troubles oppositionnels et/ou agressifs.
- Les troubles psychosomatiques.
- La dépression, forme la plus complète et complexe de la pathologie de l'enfant.

Ces syndromes peuvent devenir symptômes dans le contexte d'une pathologie plus large. Par exemple, un trouble alimentaire est un syndrome en soi lorsqu'il est isolé mais devient un symptôme d'une dépression de l'enfant lorsqu'il est associé à d'autres symptômes.

Des symptômes opposés peuvent signaler le même tableau clinique : un enfant hyperactif, instable, coléreique et un enfant isolé, en retrait, très calme peuvent tous les deux être des enfants dépressifs.

Un signe en soi n'a aucune valeur, c'est sa durée, son intensité et son association à d'autres signes cliniques qui signalent une pathologie.

La marque des enfants surdoués sur les tableaux pathologiques classiques

Tous les signes de souffrance psychologique appartenant aux tableaux cliniques classiques portent chez l'enfant surdoué une marque particulière qu'il faut savoir repérer, interpréter et intégrer dans la démarche thérapeutique :

• L'enfant parle de ses troubles avec des mots inhabituels chez les enfants, avec une lucidité et une analyse étonnantes mais, en même temps, il ne sait pas exprimer la moindre émotion. La plupart du temps, le discours est désaffectivé : il parle par généralité, par métaphore, par analogie. Il ne s'implique pas dans son discours, dans le témoignage des difficultés qu'il rencontre, comme s'il parlait d'un autre ou d'une situation théorique.

• Le paradoxe est flagrant entre la gravité des troubles et ce qu'en dit l'enfant. La minimisation, la rationalisation, l'intellectualisation de sa souffrance. Les mécanismes de défense rigides et en particulier *la défense par la cognition* rendent l'exploration de cette souffrance bien difficile. Plus la symptomatologie est sévère, plus grande sera la mise à distance du vécu émotionnel.

• L'impossibilité pour cet enfant à reconnaître la présence d'une pathologie ou même d'une souffrance. Il est très réticent au diagnostic et aux explications qu'on lui donne. Toujours sceptique, critique, persuadé de mieux comprendre ce qui se passe que le clinicien, il reste sur ses gardes et n'accepte jamais d'emblée ce qu'on lui propose.

• Avant d'adhérer au diagnostic… et à la prise en charge, l'enfant observe, évalue, jauge et juge le praticien : est-il crédible, fiable, compétent ? Est-ce que je peux lui faire confiance ? A-t-il réellement compris ce qui se passe ? Peut-il m'aider ?…

• La colère de l'enfant par rapport au clinicien, à sa pseudo-science, à son évaluation clinique et diagnostique, est fréquente. Cette colère témoigne de la difficulté pour l'enfant de faire le deuil de sa toute-puissance. Il n'a pas pu, pas su tout contrôler et cette situation lui fait peur. Il réagit par de la colère envers celui qui vient ébranler son édifice.

• Une fois accepté, il remet régulièrement en cause le thérapeute et sa thérapeutique, le déstabilise, et souvent… le manipule ! L'objectif, identique à celui qu'il cherche partout ailleurs, est de s'assurer de la fiabilité et de la solidité du thérapeute et de son cadre thérapeutique. Alors, et alors seulement, il peut, il sait accepter l'aide qui lui est proposée.

Les formes pathologiques à l'adolescence

À l'adolescence, les pathologies sont souvent plus bruyantes, plus spectaculaires et plus sévères. Tout en revêtant la forme de pathologies classiques, elles s'en distinguent toujours par des signes cliniques spécifiques.

Comme chez l'enfant, le diagnostic, le clinicien, la prise en charge sont remis en cause.

La décompensation psychologique à l'adolescence est très différente chez un adolescent dont le diagnostic de surdoué est posé depuis plusieurs années et chez celui qui découvre sa particularité à la faveur de cette décompensation.

À l'adolescence on retrouve les grands tableaux suivants :

• La tendance antisociale et les conduites psychopathiques.

Elle signe chez le jeune surdoué la nécessité vitale de *ne pas penser*. L'agir, la mise en acte sont privilégiés en lieu et place de la pensée.

• Les conduites addictives : drogue, alcool, ou les conduites à risques : vitesse excessive en voiture ou à moto, saut à l'élastique.

Ce type de conduite est une recherche pathologique de ses propres limites, des limites de son corps mais aussi des limites du contrôle et de la maîtrise que l'on peut avoir sur soi-même, sur sa vie et sur sa mort : jusqu'où suis-je capable d'aller, jusqu'où puis-je repousser mes limites, ou même encore, dans un fantasme massif de toute-puissance : ai-je des limites ?

Ce type de conduite est une évasion pathologique. C'est une fuite dangereuse dans une autre réalité, moins douloureuse. C'est se réfugier dans un monde que l'on se crée et qui semble nous protéger d'un environnement hostile.

C'est une fuite de la pensée.

• La dépression, dont les formes spécifiques sont aussi inquiétantes que résistantes (voir plus bas).

La dépression est la forme pathologique la plus fréquente.

Les formes pathologiques spécifiques de l'enfant surdoué

Il ne s'agit pas de pathologies de l'enfant surdoué mais de formes spécifiques de pathologies classiques. Le mode d'apparition, la nature des troubles, l'évolution les distinguent du tableau auquel elles appartiennent.

Le type de tableau que présente l'adolescent surdoué comporte des caractéristiques qu'il est indispensable de reconnaître et de contextualiser pour adapter la prise en charge.

L'inhibition intellectuelle

L'inhibition intellectuelle est une pathologie des fonctions cognitives. Classiquement, l'inhibition intellectuelle est décrite comme une impossibilité à utiliser ses capacités intellectuelles. Les capacités existent mais sont inutilisables en raison d'une perturbation psychologique. Le plus souvent, l'inhibition est réversible par une prise en charge adaptée.

L'inhibition intellectuelle de l'enfant surdoué est plus insidieuse.

Elle se développe à bas bruit pendant quelques années pour se cristalliser sérieusement à l'abord de l'adolescence. Il s'agit d'une inhibition massive des fonctions cognitives par *autodestruction*. C'est ce qui la caractérise.

Habituellement, ce sont des causes inconscientes, indépendantes de la volonté, qui génèrent une inhibition intellectuelle. Chez l'enfant surdoué, c'est une décision, un choix, un impératif vital qui l'obligent à se saborder, à élaguer son intelligence. C'est une question de survie. Il n'a pas le choix ou plutôt se trouve confronté à un choix impossible : exploiter son intelligence au risque d'une exclusion définitive, d'une agressivité massive ou s'inhiber, se restreindre voire éteindre toute forme d'expression intellectuelle pour tenter de se faire accepter.

L'inhibition intellectuelle de l'enfant surdoué est comparable à une anorexie intellectuelle : il s'agit d'une attaque de soi, d'un retournement agressif contre soi-même. Nous sommes ici en présence d'un équivalent dépressif et suicidaire.

Il n'est pas rare que ce processus d'inhibition parvienne effectivement à détruire le potentiel de l'enfant. On ne retrouve plus les facultés exceptionnelles évaluées lorsqu'il était plus jeune.

Poussée à l'extrême, l'inhibition intellectuelle permet à l'enfant de revêtir un masque de *pseudo-débilité* qui l'aide à passer inaperçu, à se fondre dans la masse. Grâce à ce masque d'invisibilité, les attaques cessent ; il est protégé.

L'inhibition intellectuelle sévère de l'adolescent surdoué est une forme très résistante aux approches thérapeutiques. Elle est difficile à faire céder car l'adolescent a trop souffert et il ne veut plus prendre le moindre risque d'être confronté à une nouvelle souffrance. Son intelligence a été à la source de son parcours douloureux, il n'est plus question de la réinvestir, il n'a plus confiance.

La dépression

Julie, 15 ans, entre en unité de soins psychiatriques de l'adolescent après une nouvelle tentative de suicide. Cette fois-ci, elle s'est jetée de la voiture familiale sur l'autoroute. Elle s'en sort avec seulement quelques égratignures ! Julie a déjà fait plusieurs tentatives de suicide : médicaments, ouverture des veines, etc. À chaque fois, elle a été hospitalisée soit en pédiatrie soit en psychiatrie de l'enfant.

Juste avant cette nouvelle admission en psychiatrie, elle a passé une année scolaire en internat thérapeutique : soins psychologiques et scolarité sont assurés.

Dans ce centre, elle a passé des tests dont le compte rendu indique : intelligence élevée, peut réussir sa scolarité… Sur ce point-là, ce commentaire ne ment pas, Julie, malgré sa souffrance psychologique et ses actes suicidaires, est toujours restée une excellente élève, très investie dans sa scolarité. Ce qui déjà devrait attirer l'attention des psychiatres car le désinvestissement de la scolarité est la première manifestation clinique de la dépression de l'adolescent…

À son arrivée en psychiatrie de l'adolescent, Julie repasse un bilan complet : elle a 142 de QI Global avec des scores très homogènes ! Aux épreuves de personnalité, une grande fragilité identitaire et une image de soi très attaquée sont au premier plan. Les éléments dépressifs sont envahissants. On relève aussi le poids de la pensée divergente, qui rend certaines réponses déviantes à la norme, au test de Rorschach et qui pourrait orienter un clinicien non averti vers un trouble plus grave de la personnalité. Pour Julie, bilan malheureusement classique d'une adolescente surdouée en déperdition narcissique. Pour l'hôpital : dépression classique de l'adolescence.

Dans le service, Julie a du mal à prendre sa place. Le matin, elle refuse de se lever (« je sens comme une chape de plomb au-dessus de moi, ou encore, à quoi ça sert, personne ici ne me comprend, comme d'habitude et, je n'ai rien à vous dire – au psychiatre, auquel elle ne répond jamais). L'équipe devient vite rejetante par rapport à Julie qui met les soignants en difficulté. De plus, Julie ne répond pas au traitement antidépresseur, on ne note aucune amélioration de son état. Les psychiatres refusent de prendre en compte le diagnostic de surdoué : c'est ridicule, qu'elle est intelligente, on le sait, et alors ? Aucun argument ne pourra franchir ce mur d'hostilité et de rejet. Julie va toujours mal… Épuisés par cette adolescente différente – malgré la négation obstinée de cette différence – qui ne réagit pas aux tentatives de soins habituels, un retour dans la famille est suggéré.

Pendant quelques semaines, soulagée d'être sortie de l'hôpital, Julie semble aller mieux. Puis survient un grave épisode anorexique où une hospitalisation en service d'endocrinologie est inévitable. Julie est mise sous perfusion en continu. Nouvelle hospitalisation en psychiatrie de l'adolescent. Cette fois-ci, le diagnostic diffère : anorexie mentale. Nouvel échec. Nouvelle sortie. Nouvelle amélioration transitoire… Et… arrivée de Julie en ambulance : elle fait une crise bruyante. Elle crie, se roule par terre, est traversée de spasmes en saccades, tous ses muscles se crispent… Le diagnostic tombe, encore différent : hystérique !… Dernier épisode (à ce jour…), après une période hospitalisation/échec/retour chez elle, désormais classique ; cette fois-ci, c'est aux urgences que Julie vient d'être admise : elle s'est ouvert la carotide. Nouvelle perspective diagnostique : acte signant une pathologie psychotique. Plutôt qu'un retour chez elle, l'équipe propose un deuxième séjour à l'internat thérapeutique, finalement elle n'y était pas si mal !

La boucle est bouclée, retour à la case départ ! À suivre… (ou à recommencer ?).

L'histoire de Julie est exemplaire. Elle renferme toutes les caractéristiques – ou presque – de la dépression de l'adolescent surdoué et de la résistance, du déni et du rejet dont elle est l'objet, jusque dans sa pathologie !

Quels sont les signes spécifiques de la dépression de Julie et qui sont communs aux adolescents dépressifs ?

➤ Les modalités dépressives

La dépression vide

La dépression de l'adolescent surdoué est une dépression sur du *vide.* L'objectif : surtout ne plus penser. Surtout ne plus activer la machine à penser. Ce vide dépressif est un mécanisme de défense contre les pensées. Il n'est en rien un vide structurel tel qu'on le rencontre dans d'autres tableaux cliniques. Pour l'adolescent surdoué, *penser* est un équivalent symbolique de *danger*, de danger de mort. La peur de penser est intense.

Chez ces adolescents, aucune manifestation de tristesse, de douleur, de souffrance n'est ressentie ni exprimée. Il n'existe plus aucune possibilité d'accéder au monde interne, au monde des émotions. Tout est verrouillé, barricadé, cadenassé. Paradoxalement, le vide est très présent.

En consultation, l'adolescent, inlassablement, répond *je ne sais pas* à toutes les questions qui lui sont posées. Il ne s'agit pas d'une manifestation d'opposition mais d'une réelle volonté de *surtout ne plus rien savoir, ne plus réfléchir*. Les tentatives d'approche, d'aide, d'accompagnement se heurtent à un mur d'indifférence ou, au contraire, provoquent une colère incontrôlable et sur laquelle aucun argument raisonné n'a d'influence. Le refus de se livrer ou l'opposition franche à une sensation d'intrusion sont fréquents chez les adolescents déprimés mais ils prennent chez l'adolescent surdoué une tonalité dont l'étrangeté et la résistance ne peuvent tromper le clinicien averti.

La question du sens

À quoi ça sert de vivre ? À quoi ça sert que je vive ? Qu'est-ce que ça change que je meure ?…

Les questions reviennent en leitmotiv… et résonnent en permanence dans la tête de l'adolescent. Elles envahissent la relation thérapeutique. Chaque réponse ou tentative de réponse ou de réassurance entraîne une nouvelle question dans une chaîne sans fin.

La remise en question du sens des choses, de la vie et de la mort s'accompagne habituellement chez tout individu dépressif d'un sentiment douloureux, d'une tristesse perceptible. La perception déformée de l'environnement conduit ces patients à une vision noircie et pessimiste de leur existence.

Tout autre est la quête existentielle de l'adolescent surdoué dépressif. Il n'est pas triste, mais lucide. Il ne souffre pas, il analyse. Il n'a pas peur de la vie, il la juge vide et sans intérêt, en tout cas pour lui. Il n'a pas peur de l'avenir, pour lui, mais pour le monde, pour l'humanité. Il ne se sent pas le centre du monde mais au contraire déduit qu'il n'est qu'une poussière dans l'infini de l'univers. Ses questions sont posées froidement, elles reflètent tout son fonctionnement et son développement. Ses questions actuelles résument les questions qui l'assaillent depuis toujours.

Il n'attend pas d'être consolé, ne recherche pas le réconfort. Il ne veut pas être convaincu de son importance, ni être rassuré sur l'amour qu'on lui porte. Il veut savoir, il veut comprendre, il veut découvrir le *sens* de la vie en général et de la sienne en particulier. C'est un questionnement existentiel fondamental mais sur un mode scientifique, théologique et philosophique à la fois. C'est LA question de la vie et de la mort, du commencement et de la fin du monde. C'est par essence une question sans réponse exacte, et c'est ce qui complique très sérieusement l'aide que l'on peut apporter à cet adolescent en *quête* de réponses impossibles mais qui l'envahissent totalement.

➤ Les éléments psychopathologiques

On peut distinguer deux grands mécanismes qui sous-tendent la dépression du jeune surdoué : la problématique du deuil et la culpabilité.

La problématique du deuil

Elle se situe à deux niveaux :

• Le deuil des idéaux : jeune, l'enfant surdoué envisageait sa vie sur un mode grandiose. Il pensait qu'il pourrait réaliser de nombreuses choses, qu'il parviendrait à accomplir tout ce qu'il avait en tête. Il était confiant dans les possibilités que la vie lui offrait et confiant dans ses capacités de mener à bien son projet.

• Le deuil du plaisir intellectuel : enfant, il était toujours curieux d'apprendre, de découvrir de nouveaux territoires, d'accéder à des savoirs nouveaux. Sa quête de connaissances était permanente, sa jubilation cognitive souvent intense. Sa soif d'apprendre venait alimenter en permanence sa pensée et la faire fructifier. Tout paraissait si facile et si excitant. Le monde semblait rempli de trésors à découvrir.

Le deuil de soi-même est au centre de la dépression de l'enfant surdoué. Et ce que les psy appellent le *travail de deuil*, c'est-à-dire l'élaboration de la *perte* et la possibilité ensuite de réinvestir un projet de vie, est une mission impossible pour l'adolescent surdoué. Il ne peut pas élaborer car il ne veut pas penser. Et penser à quoi ? Son vécu est flou car il ne sait pas bien lui-même ce qui s'est passé et comment il en est arrivé là. Comment mettre des mots, des émotions sur ce qui nous échappe et qui n'a pas pris sens ! D'autre part, la possibilité de dépasser le deuil et de se projeter dans l'avenir est une perspective totalement bouchée. Le paradoxe est réactivé : un avenir en étant ce que je suis, mais comment ? un avenir en abandonnant une part de moi-même ? mais pour quoi faire ?

La culpabilité

La culpabilité ronge l'adolescent surdoué. C'est une culpabilité sournoise car elle est à la fois retournée contre lui-même et en rapport avec son entourage.

• Par rapport à soi : l'adolescent surdoué considère qu'il s'est trahi lui-même. Qu'il a trahi l'enfant enthousiaste et confiant. Qu'il a trahi ses possibilités. Qu'il a trahi ses convictions.

• Par rapport aux autres : il se vit comme coupable d'avoir déçu les autres et en premier lieu ses parents, *il avait tellement de possibilités !*

> Deuil et culpabilité sont des mécanismes qui se retrouvent souvent dans les tableaux dépressifs. Chez l'adolescent surdoué ils prennent une force et une forme bien particulières. Ils bloquent l'adolescent dans sa dépression.

➤ La symptomatologie dépressive de l'adolescent surdoué

On retrouve dans la dépression de l'adolescent surdoué dépressif les symptômes habituels du tableau dépressif de l'adolescence.

Mais, l'adolescent surdoué peut présenter un tableau polymorphe avec des épisodes successifs de modalités dépressives différentes. Par exemple, le même adolescent peut passer d'une phase d'anorexie avec tous les symptômes habituels de l'anorexie, puis traverser une phase de troubles du comportement sévère, puis une période de repli sur soi complet avec un désinvestissement total de toute activité extérieure, puis encore présenter des insomnies rebelles…

Ce qui est étonnant, c'est que chacune de ces phases comporte toutes les caractéristiques de la pathologie que l'adolescent exprime, ce qui conduit à des erreurs qui occultent la valeur dépressive des symptômes et surtout leur sens dans la personnalité globale de l'enfant. C'est exactement ce qui s'est produit pour Julie dont nous avons évoqué le cas en introduction de chapitre.

Autre caractéristique : il est classique qu'un adolescent dépressif désinvestisse l'école et la sphère intellectuelle en général. C'est d'ailleurs souvent le premier signe qui alerte l'entourage. Chez l'adolescent surdoué, l'école, le domaine intellectuel peuvent tout à fait être préservés et représenter le seul lien qui les maintient à la vie. C'est aussi le cas de Julie.

À l'inverse des tableaux dépressifs classiques, le désinvestissement intellectuel est le dernier bastion qui lâche. Et, chez l'adolescent surdoué, quand le domaine intellectuel est abandonné, cela accentue très sérieusement le tableau dépressif.

➤ La résistance thérapeutique

La dépression de l'adolescent surdoué est difficile à traiter.

Sur un plan médicamenteux, les échecs sont fréquents. Les antidépresseurs ont peu d'effets. Les raisons ne sont pas identifiées mais proviennent probablement des tableaux polymorphes et de la labilité symptomatique : plusieurs symptômes qui se succèdent et qui changent rapidement de forme et de structure.

Sur le plan thérapeutique, les thérapies classiques sont rarement efficaces car elles ne prennent pas en compte les particularités du fonctionnement intellectuel et affectif de ces adolescents. La méconnaissance des tableaux cliniques de la dépression singulière de l'adolescent surdoué est en partie à l'origine de cette résistance thérapeutique. Le peu de succès thérapeutique est aussi précisément lié au mode de fonctionnement de cet adolescent. L'extrême lucidité et la perception fondamentalement désabusée de l'intérêt et du sens de la vie le bloquent dans une quelconque possibilité de projection dans l'avenir. Or, la redynamisation d'un projet de vie est l'axe sur lequel peut s'appuyer toute modalité thérapeutique.

➤ Quel pronostic ?

Le pronostic est souvent sombre. Il n'est pas rare qu'après un épisode dépressif à l'adolescence, le jeune surdoué présente d'autres épisodes plus ou moins sévères.

Il en reste souvent une forme de dépression chronique à bas bruit qui persiste à l'âge adulte. Ce sont des adultes qui ont beaucoup de mal à trouver un épanouissement personnel, familial, professionnel. L'adulte surdoué ayant traversé une dépression à l'adolescence demeure un adulte désabusé qui vit à la superficie des choses, toujours insatisfait.

Rémi va avoir 30 ans. Il est célibataire, vit toujours chez ses parents. Il tient un petit commerce, comme son père, dans un quartier de sa ville natale. Ses journées se suivent et se ressemblent. Les habitants du quartier d'une moyenne d'âge élevée défilent dans son magasin. Accueil poli, quelques remarques sur le temps et les clients repartent en faisant carillonner la porte. Dans les moments de calme, fréquents, Rémi discute avec le boulanger, son voisin…

Rémi était un élève brillant scolarisé dans l'un des plus prestigieux collèges de la ville. Il récolte les premiers prix et les tableaux d'honneur jusqu'en 4e. À 12 ans, il commence le tennis, trois ans plus tard il remporte le Tournoi de Roland Garros junior. Dans sa chambre scintillent de multiples coupes. C'est un champion en herbe qui remporte tous les tournois auxquels il participe.

Début 3e, les résultats scolaires commencent à baisser. Rémi perd pied. Il ne comprend pas ce qui lui arrive. Jusque-là tout était si facile ! N'ayant jamais appris à apprendre, il ne sait plus comment faire pour redresser la barre. Il perd confiance en lui. La blessure narcissique est vive et il commence à se replier sur lui-même. Le malaise s'amplifie. Les professeurs le mettent à l'écart… Petit à petit, la dégringolade est irrécupérable. Rémi sombre dans un état dépressif sévère. L'inhibition intellectuelle s'installe. Le désinvestissement des apprentissages et le refus de la scolarité aggravent lourdement la situation. Rémi est renvoyé. Il doit poursuivre sa scolarité ailleurs. Il passe son bac de justesse après un redoublement en première. « Après le bac, pas question de faire comme tous ces abrutis dans la famille, médecine ou autre. Il faut voir leur vie aujourd'hui ! Je vois vraiment pas à quoi ça sert tout ça. C'est ridicule, c'est une vaste farce, une comédie. »

Rémi ne fera jamais d'études, traîne quelques années, puis, poussé par son père, achète ce petit magasin où on le retrouve aujourd'hui.

Rémi est aigri, désabusé, cynique. Il porte sur les gens et sur les choses un regard sévère et ironique à la fois. Avec Rémi, plus aucune discussion n'est possible. Il tourne tout en dérision, utilise l'humour en permanence. La défense par la cognition est puissante et garde à distance toute manifestation ou expression affective. Rémi ne veut plus penser et ne veut plus rien ressentir. Rien, surtout rien. Et pourtant, sa vie est vide, vide de sens, lui qui cherchait tellement le sens des choses. Se marier ? Pour divorcer ? Faire des enfants ? Pour qu'ils soient malheureux ? Reprendre des études ? Pour faire un travail stupide ?... Bref, le désastre est complet, et Rémi, hermétique à toute tentative, considère que tout va bien et qu'il n'a besoin de rien ni de personne... Il lui reste donc un soupçon de toute-puissance !

Une pathologie à part : le surdon défensif

Bien que cette forme de pathologie dépasse le cadre de cet ouvrage, il est important d'en dire quelques mots afin d'éviter des confusions diagnostiques.

Il peut arriver qu'un enfant présentant un trouble précoce de la personnalité développe parallèlement des capacités intellectuelles supérieures à la norme.

Dans ce cas, les compétences intellectuelles sont développées comme mécanisme de défense. L'enfant érige avec son intelligence une barrière protectrice

LES TROUBLES PSYCHOLOGIQUES DU SURDOUÉ

• Un surdoué peut présenter toute forme de tableau clinique classique de l'enfant ou de l'adolescent.

• L'inhibition intellectuelle de l'enfant surdoué est une forme sévère qui peut se comparer à une véritable anorexie intellectuelle dont les mécanismes sont destructeurs pour l'identité.

• La dépression de l'adolescent surdoué présente des caractéristiques dans sa forme et dans sa structure qu'il est indispensable de connaître pour une prise en charge efficace.

• L'adolescent surdoué présente souvent un tableau dépressif atypique : une dépression qui se construit sur un *vide* intérieur inquiétant, plusieurs symptômes qui se succèdent et forment chacun une pathologie distincte, des symptômes qui peuvent changer très rapidement.

• La prise en charge de la dépression de l'adolescent surdoué est difficile et résistante aux tentatives thérapeutiques. Il en reste souvent une dépression chronique qui persiste à l'âge adulte.

contre des angoisses internes douloureuses et destructrices. Le surinvestissement de la sphère intellectuelle est un moyen de mettre à distance tout ce qui bouillonne dans la sphère émotionnelle. Habituellement, cette structure de personnalité se traduit aux tests d'intelligence par un QI Verbal très élevé en décalage massif avec un QI Performance effondré. Seuls un bilan complet et un examen clinique approfondi peuvent confirmer le diagnostic.

Dans l'enfance, la grande intelligence de l'enfant peut masquer le trouble de la personnalité sous-jacent. Certains troubles peuvent attirer l'attention comme une grande instabilité, des troubles du comportement et des difficultés d'intégration mais l'enfant parvient cahin-caha à traverser les péripéties de l'enfance.

À l'adolescence, le trouble de la personnalité devient plus manifeste et les compétences intellectuelles perdent de la vigueur. Leur fonction de mécanisme de défense s'affaiblit, la fragilité psychologique envahit progressivement la personnalité. Ces adolescents peuvent alors présenter des décompensations pathologiques plus lourdes et nécessitant une prise en charge institutionnelle.

Ne pas repérer la valeur défensive du surdon intellectuel dans ce cadre clinique est gravement préjudiciable pour l'avenir psychologique de l'enfant. Une erreur diagnostique peut le priver des soins nécessaires et de l'aide psychologique dont il a besoin dans sa petite enfance pour pallier des décompensations plus lourdes à l'adolescence.

Quand l'adolescent apprend soudain qu'il est surdoué

Il arrive très souvent que l'on découvre le surdon intellectuel au décours d'un bilan pratiqué en raison de difficultés scolaires massives et résistantes. L'adolescent, rarement conciliant, arrive en bougonnant en consultation, furieux contre ses parents qui l'on traîné chez le psy. La perspective d'un bilan ne le motive guère. Mais il parvient plus facilement à l'accepter si on lui explique qu'il s'agit de faire le point afin qu'il comprenne mieux lui-même comment il fonctionne et que le bilan lui permettra d'avoir les clefs de ses propres mécanismes. Il est toujours indispensable avec un adolescent de lui faire comprendre qu'il ne s'agit pas d'une intrusion dans son monde intérieur mais que c'est *son* bilan, que ça lui appartient et que les tests sont des outils pour son usage personnel.

Dans ce contexte, le diagnostic de surdon intellectuel déclenche une série de manifestations qui peuvent être regroupées en trois grandes phases.

L'effet booster

La surprise d'apprendre soudain qu'il est intelligent et même très intelligent crée chez l'adolescent un choc positif qui lui donne soudain une image de lui-même positive. Cette image contraste brusquement avec celle qu'il avait de lui et que lui renvoyait le regard des autres.

Son vécu d'enfant en échec, en difficultés, d'enfant difficile vole en éclats, et s'installe une nouvelle image valorisée et rassurante. Il en résulte un effet booster à la fois sur les résultats scolaires, sur la confiance en soi et sur les relations aux autres.

L'annonce du diagnostic a un effet bénéfique sur la restauration de l'image de soi. Mais cet effet est éphémère. Il faut le savoir. Quand la vague retombe, l'ado traverse toujours un moment de déprime car il ne sait plus où il en est et qui il est.

La colère

Après l'euphorie des premiers temps, arrive toujours une phase de colère qui peut être très intense. L'adolescent en veut à la terre entière. Il est furieux contre ses parents qui n'ont pas su repérer ses particularités, contre l'école qui l'a conduit à l'échec, contre le système incapable d'intégrer des enfants comme lui, contre le psy et ses tests *nuls*… et contre l'intelligence, ce truc *débile* qui ne veut rien dire. L'ado va alors beaucoup contester la valeur des tests, la définition de l'intelligence et la pertinence du diagnostic. Il lui est difficile d'admettre qu'on ait pu se tromper si lourdement sur ce qu'il était, qu'on ait pu lui attribuer une image si différente de la réalité de ce qu'il est et, surtout, il est furieux contre lui-même de ne pas avoir perçu la réalité. Même si, confusément, il avait bien senti qu'il était différent des autres, il n'en avait jamais compris le sens. Et il est vexé et blessé de sa propre erreur. Il préfère alors s'en défendre en accusant l'extérieur et en particulier cette *intelligence* qu'il perçoit alors comme l'origine de tous ses soucis. Il refuse la différence dont on lui parle puisque justement, adolescent, seule compte l'identification au groupe, l'acceptation par le groupe. Cette différence, il n'en veut pas, il n'en veut plus, c'est trop tard. À l'adolescence, la différence est vraiment insupportable. Le rejet est violent.

L'acceptation

Le travail d'acceptation et d'élaboration du diagnostic est souvent plus long que prévu et comporte quelques pièges qu'il faut savoir déjouer. L'adolescent est finalement fragilisé par ce diagnostic qui marque une rupture brutale avec la construction identitaire qu'il avait entreprise. Tout est à reconstruire. Et c'est douloureux et difficile. Il faut apprendre à mobiliser de nouvelles ressources pour engager une nouvelle dynamique, une nouvelle image de soi et un nouveau projet de vie.

De plus, les parents peuvent freiner ce travail car, soulagés du diagnostic, restaurés dans leur sentiment d'être de bons parents, regonflés eux-mêmes sur le plan narcissique, ils peuvent avoir tendance à pousser trop rapidement leur ado et à attendre magiquement de lui des prouesses invraisemblables. L'adolescent se sent alors coupable de ne pas réussir à la hauteur de ce que l'on attend désormais de lui : maintenant que tu sais que tu es intelligent, tu *dois* réussir. Même si le discours est rarement énoncé de façon aussi explicite, l'ado le ressent sous cette forme et cette culpabilité le ronge et le bloque.

Il faut du temps pour que tout cela soit possible. Et de la patience de la part de tous les partenaires. Quand l'élaboration est réussie et que l'adolescent parvient à *se* réinvestir et à réinvestir son intelligence et sa personnalité, alors la réussite est totale et pleinement satisfaisante dans tous les domaines. Le jeu en vaut largement la chandelle !

Et ceux qui vont bien ?

Soyez rassuré, un bon nombre d'enfants surdoués vont très bien, sont heureux de vivre, réussissent à l'école, font les études et le métier qui leur conviennent et construisent des vies riches et passionnantes. Un surdoué qui va bien est souvent aussi un enfant qui réussit tout ce qu'il touche : il est doué en sport, il peut être un artiste talentueux ou un bricoleur hors pair... On les connaît moins bien car ceux-là n'arrivent pas ou peu dans les cabinets de consultation. Mais ils existent c'est sûr ! Beaucoup d'entre eux ont été rencontrés !

Comment s'en sont-ils tirés ? Comment ont-ils pu faire de leur différence une force et de leur intelligence une réussite ?

Comme toujours, on peut distinguer deux grands types de facteurs : les facteurs internes qui constituent notre personnalité propre et les facteurs externes liés aux conditions de l'environnement.

La résilience

Parmi les facteurs internes, la résilience est probablement le facteur le plus actif. La résilience, concept récent en psychologie et aujourd'hui de plus en plus développé, concerne la capacité personnelle à faire face, la capacité à mobiliser les ressources nécessaires pour s'adapter à une situation difficile, la capacité à résister au traumatisme, quelles qu'en soient la force et la nature. La résilience permet à certains de traverser des vies difficiles et chaotiques en gardant le cap et en parvenant à un équilibre psychologique satisfaisant. À traumatisme égal, un enfant non résilient développe une pathologie plus ou moins grave et n'arrive pas à construire une vie équilibrée. La résilience est une composante de la personnalité. Certaines personnalités sont plus solides, plus souples, plus adaptables... que d'autres. Il existe peu de facteurs qui permettent de prédire qu'un enfant sera plus résilient qu'un autre.

Les enfants surdoués résilients peuvent ainsi traverser leur enfance et leur adolescence en développant, à chaque étape, les qualités adaptatives nécessaires pour maintenir leur équilibre. Ceux-là parviendront à surmonter les obstacles et les embûches, voire à les transformer en atout pour enrichir leur développement.

Être surdoué n'est pas une garantie de résilience, ce n'est pas une force en soi. Au contraire, le fait d'être surdoué comporte plutôt des risques de fragilité. Mais on peut aussi être surdoué *et* résilient !

L'environnement affectif

Les facteurs externes sont essentiellement liés à la qualité de l'environnement affectif et à la capacité de l'entourage à accepter la différence de l'enfant. Son besoin de sécurité affective est immense et souvent paradoxal par rapport à ce qu'il exprime à travers son intelligence. Son besoin de reconnaissance et de valorisation est intense malgré sa manifestation souvent égocentrique. Son besoin d'être accepté et reconnu est indissociable de sa capacité à s'investir, intellectuellement, affectivement, socialement.

La solidité du cadre familial est un enjeu central dans le développement de l'identité de l'enfant surdoué. Il est évident que c'est un paramètre important pour tous les enfants, mais l'extrême perméabilité affective et émotionnelle de l'enfant surdoué donne un poids déterminant au contexte familial. L'enfant surdoué capte la moindre variation émotionnelle, perçoit la plus petite tension, analyse la moindre ébauche de conflit… Tout est grossi, surdimensionné.

**VOUS, PARENTS,
POUVEZ JOUER UN GRAND RÔLE
DANS L'ÉPANOUISSEMENT DE VOTRE ENFANT**

- Votre enfant a d'abord besoin de votre propre reconnaissance. Il est indispensable que vous puissiez le reconnaître dans toute sa singularité et toute sa richesse. Sans le dévaloriser ou le surestimer.
- N'oubliez jamais que c'est un enfant qui a besoin de vous, de votre amour, de votre présence, de vos limites, pour grandir et s'épanouir. Ce n'est pas un petit adulte autonome.
- N'oubliez jamais que, même si votre enfant vous pousse dans vos retranchements, c'est vous l'adulte et le parent et c'est à vous de le protéger de ses propres débordements.
- Faites preuve de souplesse et d'adaptation. C'est un enfant différent, il peut remettre en question certaines de vos convictions. Acceptez de prendre du recul pour rester ouvert et attentif à la personnalité singulière de votre enfant et être capable de répondre à ses besoins.
- Accompagnez-le dans les difficultés qu'il peut rencontrer à l'école. Essayez, honnêtement, de comprendre ce qui se passe. Sans accuser votre enfant de ne pas faire d'effort, de ne pas travailler suffisamment. Ou, à l'inverse, sans accuser trop rapidement l'école de son incapacité à gérer votre enfant. Faites le point. Prenez le temps d'écouter votre enfant. Vous pourrez alors mieux l'aider dans les difficultés réelles qui sont les siennes. Confiant dans votre présence attentive, il saura alors qu'il peut compter et s'appuyer sur vous. Sa scolarité en sera nettement améliorée, mais surtout son équilibre psychologique sera préservé. Il gardera une solide confiance en lui et dans les adultes qui l'entourent.

Il arrive parfois que l'on ait des attentes démesurées par rapport à l'enfant surdoué. Pour être conforme à ce qu'on attend de lui, l'enfant va se construire un *soi grandiose* auquel il va finir par croire mais qui n'est là que pour le protéger de sa fragilité intérieure, c'est une construction en faux-self. L'enjeu de la réussite qui pèse sur lui est un piège qui empêche le développement de l'identité propre de l'enfant. Pour se sentir aimé, il essaie de s'ajuster à tout prix à l'image que ses parents ont de lui. L'enfant peut en ressentir une culpabilité insupportable lorsqu'il ne parvient pas à les satisfaire pleinement.

La discordance entre un soi idéal et ce qu'il perçoit intimement de lui-même est alors à l'origine d'une blessure narcissique douloureuse qui attaque profondément son identité. La survalorisation est un piège à éviter.

La prise en charge

Commençons par une lapalissade : pour prendre correctement en charge un enfant surdoué, encore faut-il savoir qu'il s'agit d'un enfant surdoué !

Cette évidence n'est pourtant pas… évidente ! Combien d'enfants suivent des psychothérapies, sont suivis par des psychologues ou des pédopsychiatres, consultent dans des centres médicopsychologiques sans que ce diagnostic ne soit même suspecté ? Et combien d'errances diagnostiques, d'échecs thérapeutiques, de découragements de l'enfant, des parents et même du thérapeute, l'ignorance du diagnostic entraîne-t-elle ?

La prise en charge d'un enfant surdoué sans que le diagnostic soit connu ne peut être que décevante et peu efficace. Même lorsque l'enfant surdoué souffre d'une pathologie classique de l'enfance ou de l'adolescence, les caractéristiques de son fonctionnement affectif et intellectuel marquent d'une empreinte spécifique ses difficultés et sa souffrance. L'ignorer conduit le thérapeute – et l'enfant – à passer à côté de tout un pan de la dynamique et de la compréhension des symptômes. L'aide mise en place ne sera jamais l'aide appropriée et nécessaire à cet enfant.

La méconnaissance du diagnostic peut entraîner des erreurs diagnostiques et des erreurs de prise en charge qui peuvent être lourdes de conséquences.

Plus grave, il arrive que l'enfant et la famille informent le thérapeute du diagnostic qui a été posé et que le thérapeute déboute cette information en considérant qu'elle n'a aucune incidence sur la prise en charge. *D'accord, votre enfant est intelligent, et alors ?*

La nécessité de l'éclectisme

Prendre en charge un enfant surdoué en difficulté, c'est accepter d'emblée que l'éclectisme est obligatoire. Ce qui signifie que l'enfant surdoué a besoin que son thérapeute puisse faire référence à plusieurs concepts théoriques, s'appuyer sur diverses pratiques thérapeutiques, c'est-à-dire qu'il puisse faire preuve de créativité et d'adaptabilité. Vouloir faire rentrer l'enfant surdoué dans un cadre théorique, quel qu'il soit, est voué à l'échec car cet enfant, qui met toujours en péril le cadre, le fera voler en éclats. La souplesse avec laquelle le thérapeute peut passer d'un cadre à un autre ne signifie pas pour autant qu'il ne faut pas de cadre, au contraire. Cet enfant en a impérativement besoin, mais surtout pas d'un cadre rigide ! Ce qui complique bien sûr la pratique thérapeutique et suppose que le thérapeute soit polyvalent, dans sa formation et dans sa pratique.

La part cognitive du Soi

La part cognitive du Soi concerne toute la sphère intellectuelle de notre identité.

C'est souvent une facette identitaire très attaquée, très atteinte chez l'enfant surdoué en souffrance psychologique. La singularité de son intelligence est celle qui a été touchée en premier. C'est la part de soi qui a reçu les premières blessures. C'est souvent aussi celle que l'enfant désinvestit en premier. Tout se passe comme s'il abandonnait une part de lui-même.

Dans les thérapies classiques, il est bien rare que l'on se préoccupe de cet aspect de l'identité. Les thérapies s'attachent essentiellement à restaurer les aspects affectifs de la personnalité et ignorent cette dimension. Or, pour l'enfant surdoué, dénier la part cognitive du Soi, c'est ignorer toute une dynamique identitaire majeure.

La prise en charge de la part cognitive du Soi est indissociable de la prise en charge de l'enfant surdoué. Ignorer cette partie du Soi bloque le processus thérapeutique qui ne peut jamais réellement aboutir.

La prise en charge de la part cognitive du Soi suppose la capacité d'intégrer une *médiation cognitive* dans le processus thérapeutique. Il s'agit de permettre à l'enfant de réinvestir la sphère intellectuelle et cognitive. L'objectif est une réelle *réanimation cognitive*. Cette réanimation cognitive est indispensable à la reprise d'une dynamique psychologique globale. La possibilité de reprendre du plaisir à penser et d'accepter cette part de soi à l'origine de tant de souffrance est une ouverture thérapeutique incontournable.

> La prise en charge de la part cognitive du Soi est un point d'appui pour la restauration narcissique. C'est un levier thérapeutique.

Les pièges de la prise en charge de l'enfant surdoué

➤ La manipulation

L'enfant surdoué est fort, très fort, pour manipuler son thérapeute ! Ce n'est pas une stratégie de sa part dans un rapport de force stérile mais la conséquence de son analyse du fonctionnement du thérapeute. L'enfant surdoué a en thérapie comme premier objectif de décoder la pratique du thérapeute et de l'évaluer. Pour décider si c'est un bon thérapeute ou non, mais aussi pour analyser les capacités de *ce* thérapeute à l'aider, *lui*. Comme d'habitude, il teste le cadre. Il pousse les limites... et il attend de voir si le thérapeute tombe ou non dans le panneau ! Tout thérapeute non averti, naïvement, y tombera, car ce patient, par sa lucidité, sa sensibilité et sa capacité à ressentir ce que pense son thérapeute, a beaucoup de talent pour y parvenir. Il est d'ailleurs capable d'anticiper la question ou la relance du thérapeute et de s'y préparer. Il a décodé les règles du jeu !

Mais, comme d'habitude encore, ce qu'il cherche, justement, c'est que son thérapeute soit solide, qu'il sache déjouer ses pièges, qu'il soit capable de maintenir son cadre et de garder le contrôle de sa thérapie. Bref, qu'il puisse le comprendre, totalement, et qu'il montre ses capacités à l'aider et à l'accompagner.

Lorsque la confiance est établie, que le thérapeute a remporté cette première manche, un grand pas est déjà accompli et une bonne partie de la thérapie est déjà réussie !

Le plus étonnant est que le plus souvent les enfants surdoués sont tout à fait conscients de leur propre jeu et ils l'expriment : *Vous savez je suis allé voir plein de psy, mais je les ai tous manipulés.*

Ce mécanisme complique encore la prise en charge car ces enfants sont devenus très méfiants avec les psy en qui ils n'ont jamais spontanément confiance, loin s'en faut ! Il est en effet bien rare qu'ils ne voient qu'un seul psy. Ils ont parfois un long parcours derrière eux et leur réticence vis-à-vis du psy est alors très coriace.

➤ Les contre-attitudes

C'est ce que les psychanalystes appellent le *contre-transfert*, c'est-à-dire les mouvements affectifs du psy vis-à-vis de son patient. Ce que le psy ressent émotionnellement de son patient ou ce que ça réveille en lui, de positif ou de négatif.

D'une façon générale, l'enfant surdoué suscite des contre-attitudes qui peuvent être radicalement opposées et passer du rejet le plus total à la fascination la plus absolue.

Le thérapeute n'est pas à l'abri de ces contre-attitudes. Celles-ci peuvent être stables ou changeantes. Par exemple, un thérapeute qui dénie l'existence des particularités de l'enfant surdoué manifeste une attitude plutôt rejetante. Le diagnostic de surdoué l'agace et il peut avoir tendance à manifester une forme d'hostilité envers l'enfant. Même s'il analyse son hostilité envers cet enfant, il n'en demeure pas moins qu'elle imprégnera le processus thérapeutique.

Dans une perspective opposée, un thérapeute peut au contraire manifester une forme d'admiration pour cet enfant à l'intelligence si singulière. Il peut alors avoir tendance à passer à côté de certains mécanismes ou de certaines manifestations de la souffrance de l'enfant parce qu'il est aux prises avec la fascination qu'il éprouve.

Une autre configuration, probablement la plus fréquente, tient au passage souvent rapide entre rejet et fascination que peuvent éveiller les particularités de cet enfant. Le même thérapeute peut traverser, pour le même enfant, une phase au cours de laquelle il se montre plutôt bienveillant par rapport aux caractéristiques intellectuelles importantes de l'enfant puis basculer soudain dans un agacement voire une hostilité suscitée par cette même intelligence.

Bien sûr, tout thérapeute averti est formé à la gestion de ses contre-attitudes mais, curieusement, les formes particulières de l'intelligence des enfants surdoués et les incidences que cela peut avoir dans le processus thérapeutique peuvent néanmoins déstabiliser le thérapeute et faire capoter la prise en charge. Il faut le savoir et rester vigilant.

> La prise en charge d'un enfant surdoué ne peut réussir que si le thérapeute est informé du diagnostic, qu'il en connaît toutes les caractéristiques et qu'il accepte et sait les prendre en compte dans son cadre thérapeutique.

Annexes

Annexe 1

Pour en savoir plus sur le bilan psychologique

Ce chapitre s'adresse à tous ceux, parents, professionnels, pédagogues, qui souhaitent approfondir leurs connaissances du bilan psychologique.

Connaître et comprendre le sens et la portée de certaines épreuves, apprendre à décoder les résultats des tests permet :

— de mieux comprendre le fonctionnement de l'enfant dans toutes ses dimensions,

— d'éviter les erreurs et/ou les errances diagnostiques,

— de donner du sens à l'analyse des résultats.

Vous trouverez dans cette annexe une analyse détaillée des différents profils au WISC III et la présentation des épreuves les plus couramment utilisées (ou qui devraient l'être !) pour un bilan psychologique complet et/ou complémentaire.

Rappel

Une solide formation de psychologue (accompagnée des diplômes de référence) est exigée pour la passation, l'analyse et l'interprétation des tests.

Un test ne peut se résumer à des chiffres ou à des résultats standardisés.

Un résultat à un test n'a jamais de valeur univoque et doit être considéré dans une compréhension globale de la dynamique intellectuelle et affective de l'enfant.

Les différents profils au WISC III

Quelles sont les interprétations possibles d'une différence significative entre QI Verbal et QI Performance ?

Il est bien évident que seul un spécialiste, c'est-à-dire un psychologue formé au bilan psychologique, pourra interpréter avec rigueur le sens d'une différence constatée entre les deux QI. De plus, il n'existe aucun profil caractérisant sans erreur possible tel ou tel dysfonctionnement ou pathologie. La prudence s'impose donc dans l'interprétation d'un profil hétérogène. L'investigation complémentaire est indispensable afin de ne pas commettre d'erreur diagnostique qui pourrait être préjudiciable pour le développement et l'avenir de l'enfant.

Néanmoins, on peut proposer l'ensemble des hypothèses diagnostiques les plus fréquentes et qui permettent d'orienter le diagnostic.

QI Verbal > QI Performance

➤ Hypothèse I – Mécanisme de défense psychologique

L'enfant a mis en place un système de défense, de protection, contre toute ingérence émotionnelle. On appelle ce mécanisme : défense par intellectualisation. Cela signifie que l'enfant souffre probablement d'angoisses importantes, auxquelles il ne veut surtout pas être confronté. Toute émotion, toute manifestation affective, toute sensation est alors intellectualisée, c'est-à-dire manipulée mentalement par une forme de logique froide et de raisonnement abstrait qui enlève à la situation toute charge émotionnelle. Par ce mécanisme, l'enfant met à distance tout ce qui provient de la sphère émotionnelle de sa personnalité. D'une certaine façon, il clive sa personnalité en deux afin que rien n'émerge de sa souffrance intérieure. L'objectif pour lui est surtout de ne rien ressentir. La sphère intellectuelle est par opposition surinvestie car cela permet à l'enfant d'assurer un fonctionnement vital minimal. Néanmoins, ces mécanismes demandent à l'enfant une énergie considérable et les irruptions incontrôlées de la sphère émotionnelle viennent parfois violemment déstructurer l'équilibre de l'enfant et le mettre en péril.

- *Conduite à tenir*

Investigation complémentaire sur le versant psychologique. On recherche le poids et la nature des troubles psychologiques présentés par l'enfant. La mise en place d'un soutien psychologique sérieux et soutenu est le plus souvent nécessaire. Suivant l'âge de l'enfant, la prise de médicaments peut s'avérer indiquée. Une consultation auprès d'un psychiatre est alors indispensable.

• *À préciser*

Poser un diagnostic d'enfant surdoué dans ce cadre est une des erreurs diagnostiques les plus dramatiques pour l'avenir psychologique de l'enfant. Il arrive pourtant que le QI Total soit malgré tout calculé en dépit des règles statistiques et déontologiques. Les scores particulièrement élevés dans le domaine Verbal vont occulter les scores plus faibles ou juste moyens de l'échelle Performance et donneront effectivement un QI Total > à 130. Pourtant, non seulement ce QI n'a strictement aucune valeur, mais la négligence de la réalité du fonctionnement de l'enfant qui va conduire à poser un diagnostic d'enfant surdoué chez un enfant gravement perturbé sur le plan psychologique aura des conséquences gravissimes et souvent irréversibles sur son développement et son avenir psychologique.

➤ Hypothèse 2 – Troubles instrumentaux

Les fonctions instrumentales sont des procédures cognitives spécifiques sur lesquelles s'organisent les fonctions intellectuelles générales. Il s'agit d'aptitudes neuropsychologiques intervenant dans l'acte de lire, d'écrire ou de calculer. Les troubles des fonctions instrumentales sont généralement associés aux troubles des apprentissages. Les principaux troubles instrumentaux sont représentés par : les troubles de la perception visuelle ou auditive, des déficits dans l'organisation ou la structuration de l'espace (trouble spatial), des troubles dans le repérage et la structuration du temps ou de la chronologie (trouble temporel), des déficits du rythme. La dyspraxie visuospatiale est parfois repérable au WISC et constitue un trouble associant un déficit dans la coordination entre le repérage spatial et le geste graphique.

• *Conduite à tenir*

Des tests complémentaires permettent de préciser l'origine des difficultés et de préciser la nature du trouble instrumental. Les tests de la Figure de Rey, de Bender, de reproduction de gestes de Bergès, de barrage de Zazo… pourront être utilisés.

Un bilan psychomoteur affinera le diagnostic et donnera les indications nécessaires pour la mise en place d'une rééducation du trouble. La rééducation psychomotrice est la plus indiquée et obtient des résultats souvent spectaculaires qui améliorent de façon sensible les capacités d'apprentissage. Un retest avec le WISC après les séances de rééducation confirme l'amélioration et, le plus souvent, permet d'homogénéiser les scores entre les deux échelles. La rééducation des troubles instrumentaux et en particulier de la dyspraxie visuoconstructive devra être pratiquée par un psychomotricien formé à ce type de pratique. Certains orthophonistes disposent également d'une formation spécifique dans la rééducation de ce type de trouble. Mais attention de bien vous informer sur la pratique du psychomotricien ou de l'orthophoniste car en France, aujourd'hui, encore très peu de ces praticiens sont formés en neuropsychologie.

• *À préciser*

Les troubles de l'organisation spatiale peuvent également être dus à un trouble du schéma corporel et de l'image du corps. Nous sommes alors en présence d'une difficulté de l'ordre du développement psychodynamique qui interfère avec la sphère cognitive. Dans ce cas, une investigation clinique et des bilans complémentaires devront toujours préciser la dimension du trouble et son poids dans le fonctionnement intellectuel. La prise en charge sera différente et devra prendre en compte la dimension dynamique du trouble.

D'autre part, la dyspraxie visuospatiale, véritable trouble instrumental sur le versant neuropsychologique, est un trouble encore trop mal connu et qui pourtant peut être seul à l'origine de troubles d'apprentissage parfois très sévères. De plus, l'enfant qui dispose par ailleurs de compétences intellectuelles performantes fournit un effort considérable pour pallier son déficit. Son intelligence lui permet de mettre en place des stratégies compensatoires pour surmonter ses difficultés mais ces stratégies ne sont pas toujours efficaces et lui demandent une grande énergie. Il en résulte fréquemment un découragement face à l'importance des efforts nécessaires pour parvenir à des résultats souvent décevants.

Savoir repérer et traiter une dyspraxie visuoconstrutive peut apporter un soulagement considérable à l'enfant en échec et à sa famille. Cela peut profondément transformer le rapport de l'enfant au savoir et libérer totalement le potentiel intellectuel de l'enfant.

➤ Hypothèse 3 – Surinvestissement parental

Il arrive que des parents pour des raisons personnelles complexes surinvestissent leur enfant et en particulier le domaine intellectuel et scolaire. Pour eux, l'enjeu de la réussite est un enjeu majeur et les exigences par rapport à leur enfant deviennent disproportionnées. La difficulté provient du fait que l'enfant se fait rapidement piéger à ce jeu car, pour lui, il fait vite l'équation entre amour de ses parents et performances intellectuelles. L'enfant croit comprendre que sa réussite est un facteur indissociable de l'amour que ses parents lui portent et qu'un échec serait fatal dans la capacité à se faire aimer par eux. Bien sûr cette croyance est la plupart du temps erronée mais l'enfant y croit si fort qu'il fonctionne en surrégime permanent, s'épuisant à la tâche. Il fait tout ce qui est en son pouvoir de faire pour être conforme à ce qu'il suppose que ses parents attendent de lui. Dans le langage psy on dirait *être dans le désir de l'autre.*

Les parents ne sont pas toujours conscients de ce qui se passe et ne se rendent pas compte qu'ils attendent beaucoup trop de leur enfant. Ils font le mieux qu'ils peuvent pour élever leur enfant, et dans leur conception de l'éducation la réussite scolaire et professionnelle en est une composante majeure. Le psychologue devra aider ces parents à relativiser la réussite et les performances scolaires et à apprendre à aimer leur enfant sur d'autres plans de sa personnalité. Les bénéfices seront importants pour l'équilibre et le bien-être de tous : parents et enfants.

QI Performance > QI Verbal

➤ Hypothèse 4 – Troubles du langage

Les troubles du langage écrit ou parlé dont le plus fréquent est la dyslexie peuvent constituer un handicap pour réussir les épreuves les plus saturées en composantes verbales. L'enfant éprouve alors des difficultés à mettre en mots ses connaissances ou encore montre une structure de la pensée perturbée par une maîtrise du langage insuffisante. Le langage est un structurateur de la pensée bien au-delà de sa fonction de communication, et des déficits de l'organisation langagière peuvent avoir des conséquences importantes sur l'organisation cognitive générale.

• *Conduite à tenir*

Un bilan orthophonique complétera les tests et permettra de déterminer la nature précise du trouble du langage présenté par l'enfant. Une rééducation orthophonique pourra alors être mise en place et palliera les difficultés rencontrées par l'enfant qui pourra alors exprimer pleinement son potentiel et ses capacités intellectuelles intactes.

➤ Hypothèse 5 – Opposition, refus, non-investissement des apprentissages, en particulier scolaires

Certains enfants montrent une réelle réticence devant les tests qui évoquent trop pour eux les apprentissages scolaires. Ces enfants se referment devant les épreuves de l'Échelle Verbale dont la forme est proche du matériel scolaire. Ils peuvent également se bloquer face à ces épreuves pour signifier à leurs parents leur opposition par rapport aux tests. Ils veulent par là montrer qu'ils ne sont pas près à faire le moindre effort pour modifier leur comportement face aux apprentissages, quels qu'ils soient.

Aux épreuves de l'Échelle Performance, plus ludiques, ils se prendront souvent au jeu et ne se « méfieront pas » des conclusions que l'on pourra déduire de leurs performances.

Une autre variante est représentée par les enfants qui n'ont pas investi les acquisitions et les connaissances, scolaires ou non, c'est-à-dire qu'ils se contentent de survoler tout ce qu'ils seraient supposer apprendre et intégrer. Les compétences, les capacités intellectuelles existent mais ne sont pas utilisées par l'enfant pour les apprentissages. Dans ce cas, on rencontre souvent une mémoire faible et mal organisée qui gène l'intégration et la restitution des connaissances, un vocabulaire pauvre, un bas niveau de culture générale et une non-appropriation des mécanismes opératoires fondamentaux. Pourtant l'intelligence de ces enfants est réelle mais les résultats scolaires sont souvent décevants. Les raisons de ces manifestations de refus ou de non-appropriation des connaissances peuvent être d'ordre spécifique (troubles de la mémoire, méthodologie des apprentissages non assimilée...) mais sont le plus souvent d'ordre psychologique.

• *Conduite à tenir*

Investigation complémentaire à la fois sur les secteurs de l'apprentissage qui semblent déficitaires et sur les aspects psychologiques de la personnalité. Dans le cas de refus et d'opposition manifeste, les difficultés sont le plus souvent à rechercher sur un plan intrafamilial, l'enfant refusant de « faire plaisir » à ses parents en réussissant à l'école. L'aide d'un thérapeute permettra de débloquer la situation et de donner à l'enfant la possibilité de réussir pour lui-même.

• *À éviter*

Lors de la restitution des résultats au test, il faut être attentif à ne pas culpabiliser l'enfant et l'accabler de reproches sur son mauvais travail scolaire alors que les tests montrent par ailleurs qu'il dispose d'un niveau intellectuel satisfaisant. Il est effectivement tentant de reprocher à l'enfant son opposition à l'école ou son non-investissement des apprentissages en le considérant comme volontairement responsable de cette situation. Bien sûr, c'est le comportement de l'enfant face aux apprentissages qui est à l'origine des difficultés apparues au test, mais le comportement de l'enfant est la résultante de raisons complexes et dont, la plupart du temps, il souffre lui-même en silence. Le tenir pour responsable et donc capable avec la seule volonté de rectifier ses attitudes c'est prendre le risque de l'enfermer de façon plus sévère dans ce fonctionnement qui, à long terme, est gravement préjudiciable aux apprentissages et à la réussite scolaire.

➤ Hypothèse 6 – L'inhibition intellectuelle

L'inhibition intellectuelle est un trouble psychologique courant dans l'enfance et dans l'adolescence mais qui reste souvent mal compris. L'inhibition intellectuelle se définit comme l'impossibilité pour l'enfant d'exprimer et d'actualiser ses capacités intellectuelles alors que son intelligence est intacte. Il s'agit d'un trouble dit « fonctionnel » c'est-à-dire que la fonction de l'intelligence existe mais n'est pas utilisable.

L'Échelle Verbale est la plus affectée par ce trouble par ce qu'elle suppose d'expression verbale de l'intelligence, d'extériorisation de ce que l'on sait.

Les épreuves Performance sont souvent préservées car il s'agit d'épreuves concrètes et que l'on peut effectuer sans soutenir la relation et le regard de l'autre. Elles apparaissent également comme moins chargées d'implicites intellectuels que l'enfant refoule activement. L'inhibition intellectuelle est le plus psychologique des troubles de l'intelligence. De nombreuses pathologies de l'enfance et de l'adolescence peuvent en être à l'origine, mais c'est sûrement la dépression qui produit les dégâts les plus sévères. L'enfant déprimé n'a plus aucune énergie disponible pour l'investissement des tâches intellectuelles, toute son énergie psychique étant consacrée à la lutte contre ses sentiments dépressifs. La dépression de l'enfant est très différente de celle de l'adulte. Elle peut se traduire par une humeur triste, un repli sur soi, un isolement affectif et social, une perte d'envie pour toute activité, mais peut prendre aussi la forme de troubles du comportement, d'agitation, de manifestations agressives, etc.

L'inhibition intellectuelle peut aussi se manifester chez des enfants qui font une équation symbolique entre curiosité intellectuelle et curiosité sexuelle et qui refusent toute forme d'investissement intellectuel par crainte de l'émergence de fantasmes inconscients sexualisés. Cette hypothèse est issue du courant psychanalytique classique et reste discutable.

• *Conduite à tenir*

La démarche psychologique est la seule qui doit être ici envisagée. Une investigation psychologique complémentaire permettra de préciser la nature des troubles et l'aide à mettre en place pour dégager l'enfant de son inhibition. L'enfant devra rapidement retrouver toutes ses ressources psychologiques et intellectuelles pour mettre en œuvre avec succès son intelligence.

• *À éviter*

Les thérapies envisagées devront absolument prendre la mesure de la nécessité d'un retour rapide des capacités d'investissement intellectuel. Il ne s'agit pas de s'engager dans une thérapie longue et obscure qui ne donne pas rapidement à l'enfant les moyens de rebondir. L'enfant est un être en développement et on ne peut prendre le risque de l'entraîner dans une démarche thérapeutique sans fin car c'est dans l'ici et maintenant de son évolution qu'il a besoin de mettre en œuvre ses possibilités intellectuelles et psychiques. Attention donc aux thérapies dont on ne voit ni la fin ni les conséquences dans la vie quotidienne et en particulier scolaire de l'enfant.

Il faut aussi bien comprendre l'inhibition intellectuelle comme un handicap réel qui empêche l'enfant de fonctionner correctement sur un plan intellectuel. Il ne le fait pas exprès et ne parvient pas à modifier son fonctionnement. On ne peut dire à cet enfant : maintenant que l'on sait que tu es intelligent, travaille, fais un effort ! Prenons l'image d'un enfant qui aurait les jambes cassées et auquel on dirait : cours puisque tu as des jambes ! Bien sûr, que, potentiellement il peut courir, mais son trouble fonctionnel actuel l'empêche d'utiliser ses jambes, et le forcer à courir malgré tout ne ferait qu'aggraver le problème et le processus de guérison.

➤ Hypothèse 7 – L'appartenance à une autre culture

Les enfants qui appartiennent à une autre culture de référence que celle dans laquelle le test a été étalonné auront naturellement un décalage significatif entre les épreuves Verbales du test et les épreuves Performance, non verbales. Dans ce cas, ce type de test manque de fiabilité pour une évaluation précise du potentiel intellectuel. On peut également trouver ce type de décalage chez des enfants de migrants qui sont élevés à la maison dans une culture différente de celle du milieu social et scolaire.

• *Conduite à tenir*

Des tests dits de « culture-free » devront absolument être pratiqués afin d'obtenir une évaluation fiable de l'intelligence générale de l'enfant. Ces tests font abstraction de tout aspect verbal ou culturel. Ils donnent une bonne mesure du facteur « g », c'est-à-dire du facteur d'intelligence générale. Les tests les plus pratiqués sont les Progressive Matrix (PMS) qui sont construits sur la base d'inférence et de déduction logique sur matériel abstrait.

• *À éviter*

Il faut bien évidemment se garder de critiquer l'enfant sur ses difficultés d'appropriation de sa culture d'accueil mais au contraire lui proposer d'acquérir les bases nécessaires pour pouvoir fonctionner dans cette culture avec succès sans pour autant renier sa culture d'origine. Un soutien d'un orthophoniste bien formé pourra souvent être d'une aide précieuse pour permettre à ces enfants d'acquérir les bases de connaissances qui leur manquent.

➤ Hypothèse 8 – Carence du milieu éducatif

Il peut arriver que le milieu auquel appartient l'enfant soit pauvre en stimulation intellectuelle. Dans ces familles, les discussions et les échanges sont rares et l'enfant est privé d'apport quotidien de culture générale et de connaissances. Il n'a pas non plus la possibilité d'exercer dans son milieu familial son expression verbale et ne trouve aucun écho aux connaissances qu'il a pu développer par ailleurs ; ça n'intéresse personne et l'enfant finit par ne plus s'y intéresser non plus.

De plus, dans ces familles, l'enfant ne peut trouver aucune aide pour son travail scolaire, ce qui peut constituer un handicap supplémentaire dans son processus d'apprentissage et d'intégration de connaissances.

Enfin, l'école et tout apprentissage intellectuel sont souvent peu valorisés, les valeurs familiales se situant dans des réussites plus concrètes et matérielles.

Cependant, cette hypothèse est assez rare car l'école, quels que soient les milieux d'origine, a su s'imposer comme une nécessité pour l'avenir des enfants.

• *Conduite à tenir*

L'enfant a besoin d'être stimulé sur le plan intellectuel et retrouver sa curiosité naturelle. Il doit également être déculpabilisé de fonctionner dans un système différent de celui de ses parents. Il faut aider l'enfant à comprendre qu'il ne renie pas sa famille s'il est doué à l'école et qu'il ne sera pas rejeté s'il réussit. Les parents devront aussi être aidés dans ce sens pour accepter la différence de leur enfant par rapport à leur propre fonctionnement.

Quels tests complémentaires ?

Les épreuves complémentaires utilisées seront choisies par le psychologue en fonction des éléments cliniques et, éventuellement, des éléments apparus lors de la passation des premiers tests.

Par exemple, face à un WISC hétérogène et suivant le sens de cette hétérogénéité, le clinicien proposera une investigation complémentaire plus spécialisée dans le domaine cognitif ou plus orientée vers la sphère affective.

Les épreuves cognitivo-intellectuelles

Les épreuves cognitivo-intellectuelles regroupent deux grandes catégories d'épreuves : celles dont l'objectif est d'évaluer une efficience intellectuelle globale, un potentiel intellectuel, exprimé ou non sous forme de QI. Et celles qui permettent une investigation approfondie des structures cognitives de l'enfant. Il ne s'agit plus d'expression du potentiel en termes de QI mais de compréhension qualitative du fonctionnement de l'intelligence de l'enfant.

➤ Les tests d'efficience intellectuelle

Comme nous l'avons vu, les tests d'efficience les plus largement utilisés sont les échelles de Wechsler.

Il existe néanmoins un autre test d'intelligence d'apparition plus récente et très répandu dans les pays anglo-saxons : le K-ABC. Cette épreuve est construite selon une approche scientifique fondée sur les conceptions actuelles de la neuropsychologie et s'avère très pertinente dans la compréhension spécifique des procédures cognitives utilisées par l'enfant. Le K-ABC permet d'obtenir des scores dont la construction statistique est identique au QI.

Gros plan sur le K-ABC

Le K-ABC est construit sur le modèle théorique du traitement de l'information avec ses deux modalités : les processus séquentiels qui supposent une analyse des données élément par élément, l'une après l'autre (en séquences successives) et les processus simultanés qui mettent en jeu une appréhension globale, holistique (en un seul coup d'œil), de l'information à traiter. Les acquisitions générales, plus directement corrélées aux apprentissages scolaires, à la culture générale, au milieu socioculturel, sont évaluées séparément dans une échelle de connaissances. Les résultats au K-ABC s'expriment sous la forme de 4 notes standardisées, validées comme pour le QI sur une moyenne de 100 et un écart type de 15 : Processus séquentiels, Processus simultanés, Processus mentaux composites (PMC, combinaison des deux premiers) et Échelle de Connaissance. On peut considérer que le score en PMC correspond aux compétences cognitives dont dispose l'enfant et qu'il est capable de mobiliser face à des tâches intellectuelles nouvelles. Le score en Connaissance correspondrait plutôt à un niveau intellectuel « scolaire », c'est-à-dire à l'efficacité de l'intelligence de l'enfant dans les différents secteurs d'apprentissage.

Les scores en PMC et Connaissance sont comparables au QI Total de la WPPSI-R et du WISC III.

Chez les enfants surdoués, il est fréquent que l'on observe une supériorité significative des processus simultanés par rapport aux processus séquentiels. C'est une donnée très importante pour la compréhension des particularités de fonctionnement intellectuel de ces enfants que nous développons dans le chapitre 3.

Dans le K-ABC, l'accent est mis sur le style cognitif de l'enfant, sur son mode habituel voire préférentiel de traitement de l'information. Lorsque les difficultés d'apprentissage sont au premier plan des difficultés de l'enfant, l'épreuve est particulièrement bien adaptée parce qu'elle pourra fournir des hypothèses explicatives sur les raisons cognitives de ces difficultés. Il sera alors plus facile d'envisager des perspectives de remédiation adaptée à la spécificité du fonctionnement cognitif de cet enfant.

Le K-ABC est de passation plus ludique que les échelles de Wechsler et s'avère d'un apport précieux lorsqu'on se trouve avec des enfants très en opposition par rapport à l'école.

Le K-ABC se compose d'une majorité d'épreuves non verbales ou tout au moins pour lesquelles une verbalisation minimale est sollicitée. C'est donc un test qui convient mieux à des enfants qui ont des difficultés de langage, quelle qu'en soit l'origine.

> Le K-ABC, moins saturé en facteurs développementaux que la WPPSI-R donne une mesure intellectuelle plus fiable et de meilleure prédictivité pour les enfants en dessous de 5 ans.
>
> • Le K-ABC n'est disponible en France que dans sa version enfant : de 2 ans 6 mois à 12 ans 6 mois.

➤ Les échelles de raisonnement et les tests logiques

Ce sont des épreuves construites d'après les théories factorielles de l'intelligence qui cherchent à repérer le facteur de l'intelligence générale, le facteur « g ». Néanmoins, ces épreuves s'appuient sur des aptitudes spécifiques du fonctionnement intellectuel : inférence logique, repérage d'un invariant permettant de dégager une loi, raisonnement abstrait, capacité à manipuler des représentations visuospatiales…

Les résultats à ce type d'épreuves sont exprimés en centiles.

L'expression d'un résultat en centiles donne le rang, la position de l'enfant sur une échelle en 10 ou 100 classes. Par exemple, se situer au 75e centile signifie que sur 100 personnes, 25 sont situées avant, c'est-à-dire ont obtenu des scores supérieurs et 74 se placent derrière. On peut comparer le principe des rangs-centiles avec celui d'une course à pieds où chacun occupe une place, est classé, en fonction de son ordre d'arrivée du premier au dernier de la course. Dans cet exemple, on serait placé 25e sur 100.

Les tests les plus fréquents sont : le PMS, le PM 47, le PMC de Raven, le D 48 ou D 70 d'Anstey et les tests de raisonnement de Bonnardel.

Gros plan sur le PMS

Le PMS est un test d'inférence logique, composé d'une succession de 60 problèmes logiques de difficulté croissante. Les problèmes à résoudre sont présentés sous la forme de figures géométriques. L'objectif est de découvrir la loi qui définit les rapports entre les différents éléments pour compléter une série. Les principes de résolution peuvent faire appel à différentes modalités d'analyse des transformations subies par les figures : organisation spatiale, dénombrement, inclusion, etc. Les résultats sont exprimés en rang percentile. Le test est étalonné de 9 ans à l'âge adulte.

• Le PMS permet à l'enfant de travailler de façon autonome par rapport au psychologue. L'enfant reporte ses réponses directement sur le protocole. Ce test s'adapte bien aux enfants pour lesquels la relation à l'autre est difficile et qui ont besoin de se dégager d'un rapport affectif pour pouvoir fonctionner.

• Très saturé en facteur « g », le PMS permet une évaluation rapide du niveau intellectuel global.

• L'épreuve, non verbale, peut être passée par des enfants sans langage ou appartenant à une autre culture.

• La nature du test met à distance l'anxiété ou l'angoisse que peuvent générer des épreuves verbales plus proches de l'univers scolaire. Le PMS permet ainsi de relativiser le QI chez des enfants très anxieux ou souffrant de phobie scolaire. Il apporte un éclairage complémentaire parfois indispensable pour une estimation fiable du potentiel intellectuel réel de ce type d'enfants.

➤ Les tests instrumentaux et d'aptitude

Il s'agit d'épreuves à passation rapide qui explorent une facette des facultés instrumentales de l'enfant : structure spatio-temporelle, coordination visuomotrice, latéralisation, geste graphique… Parmi ces tests citons : la Figure de Rey, le test d'imitation de gestes de Bergès, le test de barrage de Zazo.

Gros plan sur la Figure de Rey

Il s'agit d'une figure géométrique complexe que l'enfant devra d'abord recopier puis, après quelques minutes, reproduire de mémoire.

L'épreuve apporte des informations à la fois cliniques : structure globale de la pensée, capacité d'organisation et de mise en relation des contenus de pensée, solidité de la fonction contenante des éléments de pensée et des données instrumentales. Sur un plan instrumental, la Figure de Rey permet ainsi d'observer les capacités visuoconstructives de l'enfant, sa structuration spatiale, la précision du geste graphique mais aussi ses capacités de mémoire visuelle à court terme.

L'épreuve est très sensible à la confiance que ressent l'enfant dans ses propres capacités de pensée et donne une lecture « flash » de l'organisation de la pensée de l'enfant.

➤ Les tests de mémoire

Les tests spécifiques de mémoire ne sont utilisés que lorsque des particularités du fonctionnement de la mémoire sont suspectées. Ce sont des tests longs en temps de passation et approfondis en termes d'exploration des capacités mnésiques. Les tests distinguent les capacités en mémoire visuelle et auditive dans les deux aspects de la mémoire : la mémoire à long terme (celle qui permet de stocker nos connaissances) et la mémoire à court terme (mémoire active qui nous permet de traiter et d'intégrer les données qui seront ensuite dirigées vers la mémoire à long terme).

Les deux grandes épreuves de mémoire sont la BEM 144 (Batterie d'Exploration Mnésique) de Signoret et l'Échelle de Mémoire de Wechsler.

➤ Les épreuves cliniques d'exploration des structures cognitives

Directement inspirées des travaux du psychologue suisse Jean Piaget, ces épreuves permettent d'explorer les structures cognitives dont dispose l'enfant pour penser. Il s'agit en quelque sorte des fondations sur lesquelles est bâtie l'intelligence. Les épreuves piagetiennes nous informent des outils pour penser dont dispose l'enfant et du stade où il se situe dans son développement cognitif. Pour Piaget, le développement cognitif s'effectue par paliers progressifs. Le premier stade, stade sensorimoteur, s'appuie sur les perceptions sensorielles et la motricité du petit enfant dans sa compréhension et son adaptation au monde. Puis l'enfant parvient au stade des opérations concrètes, vers 7-8 ans, qui lui ouvre la possibilité de raisonner sur la base d'objets concrets et manipulables. Les expériences cognitives de ce stade passent par la manipulation et l'emprise concrète sur les objets de l'environnement. Vers 12-13 ans, la pensée parvient à son stade le plus abouti et il devient possible d'atteindre des raisonnements abstraits et de fonctionner sur la base d'hypothèses logico-déductives.

L'intérêt majeur des épreuves d'inspiration piagetienne vient du fait qu'ici on ne s'intéresse pas au score, au résultat chiffré mais au contenu et à la forme de la pensée de l'enfant. On s'attache à repérer le *Comment tu le sais ? Comment peux-tu être sûr de ta réponse ? Comment peux-tu justifier ton raisonnement ?...* La réponse seule à la question posée n'a dans ce contexte aucune valeur ni aucun intérêt. Par contre, ce que l'enfant va pouvoir justifier de sa réponse, ce qu'il sera capable d'argumenter, de discuter, ses facultés à résister aux contre-suggestions déstabilisantes que va proposer le psychologue pour éprouver la solidité de sa pensée apportent des données d'une grande richesse et d'un intérêt clinique fondamental pour une compréhension approfondie de l'organisation intellectuelle de l'enfant.

L'UDN 80 de Meljac & Lemel pour les plus jeunes et l'EPL (Échelle de Pensée Logique) de Longeot à partir de 9 ans sont les épreuves actuellement les plus pertinentes dans ce domaine.

Gros plan sur l'EPL

L'EPL permet une approche à la fois qualitative et quantitative des structures logiques et de raisonnement de l'enfant. L'épreuve met en œuvre cinq processus cognitifs fondamentaux. Sur un plan qualitatif : le principe de passation et la nature des consignes vont éclairer de façon significative les stratégies cognitives de l'enfant, ses processus de raisonnement, la nature des « outils » pour penser qu'il utilise. Comment et avec quoi pense l'enfant ? Sur quoi s'appuie son intelligence ? L'EPL apporte les éléments nécessaires pour approcher la dynamique et les processus de pensée.

Sur un plan quantitatif : l'EPL nous indique à quel stade de maturation cognitive se situe l'enfant. L'épreuve indique si l'enfant utilise les structures cognitives conformes à son âge. Deux formes de pathologie cognitive peuvent être décelées : La Dysharmonie Cognitive Pathologique (DCP) et le Retard d'Organisation du Raisonnement (ROR).

La DCP signale une hétérogénéité de la pensée : certaines structures cognitives sont parvenues au stade attendu de développement en regard de l'âge chronologique de l'enfant, alors que d'autres sont restées à un stade très archaïque et ne se sont pas développées. La DCP entraîne des difficultés d'apprentissage souvent sévères.

Le ROR signale un retard global et homogène du développement cognitif. L'ensemble des processus cognitifs de l'enfant sont restés à un stade inférieur du développement par rapport à l'âge actuel. Le ROR constitue un handicap sérieux pour l'école car l'enfant a besoin d'une énergie considérable pour faire fonctionner son

intelligence qui s'appuie sur des compétences fragiles.
Signalons que ces deux pathologies se trouvent chez des enfants ayant un QI normal. On voit bien la distinction importante qui existe entre efficience intellectuelle et structure cognitive sous-jacente.
DCP et ROR, pathologies cognitives repérées et théorisées par Gibello, peuvent être diagnostiqués uniquement à partir de l'EPL. Tout diagnostic de Dysharmonie cognitive pathologique ou de Retard d'organisation du raisonnement basé sur d'autres épreuves est un diagnostic fantaisiste et erroné.

Explorer la personnalité

Il existe plusieurs approches pour explorer la personnalité de l'enfant. Il peut s'agir d'épreuves qui approchent globalement la personnalité ou d'épreuves qui s'attachent à en éclairer une composante particulière.

Les épreuves globales de personnalité

Elles visent à appréhender l'organisation psychologique générale.

Ces épreuves s'attachent à explorer de façon minutieuse la dynamique affective et le fonctionnement émotionnel. Elles sont précieuses dans l'approche de la construction identitaire de l'enfant et dans la compréhension de son mode de fonctionnement relationnel.

Les épreuves de personnalité indiquent les zones de fragilité de l'enfant, les troubles psychologiques éventuels, mais aussi les ressources disponibles. Connaître les points de force de l'enfant ouvre la voie à l'optimisation de sa personnalité pour son développement psychologique général.

Les épreuves dites *projectives* sont aujourd'hui les plus utilisées dans l'exploration globale de la personnalité.

➤ Le Rorschach

C'est le fameux test des taches d'encre ! Trop souvent caricaturé ou parodié, il reste l'outil aujourd'hui le plus utilisé car le plus complet dans l'approche psychodynamique.

Le principe : dix taches d'encre non figuratives sont soumises à l'enfant qui doit s'exprimer sur : *qu'est-ce que ça pourrait être ?* Il n'y a pas de bonne ou de mauvaise réponse. Toutes les réponses sont acceptables et donnent sens à la compréhension globale du fonctionnement psychoaffectif. C'est l'analyse de l'ensemble des réponses qui permettra de dresser un portrait psychologique. L'analyse est à la fois quantitative et qualitative.

— La méthode *classique* utilise les concepts psychanalytiques. Le repérage de la nature de l'angoisse et des mécanismes de défense mis en place par l'enfant permet de dégager la structure globale de la personnalité.

— La méthode du *Système Intégré* de J. Exner est une méthode nettement plus actualisée qui s'appuie sur les données de la psychologie générale. Malheureusement peu connue et utilisée en France (mais dans tous les autres pays), c'est une méthode beaucoup plus objectivable que la méthode classique et qui apporte des données d'une grande fiabilité sur l'organisation psychologique. Toutes les grandes composantes de la personnalité seront prises en compte et explorées de façon minutieuse et scientifiquement validée. Le Rorschach devient alors un outil d'une remarquable pertinence pour la compréhension du fonctionnement de l'enfant dans toutes ses dimensions.

➤ Le TAT

Le TAT (Thematic Aperception Test de Murray) ou le Patte Noire, pour les enfants plus jeunes.

Il s'agit d'épreuves qui présentent sur des planches figuratives des situations relationnelles variées mais ambiguës. Pour chacune de ces saynètes l'enfant devra inventer une courte histoire. L'analyse de ces histoires donnera un éclairage sur les modalités intrapsychiques et interindividuelles du fonctionnement psychologique de l'enfant. Le TAT s'inscrit dans un cadre conceptuel psychanalytique.

Les questionnaires

Les épreuves peuvent également être des questionnaires, le plus souvent à choix multiples (QCM). Il en existe de très nombreux qui sont utilisés de façon ciblée pour explorer une facette de la personnalité ou un trouble psychologique spécifique présenté par l'enfant (anxiété, dépression, capacité à gérer la frustration, trouble du sommeil, trouble du comportement alimentaire...). Ces épreuves ou *échelles* donnent une grille du fonctionnement de l'enfant qui sera ensuite utilisée dans le processus thérapeutique si nécessaire.

> L'Inventaire d'estime de soi de Coopersmith est souvent utilisé pour évaluer l'image que l'enfant a de lui-même. Il nous renseigne sur le vécu de l'enfant, sur ce qu'il ressent de lui et de ce que les autres lui renvoient. Il est très utile lorsqu'on s'interroge sur la fragilité de la représentation de soi d'un enfant malmené par son entourage et qui exprime une grande souffrance par rapport à son vécu identitaire.

Annexe 2

Conseils pratiques

Associations

➤ Les associations de parents

• *ANPEIP – Association nationale pour les enfants intellectuellement précoces*

L'ANPEIP est la plus ancienne des associations regroupant des familles d'enfants surdoués.

Elle a pour mission d'informer, de former et d'accompagner les enfants dans leur parcours scolaire et personnel. L'ANPEIP organise également des rencontres entre parents et des activités de loisirs pour permettre aux enfants surdoués de partager des activités communes.

Fondée en 1971 par Jean-Charles Terrassier et fédérée en associations régionales, l'ANPEIP est présente dans toutes les régions.

Pour connaître les coordonnées de l'ANPEIP de votre région :

— Siège social : 366, avenue de Fabron, 06200 Nice. Tél. : 04 93 88 40 16.

— Fédération nationale à Paris : Tél. : 01 48 65 94 45.
— Site Internet : www.anpeip.org.

Toutes les autres associations en France sont des émanations de l'ANPEIP et fonctionnent sur un principe analogue. Nous ne citerons que les principales :

• *AFEP – Association française pour les enfants précoces*

Siège national : 13 *bis*, rue Albert-Joly, 78110 Le Vésinet. Tél. : 01 34 80 03 90. Site Internet : www.afep.assoc.fr

Des antennes de l'AFEP existent dans toutes les régions.

• *IAS – Infos actions surdoués*

36, boulevard Bastille, 75012 Paris. Tél. : 01 43 44 99 34.

➤ Les associations de loisirs

• *ALREP – Association loisirs, rencontres et éducation pour les enfants précoces*

L'ALREP organise des séjours et des camps de vacances pour enfants et adolescents surdoués.

33, avenue Franklin-Roosevelt, 30000 Nîmes. Tél. : 04 66 64 82 51.

• *Centre Jeunes Vocations artistiques, scientifiques et littéraires*

Fondé en 1976, le centre accueille des enfants et des adolescents les mercredi et samedi.

De nombreux ateliers sont proposés, de l'atelier scientifique à l'atelier théâtre en passant par l'atelier chinois ou philosophique. Les enfants se retrouvent entre eux pour partager des moments stimulants autour d'activités qui les passionnent ou dans lesquelles ils excellent. La seule initiative de ce type en France. Plus de 30 collaborateurs.

14 *bis*, rue Mouton-Duvernet, 75014 Paris. Tél. : 01 45 40 95 61.

➤ Association internationale

Longtemps réservée aux adultes surdoués, MENSA développe aujourd'hui des actions pour les enfants.

8, rue des Trois-Abbés, 93700 Drancy. Tél. : 01 48 31 34 64.

➤ Ressource Internet

Le site : www.douance.com est le plus complet et regroupe tous les autres liens sur le web. Régulièrement mis à jour, il offre un vaste panorama des informations disponibles et des nouvelles recherches.

Écoles

Pour connaître les écoles de votre région offrant un aménagement pédagogique pour les enfants surdoués, vous pouvez vous adresser aux antennes régionales des associations. Il est bien rare que vous puissiez en avoir connaissance par les voies officielles du ministère de l'Éducation...

Attention à bien vous renseigner sur ce que proposent les écoles. Certaines n'ont eu le plus souvent qu'une information sur ces enfants par l'intermédiaire d'une association de parents et sont trop rapidement inventoriées comme écoles spécialisées. La grande majorité de ces écoles n'a pas bénéficié d'une solide formation pédagogique. Le fait d'être informée souligne l'ouverture et l'intérêt de l'école pour ces enfants mais ne signifie pas qu'elle est déjà compétente pour les accueillir. Prudence !

Une des meilleures garanties est l'ouverture du dialogue de l'équipe pédagogique. Une équipe capable d'échanger sur les singularités voire les difficultés spécifiques de votre enfant est déjà une équipe qui dispose d'atouts importants pour aider votre enfant à réussir sa scolarité.

Faire pratiquer un bilan

➤ Les centres publics

Pour faire passer un bilan intellectuel et/ou de personnalité à votre enfant, il existe peu de solutions institutionnelles.

• L'hôpital. Aujourd'hui, seuls les services de psychiatrie pour enfants et adolescents pratiquent les bilans et ce uniquement sur prescription du médecin psychiatre. Il faut donc d'abord prendre rendez-vous avec le psychiatre, expliquer les raisons de votre démarche, et le médecin décidera si un bilan est justifié ou non. La démarche est longue et hasardeuse car vous n'êtes jamais sûr que le psychiatre vous comprendra et validera la demande de bilan. De plus, il arrive encore trop souvent que les résultats ne soient jamais communiqués aux parents. Le médecin se contente généralement d'une appréciation qualitative sur l'intelligence et les facilités de votre enfant et, par méconnaissance du problème, se contentera d'un : *ne vous inquiétez pas, il réussira ses études !*

• Les CMPP (Centre médico-psycho-pédagogique) rattachés à l'hôpital et les CMP (Centre médico-psychologique) sont des structures destinées à accueillir des enfants et des adolescents en souffrance psychologique. Ce sont des centres publics totalement pris en charge par la Sécurité sociale. Dans ces centres on trouve des psychiatres, des psychologues, des psychomotriciens... Le problème vient que ces centres sont surchargés de consultations, que rares sont ceux qui pratiquent des bilans et que, comme à l'hôpital, les bilans ne peuvent être demandés que par le psychiatre référent.

➤ Les psychologues libéraux

Seuls les psychologues cliniciens, en possession d'un diplôme de DESS ou de DEA délivré par l'université, sont habilités à pratiquer les tests.

Les médecins, psychiatres, psychothérapeutes divers n'ont pas les diplômes et les connaissances requises pour faire passer les tests dans des conditions déontologiquement, scientifiquement et cliniquement acceptables. Les tests pratiqués par des professionnels autres que les psychologues titulaires n'ont aucune valeur.

Les psychologues libéraux ont en général des cabinets en ville. Les honoraires des psychologues ne sont pas pris en compte par la Sécurité sociale. Les prix sont fixés par chacun mais selon un ajustement national moyen.

Si vous le souhaitez, le psychologue doit vous remettre un compte rendu du bilan pratiqué avec votre enfant mentionnant les résultats chiffrés et une analyse de ces résultats. La seule indication des scores n'est pas suffisante pour apprécier et comprendre le fonctionnement de votre enfant. Les écoles ont elles aussi besoin d'avoir un compte rendu complet pour accueillir au mieux votre enfant et lui proposer la pédagogie la plus adaptée à son profil.

Ressources bibliographiques

ADDA A, *Le Livre de l'enfant doué*, Paris, Solar, 1999.

ANDRÉ C., LELORD F., *L'Estime de soi*, Paris, Odile Jacob, 1998.

BASTIEN C., *Les Connaissances de l'enfant à l'adulte*, Paris, Armand Colin, 1997.

COTE S., *Doué, surdoué, précoce*, Paris, Albin Michel, 2002.

DORTIER J.-F., *Le Cerveau et la Pensée*, Ed. Sciences Humaines, 1999.

GAUVRIT A., « L'inhibition intellectuelle chez l'enfant », *L'Information psychiatrique*, 1991, 672.

GEORGE G., *Mon enfant s'oppose*, Paris, Odile Jacob, coll. « Guide pour s'aider soi-même », 2000.

GIBELLO B., *L'Enfant à l'intelligence troublée*, Paris, Paidos/Le Centurion, 1984.

GREGOIRE J., *Évaluer l'intelligence de l'enfant*, Mardaga, 2000.

GRUBAR J. C., DUYME M., COTE S., *La Précocité intellectuelle*, Mardaga, 1997.

HABIB M., *Dyslexie : le cerveau singulier*, Marseille, Ed. Solal, 1997.

HUTEAU M., LAUTREY J., *Évaluer l'intelligence*, Paris, PUF, 1999.

ISRAEL L., *Cerveau droit, cerveau gauche. Cultures et civilisations*, Paris, Plon, 1995.

LIEURY A., *La Mémoire*, Mardaga, 1992.

MERCHAT P., CHAMONT P., *La Précocité intellectuelle et ses contradictions*, Les Éditions du champ social, 2000.

NETCHINE-GRYNBERG G., *Développement et fonctionnement cognitif chez l'enfant*, Paris, PUF, 1990.

O'BOYLE M. W., GILL H. S., BENBOW C. P., ALEXANDER J. E., « Concurrent finger-taping in mathematically gifted males : evidence for enhanced right hemisphere involvment during linguistic processing », *Cortex*, Vol. XXX, 3, 519-526, Masson, sept. 1994.

PIAGET J., *La Représentation du monde chez l'enfant*, Paris, PUF, 4e éd., 1972.

SIAUD-FACCHIN J., « Que nous apprend l'examen psychologique de l'enfant surdoué ? », Atelier du 5e Salon international psychiatrie et système nerveux central, Paris, 12-15 novembre 1997.

SIAUD-FACCHIN J., « Quelques remarques sur le développement psychique de l'enfant surdoué », Actes de la conférence du Comité national de l'enfance, Paris, 12 décembre 1996.

SPRINGER S. P., DEUTSH G., *Cerveau gauche, cerveau droit. À la lumière des neurosciences*, De Boeck Université, 2000.

TERRASSIER J. C., GOUILLOU P., *Guide pratique de l'enfant surdoué*, Paris, ESF, 1998.

TERRASSIER J. C., *Les Enfants surdoués ou la précocité embarrassante*, Paris, ESF, 3e éd., 1994.

THOMAS J., WILLEMS G., *Troubles de l'attention, impulsivité et hyperactivité chez l'enfant*, Paris, Masson, 1997.

WINNER E., *Surdoués. Mythes et réalités*, Paris, Aubier, 1997.

Dans la collection « Poches Pratique »

N° 1 : Dr Henri-Jean Aubin, Dr Patrick Dupont, Pr Gilbert Lagrue, *Comment arrêter de fumer ?*
N° 2 : Dr Serge Renaud, *Le Régime crétois : incroyable protecteur de notre santé*
N° 3 : Dr Dominique Petithory, *La Diététique de la longévité*
N° 4 : Dr Anne de Kervasdoué, *Les Troubles des règles*
N° 5 : Dr Philippe Brenot, Dr Suzanne Képes, *Relaxation et Sexualité*
N° 6 : Dr Jean-Philippe Zermati, *Maigrir sans régime*
N° 7 : Dominique Laty, Dr Jean-Bernard Mallet, *Le Régime des pâtes*
N° 8 : Dr Martine Ohresser, *Bourdonnements et sifflements d'oreille*
N° 9 : Dr Bernard Fleury, Dr Chantal Hausser-Hauw, Marie-Frédérique Bacqué, *Comment ne plus ronfler*
N° 10 : Dr Denis Vincent, Dr Lucile Bensignor-Clavel, *Rhume des foins et allergies*
N° 11 : Dr Vincent Boggio, *Que faire ? Mon enfant est trop gros*
N° 12 : Dr Gérard Apfeldorfer, *Maigrir, c'est fou !*
N° 13 : Dr Thierry Vincent, *L'Anorexie*
N° 14 : Pr Pierre Duroux, Pr Michel de Boucaud, Marie-Dominique Le Borgne, *Mieux vivre avec l'asthme*
N° 15 : Dr Éric Albert, *Comment devenir un bon stressé*
N° 16 : Dr Bernard Duplan, Dr Marc Marty, *Bien soigner le mal de dos*
N° 17 : Pr Gérard Slama, *Mieux vivre avec un diabète*
N° 18 : Didier Pleux, *Manuel d'éducation à l'usage des parents d'aujourd'hui*
N° 19 : Stephen et Marianne Garber, Robyn Spizman, *Les Peurs de votre enfant*
N° 20 : Dr Patrick Gepner, *L'Ostéoporose*
N° 21 : Dr Dominique Barbier, *La Dépression*
N° 22 : Dr Henri Rozenbaum, *La Ménopause heureuse*
N° 23 : Dr Jacques Fricker, *Maigrir vite et bien*
N° 24 : Dr Claude Hamonet, *Prévenir et guérir le mal de dos*
N° 25 : Dr Frédéric Fanget, *Affirmez-vous, pour mieux vivre avec les autres*
N° 26 : Dr Sylvie Royant-Parola, *Comment retrouver le sommeil par soi-même*
N° 27 : Didier Pleux, *Peut mieux faire. Remotiver son enfant à l'école*
N° 28 : Dr Dominique Servant, *Soigner le stress et l'anxiété par soi-même*
N° 29 : Dr Frédéric Fanget, *Toujours mieux ! Psychologie du perfectionnisme*
N° 30 : Dr Bruno Koeltz, *Comment ne pas tout remettre au lendemain*
N° 31 : Dr Jean-Luc Émery, *Surmontez vos peurs. Vaincre le trouble panique et l'agoraphobie*

N° 32 : Dr Frédéric Chapelle, Benoît Monié, *Bon stress, mauvais stress : mode d'emploi*

N° 33 : Christian Zaczyk, *Comment avoir de bonnes relations avec les autres*

N° 34 : Dr Stéphanie Hahusseau, *Comment ne pas se gâcher la vie*

N° 35 : Robert Ladouceur, Lynda Bélanger, Éliane Léger, *Arrêter de vous faire du souci pour tout et pour rien*

N° 36 : Jeanne Siaud-Facchin, *L'Enfant surdoué*

N° 37 : Dr Gisèle George, *Mon enfant s'oppose*

Publié sous la responsabilité
éditoriale de Catherine Meyer

Ouvrage proposé par
Christophe André

Cet ouvrage a été transcodé et mis en pages
chez NORD COMPO (Villeneuve d'Ascq)

Impression réalisée par

CPI
Brodard & Taupin

La Flèche (Sarthe), le 12-05-2009
N° d'impression : 52952
N° d'édition : 7381-2145-2
Dépôt légal : septembre 2008

Imprimé en France